슬기로운 작가 생활

존 스칼지

정세윤 옮김

슬기로운 JOHN SCALZI 작가 생활

구픽

차례

1장   글쓰기에 관한 조언, 또는 진짜 일에서 도피하기 존 스칼지식 방법   013

2장 야호, 야호, 내 작가 생활 이야기

3장 인간 본성 깊은 곳에는 샤덴프로이데라는 바늘이 자리하고 있다: 작가들에 관해 214

4장 SF 이야기.
또는 글쓰기 속물들이여,
이 장을 그냥 넘기면 절대 안 된다. 300

일러두기

1. 이 책의 내용은 2001년~2005년까지 저자가 본인의 웹사이트에 게시한 글을 모은 것으로 현재의 출판계 현황과 다소 차이가 있다는 것을 알려 둡니다.
2. 전자책과 복제에 관한 저자의 의견은 본 출판사의 입장과는 약간의 견해 차이가 있다는 것을 알려 둡니다.

서문,

그리고 위험은 구매자 부담

안녕하신가?

이 책은 글쓰기를 다룬다. 하지만 글쓰기 방법에 관한 책은 아니다. 그 주제에 관한 책은 이미 차고 넘친다. 관련 수업, 워크숍, 웹사이트, TV 프로그램은 말할 것도 없다. 대중의 목구멍에 또 그런 책 하나를 쑤셔 넣는다는 생각만 해도 머리를 가까이 있는 쓰레기통에 처박고 싶어진다. 나는 내 글쓰기 방법론을 거의 모른다. 다른 사람들에게 글을 어떻게 써야 한다고 말하는 것은 위험천만하다. 내가 글쓰기 방법론에 관해 여러분에게 할 수 있는 조언은 멋지고 힘든 작문 수업을 찾으라는 게 전부다. 그러면 영문법이라고 하는 난장판에서 어처구니없는 실수를 저지르지 않게 된다. 그런 다음에는 쓰고, 쓰고, 쓰고, 쓰고 나서는 더 써야 한다. 이 방법이 지금까지는 내게 통했다고 할 수 있다.

그러니 글쓰기 방법론에 내 조언을 구하고 있었다면 이미 해

답을 받았다! 아주 쉽다. 이 책을 기준으로 해서 글쓰기를 시작하면 된다. 여러분의 책을 읽게 될 날을 고대하겠다.

이 책은 출판계, 작가들이 하는 자기 파괴적인 어리석은 행동, 작가들이 다른 작가들과 소통하는 방법, 각기 종류가 다른 글에 대한 다양한 생각들에 이르기까지 글쓰기와 관련된 모든 것을 다룬다. 간단히 말하자면 작가 생활, 최소한 내 작가 생활에 관한 책이다. 이 문제에 관해서는 나만큼 자격 있는 사람은 없으니까.

이 책에서 여러분이 읽게 될 에세이는 (2001년부터 2006년 초까지) 5년 동안 내 개인 웹사이트인 'Whatever(scalzi.com/whatever)'에 썼던 글이다. 이 시기 동안 나는 열 권의 책을 쓰거나 출판했거나 출판 계약을 했고, 신문과 잡지에 기고했으며, 블로그에 유료 연재를 하고, 온라인에 글을 올렸고, 과도하다 싶을 만큼 높은 고료를 받고 익명으로 기업 관련 글을 썼다. 내 작가 생활에서 재미있는 시절이었고, 그 기간 내내 글쓰기(그리고 내 글쓰기)에 관한 생각을 온라인에 올렸다.

이 글들은 많건 적건 내 프로 작가 생활과 관련되기 때문에 실용적인 편이다. 글쓰기의 기법이라기보다는 실전 글쓰기이다. 이 책에서 여러 번 언급하듯, 나는 글쓰기를 사랑하지만 글쓰기에 관해 특별한 로망을 가지고 있지는 않다. 글쓰기는 대단한 일이라고 말하면 멋져 보인다. 하지만 매달 1일은 내 주택담보대출금 납부일이고, 이 대출금을 상환하는 것 또한 대단한 일이다. 이 말을 들으면 어떤 사람들은 정나미가 떨어질 것이다. 충분히 이해한다. 작가 생활의 이러한 실제적인 부분들이 관심을 끌지 못한다면 이 책은 여러분의 취향과는 맞지 않는 것이다.

반면 21세기 초인 현재 전업 작가의 생활이 어떠한 것인가에 대해 관심이 있다면 이 책은 도움 되는 내용을 많이 담고 있다고 생각한다. 나는 글을 써서 먹고사는 다른 사람들에 대해서는 모른다. 하지만 나는 지난 몇 년 동안 작가 생활을 하면서 재미있는 일을 엄청나게 많이 겪었다. 작가가 되기 위한 멋지고 흥미진진한 시간이었고, 그 시기를 잘 지나왔다고 생각한다. 작가가 된다는 것은 이러한 시기와도 비슷하다는 사실을 내가 여러분에게 최소 절반만이라도 전달할 수 있다면, 이 책은 지루하지 않으리라고 장담한다.

이 책은 네 개의 장chapter으로 느슨하게 나누었다. 1장은 글쓰기에 대한 실제적인 조언이다. 이 책이 글쓰기 방법론에 관한 책은 아니지만, 여러분이 지금 글을 쓰고 있다면 그에 관해 얘기할 게 많기 때문이다. 2장은 작가 생활에 관한 것이다. 이 장에서는 돈 얘기를 많이 했다. 3장은 작가들을 다루는데, 대부분은 작가들이 저지르는 어리석은 짓에 관한 내용이다. 반면교사가 될 만한 이야기라고 생각하면 된다. 마지막 장은 SF에 관한 것이다. 지금까지 써 온 내 작품은 거의 이 장르다. 여러분이 SF에 관심이 없더라도 이 장은 읽어보길 바란다. 다른 장르에도 적용될 수 있을 내용이 많다.

각 장에 실린 글은 시기적으로 들쑥날쑥하다. 책의 흐름과 독자의 흥미를 감안해 조정되었다. 많은 주제를 심도 있게 탐구하겠지만, 몇몇은 범위가 지나치게 넓고 다뤄야 할 내용이 너무 많아서 만족스럽지 못할 수도 있다. 하지만 나는 거의 매일 Whatever에 글을 올리니 글쓰기에 관해 궁금한 점이 있다면 이메일(john@scalzi.com)을 보내주기 바란다. 그러면 여러분이 물어본 내용에 관해 내가 글을 쓸 수도 있다. 질문이 충분히 쌓이면 2010년에 이 책의 후속편을 낼 수도 있겠지. 윈윈이다.

여러분이 이 책을 즐기길 바란다. 읽어 줘서 고맙다.

_존 스칼지, 2006년 1월 24일

로렌스 맥밀린에게 바친다. 자기 이름이 나오는 건 모르겠지만.

대니얼 메인즈에게도 바친다. 이 친구는 안다.

1장

글쓰기에 관한 조언, 또는 진짜 일에서 도피하기
존 스칼지식 방법

나는 고등학교 1학년 때 "작가가 될 거야."라고 자각했다. 그리고 중요한 것 하나를 깨달았다. 꼭 해야 할 다른 일들이 있을 때 글쓰기는 쉬워진다는 사실이다. 불굴의 의지를 가진 사람들은 자신의 한계를 돌파하고 인생에서 무엇인가를 이뤄낸다. 하지만 나는 가장 덜 힘든 길을 따라가서 작가가 되었다. 왜냐하면 진짜 일을 하는 사람들을 보니 진짜 일이란 건 정말 엿 같다고 말할 수밖에 없었기 때문이다.

하지만 이제 15년의 '작가 경력'을 쌓고 보니, 게으름을 피우려다 제 꾀에 제가 넘어간 꼴이 되었다. 글쓰기—여러분이 정말 밥벌이를 하고 싶다면(나도 그렇다)—가 진짜 일이 되어 버렸다. 이 사실을 알았을 때 나는 당연히 질겁하고 실망했다. 하지만 글쓰기라는 구멍에 너무 깊게 빠져 버린 상태여서, 가격표를 붙이거나 텔레마케팅 대본을 읽는 것(이마저도 당시 내가 하던 것에 비하면 일다웠다) 말고는 다른 일로는 먹고살 능력이 없었다.

글쓰기를 계속하는 것 말고는 선택의 여지가 없었다.

다행히 글쓰기에 관해서는 대체로 잘 풀렸다. 2006년 말이 되면 출간작이 논픽션과 소설 각각 열한 권이 되고, 그 외에도 영화 대본(특별한 종류의 힘든 시도라서 술이라도 마시지 않으면 고려할 생각도 못 하고 있다)을 제외한 모든 종류의 상업적 글을 쓰게 될 것이다. 그러니 여러분이 할리우드에 입성하는 방법에 대한 조언을 구하고 있다면, 미안하지만 로버트 맥키(시나리오 작가, 대학교수. 수많은 시나리오 작가와 감독들을 가르친 것으로 유명함-옮긴이)와 상담해 보기 바란다. 괜찮은 사람이라고 들었다.

하지만 나머지는 조언 비슷한 형식을 한 내 생각이다. 게다가 이 장의 상당 부분은 여러분이 조언의 수준을 확신할 수 있게 번호가 붙여진 목록과 강조 사항의 형식을 하고 있다. 이 장 전체를 요란하고 화려한 파워포인트 프레젠테이션으로 할 수도 있었다. 하지만 그랬다간 누군가가 나를 죽이려고 했을 것이다. 그리고 그건 내가 러닝 어넥스Learning Annex(뉴욕에 있는 평생 교육기관-옮긴이)에서 글쓰기 강의를 할 때를 대비해 보관해 둬야 한다. 여러분도 강의 들으러 오겠지?

사실 이것은 여러분이 러닝 어넥스의 글쓰기 강사에게서는 얻을 수 없는 경고문이다. 이 조언으로 여러분이 얻을 수 있는 이익은 다양하다(여기에 실린 글들은 이 조언의 반복이다). 만족스럽고 성공적인 글쓰기 경력을 쌓을 수 있는 방법은 사실 많고 많다. 이것은 내가 사용했고 다른 사람들에게 추천하는 방법이다. 이중 어떤 것은 여러분에게 통할 수 있고 어떤 것은 아닐 수 있다. 여러분은 똑똑하다. 자신의 인생과 경력에 무슨 일이 일어나고 있는지 알고 있다. 여러분에게 유용한 조언을 집어 들어 이용하면 된다. 나머지는 밖으로 차 버리고.

존 스칼지의 하나도 쓸모없는 글쓰기 조언

(2001년 10월, 이후 업데이트됨)

사람들은 내게 어떻게 하면 작가가 될 수 있는지 조언을 구한다. 그들이 보기에 나는 성공한 작가이기 때문이다(하!). 나는 자기중심적인 사람이라 그렇게 생각하기 때문에 여기에 대해서는 이의가 없다. "글만 써서 꽤 잘산다."는 것을 성공이라고 정의한다면 사실 나는 상당히 성공한 작가다. 나는 정말 잘살고 있으며, 생계를 위해 글쓰기 외의 다른 일은 하지 않는다(성공을 '스티븐 킹처럼 되는 것'이라고 정의한다면 나는 비참하게 짝이 없는 낙오자다. 하지만 그러지는 말자).

나는 1990년 6월부터 프로 작가가 되었다. 〈샌디에이고 트리뷴〉에서 인턴으로 일하면서 글을 써서 돈을 벌었다. 음악과 콘서트 리뷰, 기타 연예 기사를 썼다. 대학 4학년 올라가기 전 여름방학이었다. 학교로 돌아가서는 프리랜서로 〈시카고 선 타임스〉에 연예 기사를 썼다. 졸업한 후에는 프레스노 비Fresno Bee에서 영화 비평 기사를 썼다. 분명히 말하건대 어마어마한 성공의 파도를 탄 것이기는커녕 내 재능에 비해 형편없는 싸구려 일이었다. 그렇게 5년을 일했고 그다음에는 AOL에 들어가서 사내 작가 겸 편집자로 일했다. AOL은 1998년에 나를 내보냈고(해고라는 말을 점잖게 표현한 것이다. 잘린 건 나 하나였다), 나는 프리랜서 작가가 되었고, 그 이후로 이 일을 계속하고 있다.

프리랜서 작가가 된다는 것은 재미있지만, 계속되는 패닉 상태를 즐기지 않는 사람에게는 사실 좋은 일은 아니다. 그렇기는 해도 프리랜서 작가 생활은 내게 경제적인 면에서나(직장 생활을 할 때보다 몇 배의 돈을 번다) 직업적인 면에서 모두 잘 맞았다. 지금 나는 연예, 유머, 재테크, 온라인 미디어, 과학, 정책, 심지어 요리와 정원 가꾸기를 포함해 엄청난 수의 주제에 대해 글을 쓰고 있기 때문이다.

나는 온라인과 오프라인의 고객들을 위해 글을 쓴다. 글쓰기와 창의성에 관해 마케팅 회사에 컨설팅을 해 주고, 여러분이 분명히 들어 봤을 대기업과 금융 기관의 마케팅 캠페인에 관여했다. 몇 권의 책을 출판했고 다른 책들에 공동 저자로 참여했다. 집필 중인 것은 더 많다. 프로 작가로서 살아가는 동안 계속해서 책을 펴낼 수 있으리라고 기대한다.

간단히 말하자면 작가로서 글을 써서 먹고살 수 있는 능력에 대해 자신감을 가질 수 있는 수준에 도달했다고 할 수 있으며, 이 문제에 관한 생각과 경험을 나눌 수 있다고 확신한다.

그러므로 지금부터 나올 내용은 정확히 이렇다. 작가—주로 프리랜서 작가—의 삶, 그리고 작가로서 어떻게 살아나갈 것인가에 대한 생각이다. 이 의견은 온전히 나만의 생각과 경험에 기초하고 있으며, 다른 데서 다른 사람들에게 들었던 내용과 다를 수 있다는 점을 주의해야 한다. 내 말이 완전 헛소리일 수도 있다는 점도 마찬가지다. 한편, 최대한 냉정하게 말하는데 나는 글쓰기로 상당히 많은 돈을 벌고 있으므로 일을 제대로 하고 있는 게 분명하다. 다르게 생각한다면 알려 주기 바란다.

(그래서 실제로 얼마나 버느냐고? 구체적인 금액을 공개하지는 않겠다. 하지만 조지 W. 부시가 임기 시작과 함께 제안한 1조 6천억 달러의 감세 및 세율 인하 덕분에 대다수의 사람들보다 이익을 더 봤다고 할 수 있다. 이는 대략적인 내용이다—그 감세 조치가 잘한 정책이라고 말하는 게 아니다).

이 글은 문답 형식으로 되어 있는데, 질문들을 생각나는 대로 정리한 것이다. 그러므로 이 글은 일관성이 부족할 수도 있고 횡설수설처럼 보일 수 있다. 그 위험은 여러분이 감수해야 한다. 시작해 보자.

1. 작가가 되고 싶어요. 뭘 하면 되죠?

이런, 글을 써야죠. 멍청한 양반아.

2. 아니, 그게 아니라 프로 작가가 되고 싶다고요.

아, 그건 완전히 다른 얘기죠.

분명히 해 두자. 거의 문맹에 가까운 사람도 작가가 될 수 있다. 자신을 표현하려는 욕구와 그 수단만 있으면 된다. 예를 들자면, 온라인 매체는 온라인 잡지 등의 형태로 사람들이 수많은 다른 사람들에게 손쉽게 글을 통해 자신을 표현할 수 있게 해 주는 수단이다. 이런 온라인 매체를 이용할 수 없는 사람이라도 노트나 심지어 백지 한 장만 들고 앉아서 자기 생각을 써 내려갈 수 있다. 작가가 되는 데 대단한 과학이 필요한 게 아니다. 아까도 말했듯이 그냥 쓰면 된다. 여러분이 그 과정을 즐겼으면 좋겠다.

다시 말하지만, 프로 작가가 되는 건 다른 문제다. 프로 작가가 되면 여러분 자신을 위해 글을 쓰는 시간은 극히 적다. 독자, 특히 특정한 성격이나 기능을 가진 글을 찾는 편집자를 위해 (대부분의) 글을 쓴다. 그리고 좀 더 일반적으로 말하자면, 특정한 내용—기술 문서, SF 소설, 시, 레시피, 에로티카, 영화 리뷰, 타이어에 대한 조사 보고서 등등—을 찾는 더 큰 규모의 독자를 위해 글을 쓰게 된다.

때로 글쓰기 강사로부터 언제나 자기 자신을 위해 글을 써야 한다는 말을 들을 수 있다. 하지만 밥벌이를 위한 글쓰기라면 이 말은 헛소리에 지나지 않는다. 프로의 글쓰기에서는 개인적으로 전혀 관심이 없는 것에 관해 써야 하는 경우가 매우 많다. 여러분이 만들어 내는 콘텐츠를 특별히 필요로 하는 누군가를 위해 글을 쓰는 것이다. 현실과 관계없이 글 자체를 잘 쓰거나, 읽을 만한 좋은 콘텐츠를 만들어 내는 데 관심을 가지면 안 된다는 얘기가 아니다. 프로 작가로 글을 쓸 때는 여러분의 대상 독자가 누구인지, 그들이 찾는 게 무엇인지를 알고 있어야 한다는 의미다.

좀 더 간단하게 말해 보자. 프로에게 글쓰기는 일이다. 프로로 글을 쓰려고 한다면 프로다운 방식으로 글쓰기에 접근해야 한다. 글쓰기를 통해 실제로 돈을 벌겠다는 의도를 가지고 접근해야 한다는 말이다.

이런 얘기다.

첫째, 글쓰기는 일이다. 많고, 많고, 많은 일이다.

둘째, 일이란 건 때로는 엿 같다.

셋째, 하지만 해야 한다. 그게 여러분의 일이다.

위의 세 가지 원칙은 고용 작가든 프리랜서든 관계없이 모든 작가에게 통한다.

3. 하지만 쓰고 싶지 않은 내용은 안 쓰고 싶어요.

그럼 프로 작가가 되면 안 된다. 웨이터, 회사 임원, 학생, 백수, 기타 여러분이 지금 하는 일을 계속하고, 주말에 '위대한 미국 소설'(기타 여러분이 쓰고 싶은 것)을 쓰면 된다. 생계를 위해서는 다른 일을 하고, 자기가 좋아하는 내용의 글을 쓰는 걸 동시에 하지 못할 이유가 없다.

주말에 위대한 미국 소설을 쓴다는 농담은 사실 농담이 아니다. 내가 첫 소설을 그렇게 썼기 때문이다. 주말에 글을 쓰는 게 실제로 통할 수도 있다. 자기가 원하는 것만 쓰고 싶다면 글쓰기를 직업으로 하지 말고 부업이나 여가 활동, 취미로 하라는 게 내 말의 요지다. 솔직히 그게 잘못도 아니다.

작가를 직업으로 하고 싶다면 글쓰기가 낭만적이고 매력적이고 흥미진진하지 않아도 어쨌든 써야 하고, 개인적으로는 전혀 관심 없는 특정한 형식으로 완성해야 한다는 걸 인정해야 작가로서 생계를 꾸려나가는 게 쉬워진다는 사실을 받아들여야 한다. 때로 글쓰기는 우리의 바람과는 달리 그렇게 거룩하고 행복하지는 않으며, 그저 빌어먹을 일에 지나지 않는다는 사실을 받아들여야 한다는 말이다. 그 일을 받아들이고, 처리하고, 완성해야 한다. 그것도 잘 해내야 한다.

작가들은—심지어 프로 작가들도—이 문제와 씨름하면서 힘든 시간을 보냈다. 여러분에게 비밀을 알려 주겠다. 내가 프로 작가로 성공한 중요한 비결 중 하나는, 내 짜증을 고객과 편집자 탓으로 돌리지 않았다는 점이다. 내 고객과 편집자들은 어떤 일을 특정한 방식으로 해 달라고 요청했을 때 작가들이

귓등으로도 듣지 않을 때 가장 화난다고 말해 주었다. 작가는 다른 식으로 하고 싶어 하고, "안 됩니다."라는 대답을 들으면 화를 내거나 침울해한다. 작가는 창의적인 사람이다. 작가는 자신만의 생각이 있으며 존중받아야 한다.

아니, 아니, 그렇지 않다.

나는 짜증이 나지 않는다는 얘기가 아니다. 그저 나에게 글쓰기는 일에 더 가깝다는 뜻이다. 나는 고객의 이야기에 귀를 기울이며, 해야 할 일을 완성하는 것 말고는 글쓰기 과정에 대해 어떠한 자의식도 가지고 있지 않기 때문이다.

이 말은 여러분이 원하는 내용을 쓰려고만 한다면 일거리를 얻지 못한다든가, 글쓰기는 성스러운 사명이라는 생각을 버리지 않으면 프로 작가가 될 수 없다는 얘기가 아니다. 그런 사람들도 있다. 하지만 일반적으로 이런 사람들은 시작할 때 이미 맛있는 라면을 잔뜩 먹은 상태이다. 하지만 맛있는 라면도 닷새나 엿새 동안 계속 먹으면 엿 같아진다(믿어도 된다). 여러분이 글쓰기를 평생의 사명이라기보다는 하나의 비즈니스로(적어도 사명인 동시에 비즈니스로) 접근할 준비가 되어 있다면 글쓰기로 생계를 이어 나가기가 훨씬 쉬워질 것이다. 예술을 위해 고통을 겪는다는 것은 아주 낭만적이다. 그게 여러분에게 실제로 일어나지만 않으면.

4. 작가님은 우리를 불안하게 만들어서 글쓰기에서 손을 떼게 하려고 하네요.

맞다, 바로 그거다.

사실 나는 작가가 되려는 사람은 자신들이 종사하려는 직업에 대해 어떠한 환상도 가져서는 안 된다고 생각한다. 작가가 아닌 사람들은 우리 작가들을 온종일 빈둥대다가 15분 동안 문장을 폭죽 터지듯 써내려 가고, 그다음에는 커피 마시러 나간다고 생각하는 편이다. 그런 작가들도 있을지 모르지만 나는 절대 그렇지 않다(우선 커피를 안 마신다). 젠장, 나는 일을 한다. 열심히 한다. 엄청나게 많이 한다. 여러분이 보통 '재미있다'고 하는 범위를 넘는 많은 글을 쓴다.

그렇다. 이건 내 개인의 선택이고, 모든 사람에게 들어맞는 건 아닐 수도 있다. 하지만 금전적인 면과 개인의 생활면에서 그 보상은 충분하다. 그리고 경험상 나와 비슷한 관점을 가지고 있는 작가들은 그렇지 않은 경우보다 일을 더 잘하는(다시 말해, 돈을 더 잘 버는) 편이다. 할지 말지는 각자에게 달렸다.

5. 네, 알겠어요. 프로의 글쓰기는 끝없는 아픔과 괴로움이군요.

음, 그렇지 않다. 그렇게 들렸다면 미안하다. 프로의 글쓰기는 최악의 경우라도 하역장에서 시간당 10달러를 받고 무거운 짐을 나르는 것보다는 몇 배 낫다. 스스로를 속이지 말자. 다른 사람들에 비하면 덜 힘든 삶이다. 그렇게나 많은 사람이 프로 작가가 되려는 이유 중 일부가 이것임은 의심의 여지가 없다.

그리고 내가 프로의 글쓰기를 즐기지 않는다는 인상을 주고 싶지는 않다. 나는 돈을 받는 대부분의 글쓰기가 즐겁다. 그중 일부만 창의적인 경우도 있다. 하지만 대부분 흥미롭고, 흥미롭지 않은 부분도 못 견딜 정도는 아니다. 글쓰기는 그 과정 자체가 흥미진진해서 마음이 편하고 즐겁기까지 하다. 나는 고객과 편집자도 대부분 좋아한다. 그들 대부분은 자신들의 일을 최선을 다해 해내려고 하는 정상적이고 합리적인 사람들이다. 일이라고 해서 무조건 '지겹고 단조로우며', 만화 〈딜버트〉에서처럼 지옥 같은 회사를 견뎌야 하는 정신력이 필요한 건 아니다. 여러분이 어떻게 접근하느냐의 문제이다.

이 장황한 이야기를 요약해 보자. 프로 작가로서 글을 쓴다는 것은 좋든 싫든 사실상 일이다. 이 사실을 인정할 수 있다면 프로 작가로 일을 더 잘할 수 있는 정신력을 가지게 될 것이다.

6. 좋아요. 저는 프로 작가가 될 정신적인 준비가 됐어요. 이제 뭘 하면 되죠?

음, 좋다. 이제 다음과 같이 가정해 보자. 사실 여러분은 여러분 방식대로 편하게 글을 쓸 수 있다. 여러분이 실제로 글을 쓸 수 있는지 확신이 들지 않아도 써야 한다. 프로 작가가 되려면 해서는 안 될 일 같은 건 없다. 여러분의 작품을 다른 사람들에게 내보이는 데 자신이 생길 때까지 습작을 쓰거나, 글쓰기 수업을 듣거나, 필요하다고 생각되는 일을 하면 된다. 이 글에서 나는 진짜 작가라는 확신이 들게끔 여러분의 연약한 자아를 격려해 줄 생각이 없다. 여러분 스스로 해내야 한다. 여기 말고 다른 데서. 되도록 나하고는 멀리 떨어져서.

또 다음과 같이 가정한다. 여러분은 생초보다. 이미 프로 작가라면 지금까지 말한 모든 것을 이미 알고 있을 테니까. 그렇지? 그렇지?

좋다. 초보 작가의 전략 제1번부터 시작하자. 모든 사람에게 통하지만 특히 프리랜서 작가가 되려는 사람에게 유효한 전략이다.

첫 번째, 먼저 〈라이터스 마켓Writer's Market〉을 산다. 지금부터 이 책이 여러분의 성경이요, 쿠란이요, 토라(유대교 경전)다. 이 책에는 현존하는 모든 글쓰기 시장이 나온다.

두 번째, 여러분이 쓰고 싶은 내용의 글을 쓴다.

세 번째, 〈라이터스 마켓〉을 펼쳐서 여러분이 쓴 주제의 글을 사려고 하는 잡지나 다른 시장을 찾아 여러분의 글을 그 시장의 규격에 맞게 형식을 갖춘다. 그런 다음, 그 글에 자기소개서Cover Lettter와 반송용 봉투를 첨부해 발송한다(〈라이터스 마켓〉에서는 이 모든 작업을 잘 할 수 있는 요령을 알려 준다).

네 번째, 승인 또는 거절될 때까지 이에 대해 잊고 지낸다.

다섯 번째, 첫 번째부터 네 번째 단계까지 무한 반복한다.

아니면 두 번째 단계와 세 번째 단계를 맞바꾼다. 여러분이 쓰고 싶어 하는 종류의 글을 싣고 있는 시장을 찾은 다음, 그 시장의 형식에 맞게 글을 쓴다. 여러분에게 달려 있다. 글쓰기를 시작하고, 글을 보내기 시작하고, 이 일을 끈기 있게 계속하는 게 핵심이다.

(처음에 적어도 여러분이 이미 알고 있는 주제로 글을 쓴다면 승인될 가능성이 아주 조금 높아질 수 있다. 예컨대 여러분이 수의사라면 반려동물에 관한 글을 쓴다. 뜨개질을 좋아한다면 그에 관한 글을 쓴다. 회계사라면 세법 변경에 관한 글을 쓴다. 기타 등등)

(투고 문의를 먼저 받는 쪽을 선호하는 잡지나 사이트들도 있다는 걸 주의해야 한다. 즉 글 자체보다 제안서를 원한다는 뜻이다. 제안서 쓰기는 어렵지 않다. 그리고 다시 말하는데, 〈라이터스 마켓〉에서는 그 방법도 알려 준다. 시장에서 문의를 원한다면 문의해야 한다. 요구를 무시해서 그들을 짜증 나게 하면 안 된다)

이 접근법이 유용한 이유는 이렇다. 첫째, 여러분이 정기적으로 글을 쓰는 데 익숙해지게 해 준다. 둘째, 여러분이 글을 보내고 계속 보내는 것(그리고 형식에 따라 보내는 것—이 점을 무시하지 말기 바란다. 편집자들은 형식에 따르지 않은 원고는 던져 버리기 때문이다. 농담이 아니다. 형식이 중요하지 않다거나 자신은 특별한 경우라고 생각할 수도 있다. 하지만 그건 틀린 생각이다)에 익숙해지게 해 준다. 셋째, 일단 여러분이 자신을 완전히 무능한 작가는 아니라고 생각하면서 제안서를 보내기 시작하면, 조만간 누군가가 그 제안서를 승인할 가능성이 있다. 그리고 여러분은 그 제안서를 바탕으로 더 많은 일거리를 얻을 수 있다.

(초보 작가의 전략 2번은 무엇인가? 지역 신문사[LA의 경우 〈LA 타임스〉가 아니라 보잘것없는 군소 신문사일 확률이 높다]를 방문해서 낮은 급여를 받고 작가나 기자로 일하겠다고 제안하는 것이다. 신문사는 여러분에게 아무도 손대려고 하지 않는 쓰레기 같은 일거리를 던져 줄 것이다. 그러다가 점차 그보다 나은 걸 줄 것이다. 이 방법은 여러분이 기자가 되고 싶은 경우에 유용하다. 편집국이 어떻게 돌아가는지, 마감이 어떤 것인지, 기자들이 쓰레기 같은 일들을 날이면 날마다 어떻게 견디는지 알게 되기 때문이다. 이런 쓰레기 같은 일에는 낮은 급여, 매수, 업무 대체, 폐간처럼 항상 존재하는 유령들이 포함되지만[이게 다가 아니다] 일단 익숙해지면 사실 아주 재미있다)

이제 몇몇 질문에 대한 답을 해 보자.

7. 원고를 보냈는데 만약 거절당하면 어떻게 하죠?

'만약'이라고? 이제 이 말을 머릿속에 새겨야 한다.

모든 작가는 거절당한다. 여러분이라고 다르지 않다.

개인적인 이유로 거절당하는 게 아니다. 특별히 언급하지 않는 한, 편집자는 한 인간으로서의 여러분이나 여러분이 이 지구에 존재하는 이유를 부정하지 않는다. 여러분이 보낸 글을 거절하는 것뿐이다. 그게 전부다. 바로 그거다.

거절당한다는 생각을 참지 못한다면, 여러분은 정말 잘못된 길에 들어선 것이다. 거절은 비즈니스의 일부일 뿐이다.

글이 거절당하는 이유는 다음과 같다.

첫 번째, 글이 잡지나 사이트에 적합하지 않다. 즉, 숙제를 제대로 안 하고 잡지의 주제와 동떨어진 글을 제출했다. 경험 부족으로 인한 실수다. 그래서 〈라이터스 마켓〉을 사서 읽어야 하는 것이다. 멍청한 양반아.

두 번째, 주제에 맞는 글을 썼지만 수준 미달이다.

세 번째, 주제에 맞는 글을 썼고 수준도 있지만 잡지에서 최근에 이미 비슷한 글을 실었거나 비슷한 다른 글을 쓰는 중이다. 종종 일어나는 일이다.

네 번째, 주제에 맞는 글을 썼고 수준도 있으며, 잡지에서 최근에 비슷한 글을 싣지도 않았지만 편집자가 돌대가리라서 그 글을 사고 싶어 하지 않는다. 이 역시 종종 일어나는 일이다.

다섯 번째, 모든 게 완벽하고 편집자도 마음에 들어 하지만 당장은 글을 실을 자리가 없다.

편집자에게 글을 거절당했다고 해서 그 글이 쓰레기라고 생각하면 안 된다. 글을 받아 줄 만한 다른 시장을 찾아서 다시

보낸다. 그리고 또 거절당한다면 다른 곳에 다시 보낸다. 누군
가가 글을 받아 주거나 더 보낼 데가 없어질 때까지 계속해서
보내고 또 보낸다. 그러고 난 후에야 글을 던져 버리거나 옆으
로 치워 두고 나중에 다시 시도해 본다.

8. 생초보인데 아주 큰 출판사에 글을 보내도 될까요?

안 될 게 뭔가. 최악의 경우라면 거절이고, 거절당하지 않는
다면 여러분은 대형 출판사에 글을 판 것이다. 이 사실은 여러
분이 다른 곳에 글을 팔 때 실탄으로 사용할 수 있다. 그리고
큰 회사는 보통 원고료도 잘 쳐준다. 그러니 언제나 이득이다.

하지만 원고료를 많이 주는 큰 사이트에는 투고되는 글들도
엄청나게 많다. 따라서 승인되기 더 힘들다. 큰 회사들은 명목
상 초보 작가들에게 문호를 개방하고 있지만 이론과 현실 사이
에는 큰 괴리가 있다. 큰 회사에만 원고를 보내다 보면, 승인될
가능성이 실제로는 더 높은 다른 회사에 글을 보내지 못할 수
있다. 시간을 투자할 만한 가치가 있는지 판단해야 한다.

9. 원고 몇 군데를 수정하면 승인하겠다고 편집자가 말했어요. 어떻게 해야 하죠?

당연히 수정해야 한다. 편집자는 자신의 잡지나 사이트를 잘
안다. 그러니 이야기의 핵심을 극적으로 바꾸는 게 (예컨대 긍정

적인 리뷰를 부정적인 리뷰로 바꾸거나 여러분을 보수주의자에서 열렬한 자유주의자로 바꾸는 경우) 아닌 한, 글을 수정하는 건 그리 어려운 게 아니다.

이 마지막 조언은 창작물이나 소설 작품의 경우에는 받아들이기가 훨씬 힘들 것이다. 하지만 꿀꺽 삼키고 참아야 한다. 프로 작가로 글을 쓴다는 것은 그 과정에서 편집자를 위해 글을 쓴다는 의미임을 기억해야 한다. (여러분도 알다시피) 편집자는 여러분의 글에 무작위적이고 설명 불가능한 수정을 요구하기 위해 존재한다. 그리고 그 대가로 여러분에게 돈을 준다. 그렇게 돌아간다.

10. 글을 한 편 팔았어요! 두 편 팔았어요! 이제 본업을 그만둬도 될까요?

맙소사, 안 된다. 멍청한 짓 하면 안 된다.

작가가 되고 싶어 하는 사람들은 현재의 본업을 자신을 옭아매는 것으로 본다. 여기서 벗어날 수만 있다면! 내내 글만 쓸 수 있는데! 자유로워지고! 정말 기쁠 텐데!

개똥 같은 소리다. 사실은 이렇다. 대부분의 사람들은 시간이 나더라도 내내 글을 쓸 수 없다. 정규직으로 글쓰기를 하는 사람(예컨대 기자 등)이라도 근무일에 내내 글을 쓰지는 않는다. 글쓰기를 회피하는 것을 포함해 다른 일을 한다. 일단 글쓰기가 일이 되면 이따금 거기에서 도망치고 싶어지기 때문이다. 나도 당연히 내내 글을 쓰지는 않는다. 그리고 글쓰기는 나에게 일이다.

또 다른 사실 하나. 원고료는 대부분 형편없이 적다(이 문제에 대해서는 곧 말하겠다). 전업 작가, 특히 프리랜서 작가가 되기 위해 본업을 그만두면 현재 직업에서 얼마를 벌고 있건 수입은 '엄청나게' 떨어진다. 그리고 글쓰기를 막 시작했다면 글을 팔기는 매우 어렵고, 그러면 이중으로 망하게 된다.

내 제안은 이렇다. 프리랜서 작가로 막 시작했다면 여유 시간—퇴근 후나 주말—에 글쓰기를 한다. 작가가 되기 위해 현재 직업을 내던지면 안 된다. 완벽한 글을 쓸 수 있게 되기까지 현재 직업이 여러분을 뒷받침하게 해야 한다. 위험 없이 작가 경력을 쌓아갈 수 있는 길이다(또한 작가 경력이 잘 풀리지 않더라도 낮아진 수입이나 경제적 상태로 엉금엉금 되돌아가지 않아도 된다). 대부분의 프리랜서 작가에게는 정신없이 바쁠 정도의 일거리는 없다. 청구서를 어떻게 지불해야 할지 걱정하면서 대부분 시간을 보낸다.

여러분이 이렇게 말하는 소리가 들린다. 그러면 연장 근로나 마찬가지잖아요! 그런가? 저녁 시간에 글쓰기를 하지 않으면 무엇을 할 생각인가? 〈프렌즈〉나 〈서바이버〉를 보거나 비디오 게임을 하거나 그 밖의 딴짓을 하겠지. 그래, 시간 많아 좋겠네,

친구. 여러분은 정말로 글쓰기를 하고 싶어 하는지부터 생각해 봐야 한다.

그럼 언제 본업을 그만둬야 하는가? 쉽다. 글쓰기를 통해 정기적으로 계속 벌어들이는 돈이 현재 직업으로 얻는 수입보다 30퍼센트 이상 많을 때다. 그렇다. 본업을 그만두려면 현재 직업보다 작가로서 벌어들이는 돈이 더 많아야 한다.

왜 그래야 하는가? 여러분이 본업을 그만두는 순간 직장인으로서의 복리후생과 퇴직연금, 사회보장세에서의 고용주 납입분도 날아가기 때문이다. 프리랜서로 자영업자가 되는 순간 세금 부담은 최소 15퍼센트가 늘어나고(알다시피 자영업세稅가 있다), 분기별로 세금 신고를 해야 한다.

현재 수입에 기초한 생활 수준을 유지하려면 본업보다 최소 30퍼센트 이상 더 벌어야 한다. 배우자나 가족의 건강보험이나 복지 혜택을 이용할 수 있다면 좀 낫다. 하지만 그것과 관계없이 여전히 경제적으로는 큰 타격이다.

내 제안은 이렇다. 지금 여러분의 직업이 패스트푸드점 아르바이트가 아닌 한, 여러분은 글쓰기로는 지금 직업보다 돈을 못 벌게 될 것이다. 그러니 지금 직업을 계속한다는 생각만 해도 죽고 싶어서 좁은 곳에만 들어가면 손목을 긋고 싶은 경우가 아닌 한, 일을 그만두면 안 된다. 정말로 일을 그만뒀다면 전처럼 훌륭한 복지와 은퇴자 연금을 제공하는 다른 직장을 구해야 한다. 못 박는 기계로 두개골에 구멍을 뚫고 싶은 생각이 사라질 그런 직장을.

현재 직업을 그만두지 않으면 여러분의 예상 총수입이 감소하는 경우가 아닌 한, 절대로 본업을 때려치우면 안 된다.

많은 유명한 작가들이 본업을 유지하면서 책과 칼럼 등등을 썼다는 사실도 기억하기 바란다. 존 그리샴과 스티븐 킹은 본업이 있었다(각각 변호사와 교사). 〈딜버트〉의 작가 스콧 애덤스는 백만장자가 되기 전까지는 좁은 사무실에서 일하는 직장인이었다. 퓰리처 상을 받은 시인 월레스 스티븐스는 내가 개인적으로 가장 좋아하는 '본업 유지'의 모범 사례인데, 죽을 때까지 보험 회사 임원으로 일했다. 대부분 본업이 있으면 여러분은 자신과 가족을 부양하면서도 계속 글을 쓰고, 글쓰기 능력을 다듬고, 작품을 낼 수 있다.

본업을 그만두기 전에 심각하게 생각해 볼 일이다.

11. 원고료가 형편없이 적다는 게 정말인가요?

슬프지만 사실이다. 잡지나 웹사이트에 기고하는 작가들이 받는 고료는 형편없다. 프리랜서 작가들에게는 특히 그렇다(단어 수에 따라 급여를 받는 고용 작가도 사실 그렇게 돈을 많이 받지는 못한다. 하지만 건강보험이 적용되니 그나마 낫다). 〈라이터스 마켓〉을 펼쳐 보면 대부분의 잡지에서는 기사별로 단어당 20센트 이하를 지급한다는 사실을 알게 될 것이다. 그보다 훨씬 못한 경우도 자주 있다. 그리고 소설을 쓴다면 고료는 더 크게 떨어진다.

온라인 사이트는 훨씬 더 짜다. 〈살롱〉 같은 최고의 온라인 사이트도 중소 규모의 잡지나 신문사 수준의 고료만 지급한다(온라인 사이트에 소설을 팔아서 돈을 벌겠다는 생각은 아예 하지도 말아야 한다). 시를 쓴다면 온라인이건 오프라인이건 푼돈 이상을 받은 게 언제인지 기억도 나지 않을 것이다.

단어당 1달러 이상을 지급하는 잡지들도 많다. 하지만 (기분 상하라고 하는 말은 아니다) 초보 작가가 그런 잡지에 글을 실을 확률은 대단히 희박하다.

리포터나 기자가 된 경우에는 어떨까? 훗. 신입 기자 연봉은 2만 달러 초반이다. 노스웨스턴대학이나 그밖의 명문 저널리즘 스쿨을 졸업한 경우에도 그렇다. 1999년에 이 금액이었고, 몇 년이 지나도 크게 달라지지 않았다(믿어도 된다). 내가 1991년에 프레스노 비에 처음 정규직으로 들어갔을 때 받은 연봉이 2만 4천 달러였기 때문에 잘 안다. 주급제가 일반화되면서 더 낮아져서, 여름방학 때만 일하는 인턴도 내가 정규직 1년차였을 때보다는 많이 받을 정도였다. 기자들이 받는 '최고' 초봉은 대부분 대형 신문사에만 해당된다는 사실도 주의해야 한다. 작은 지역 일간지에 들어가면 그에 훨씬 못 미치는 돈을 받는다.

낮은 초봉에서 시작하는 기자들의 급여는 사실 그렇게 높이 올라가지도 않는다. 대도시 신문사를 다니고 성공적인 경력을 쌓았다면 일부 회사에서는 5만에서 8만 달러 정도의 연봉을 받을 수 있다. 하지만 다시 말하건대, 대부분의 기자들은 대도시 신문사의 편집국에서 일하지 않는다. 그들의 연봉은 장기 근속자의 경우 3만에서 4만이다. 복지 혜택까지 감안하면 나쁘지는 않다. 하지만 변호사나 의사, MBA 같은 다른 직업들과 비교해 보면 분명히 낮은 금액이다.

온라인 사이트들이 기자들의 급여를 8만에서 9만 정도로 올려 주고 심지어 초보 작가도 5만을 벌었던 화려한 시절이 잠깐 있었다. 하지만 투자자들이 온라인 사이트가 언제 수익을 낼 것인가에 의문을 품기 시작하고, 실제로 수익이 없다는 게 분명해지자, 높아진 급여로 잘나가던 그 대단한 기자들은 갑자기 추락하게 되었다. 그 정도의 연봉 수준은 당분간은 다시 보지 못할 것이다.

좋은 소식도 좀 있다. 여러분이 시간을 투자해서 정말 좋은 작가라는 평판을 얻었다면 수입은 수직 상승한다. 정말이다. 하지만 그러려면 시간이 걸리고, 글을 써야 하며, 정말로 잘 써야 한다. 그리고 소처럼 일해야 한다. 하지만 이런 날이 오기까지는 체념하고 쥐꼬리 같은 돈으로 버텨야 한다.

(여러분이 '하버드 램푼Harvard Lampoon[하버드 대학에서 발행하는 학부생용 유머 잡지]'에 기고한다면 지금까지의 이야기는 해당되지 않는다. 그

런 경우, 졸업하자마자 시트콤 작가로 들어가면 초봉 36만부터 시작한다. 아이비 리그 교육이 보상을 받는 것이다!)

("시나리오 작가나 방송 작가는요?"라고 여러분이 말하는 게 들린다. 그들은 돈을 많이 번다! 사실이다. 일부는 그렇다. 하지만 대부분은 그렇지 못하다. 그리고 여러분이 할리우드에 가서 프로듀서가 있는 화장실 칸막이 아래로 대본과 함께 코카인 한 통을 뇌물로 밀어 넣으면 모를까 이미 늦었다. 미안)

작가의 고료는 왜 이렇게 짠가? 수요와 공급 때문이다. 작가인 사람, 작가가 되고 싶어 하는 사람의 수는 필요한 글의 수나 고용 작가 일자리보다 많다. 여러분이 초보 작가로 일하게 될 밑바닥의 경우는 특히 그렇다. 꼭대기 근처에 가면 아까 말했듯이 상황이 좀 낫다. 하지만 바닥에서 꼭대기까지는 먼 길이다. 비록 초보 단계에서 받는 돈이 제일 엿 같기는 해도 이 점은 다른 좋은 직업들도 마찬가지다. 작가보다 돈을 덜 받고 더 착취당하는 건 배우와 뮤지션뿐이다.

작가의 급여가 낮아지게 만드는 '비밀'도 있다. 간단히 말하면 '작가'로 불리고 싶어 하는 사람들이 너무나 많고, 그들은 그 알량한 호칭을 얻기 위해 낮은 급여, 심지어 무급도 감수하려고 한다. 작가라는 건 현재의 자신보다 더 위대한 무엇의 일부임을 의미하며, 어떤 소명이고, 대중들이 여러분의 목소리를 듣는 것이고, 어쩌고저쩌고하는 쓰레기 같은 관념 때문이기도 하다. 글쓰기에 능숙하지만 더럽게 형편없는 엿 같은 급여를 감수하려는 사람들이 많기 때문에 원고료는 여전히 형편없는 것이다.

사기꾼들만 이 이론을 신봉하는 게 아니라는 사실을 명심해야 한다. 〈뉴욕 타임스〉는 칼럼 기고자에게 쥐꼬리만 한 원고료를 지급하는 것으로 유명하다. 지면에 등장해서 세계에서 가장 지적인 독자들에게 메시지를 전한다는 것을 영광으로 알아야 한다는 생각에서 그런 게 아닌가 싶다. 예, 그러시겠죠.

다시 강조하는데, 이것이야말로 여러분이 본업을 그만두면 안 되는 강력한 이유다. 본업이 무엇이든, 그 급여는 여러분이 글쓰기로—심지어 전업으로 글쓰기만 하더라도—처음 몇 년 동안 벌 수 있는 금액보다 확실히 높기 때문이다.

12. 고료가 그렇게 짜다면 작가님은 어떻게 그렇게 더럽게 많이 벌죠? 솔직히 그리 유명하지도 않잖아요.

멋진 질문이다.

첫 번째 이유. 나는 1990년부터 프로 작가로 글을 썼다. 글을 써 온 시간은 어떤 면에서 정말 중요하다. 프로 작가 생활 첫 6년 동안 나는 절대 많이 벌지 못했다는 사실도 기억하기 바란다. 불황기의 신문쟁이 급여 정도다(높지는 않았지만 그리 나쁘지도 않았다). 그다음에는 닷컴 호황으로 인한 급여 인상의 혜택을 입었고, 현재는 10년 넘게 이 바닥에서 일하며 그 기간 동안 꾸준히 작품을 내놓은 덕을 보고 있다(즉, 나는 적어도 일에 관한 한 별난 괴짜가 아니다). 이게 답이다. 시간과 노력이 중요하다.

두 번째 이유. 작가로서 나는 매우 유연하다. 엄청나게 다양한 글쓰기 분야에서 중요한 경험을 했다. 글쓰기는 결국 단순한 '글쓰기'가 아니다. 의사나 변호사에게 전문 분야가 있듯, 작가도 대부분 그렇다. 이는 일반적으로도 뛰어난 전략이고, 일단 핵심 경쟁력을 갖춘 후에 작가로서의 시야를 확장하는 것도 가치가 있다. 나는 처음에 연예와 유머 글을 쓰는 것으로 시작했는데 덕분에 AOL에 들어갔다.

AOL에 있는 동안, 온라인과 기업 관련 글—재테크와 마케팅 둘 다—을 쓰는 경험을 했다. 그 후로 이 분야는 내 글쓰기 레퍼토리에서 중요한 위치를 차지했다. 나는 여전히 연예 관련 글을 쓰기는 하지만 지금은 오히려 온라인과 기업 관련 글이 주가 된다.

레퍼토리를 추가한다는 게 중요하다. 예컨대 나는 천문학에 관한 책을 썼는데, 덕분에 대중 과학 분야의 글을 쓸 기회가 더 생겼다. 이렇게 범위를 넓히는 게 중요한데, 어느 한 분야의 글쓰기 시장이 침체되어도 다른 분야에서 일거리를 찾을 기회가 있기 때문이다. 작가에게 유연성은 상당히 도움이 된다.

세 번째 이유. 나는 고상한 체하는 글쓰기 속물이 아니다. 특정 유형의 글만 쓰지는 않는다. 돈만 주면 뭐든지 쓴다. 이는 분명 유연성과 관련이 있으며 다양한 일들을 시도해 보려는 욕구도 깔려 있다. 예를 들면 내 가장 짭짤한 글쓰기 일거리는 마케팅 자료집이다. 마케팅 자료집을 쓰는 것에 상당히 많은 작가는 거부반응을 보인다. 하지만 사실 나는 마케팅 관련 글을 쓰는 게 정말 재미있다. 새로운 글쓰기 매체를 시도하는 게, 목표를 세우고 달성하려고 하는 게, 마케팅이 어떻게 작동하는지를 배우는 게 재미있다. 그리고 당연히 마케팅 자료집을 쓰는 일은 보수가 정말 짭짤하므로 이것으로 번 돈을 쓰는 것도 재미있다. 일부 작가들은 나의 이런 무차별적인 글쓰기 성향을 경멸할지도 모르지만 상관없다. 일거리가 많을수록 가족을 위해 버는 돈도 많아진다.

그러므로 여러분이 내가 버는 만큼 벌고 싶다면 시간을 투자해 다양한 글을 쓰는 방법을 배우고, 단지 '멋지지 않다'는 이유만으로 일거리를 거절하지 않으면 된다. 참 쉽죠?

(역설적이지만, '유명' 작가들도 떼돈을 벌지는 못한다. 물론 여러분은 스티븐 킹이나 존 그리샴이나 앤 라이스, 그리고 돈을 쓸어 담는 귀족 칼럼니스트를 알고 있다. 하지만 이들은 최상위 1퍼센트다. 그 아래 상위 계층의 삶은 편하기는 해도 놀고먹는 건 아니다. 그보다 아래 단계의 베스트셀러 작가들도 대단한 부자는 아니다. 인세가 10퍼센트 이하면 실제로 돈을 벌기 위해서는 책을 많이 팔아야 한다. 이 문제는 내 말을 믿어도 된다)

전국적으로 명성을 떨치는 칼럼니스트도 평범한 작가보다는 많이 벌지만 사실 엄청난 돈을 버는 건 아니다. 8~9만 달러 또는 10만 달러대 초반이다. 여러분이 작가라면 (마침내는) 꽤 높은 수입을 얻을 수도 있다. 하지만 정말로 울트라 슈퍼 부자가 되고 싶다면 다른 직업 분야에서 유명해지기를 바라는 게 나을 것이다.

13. 다른 사람을 위한 글을 쓰는 데 그렇게 많은 시간을 쓴다면, 자신이 쓰고 싶은 글을 쓸 시간이 없을까 걱정되지 않으세요?

당연히 자주 걱정된다. 분명히 말해 두는데, 나는 작가가 자신에게 정말 중요한 글을 쓰는 게 꼭 필요하다고 생각한다. 다른 사람을 위한 글만 쓴다면 불만이 쌓이고 짜증이 나며, 아무 재미도 느끼지 못하게 될 것이기 때문이다. 자신에게 새미있는 글을 쓰는 것은 정신을 상쾌하게 해 줄 뿐만 아니라 즐겁다.

일로서의 글쓰기와 개인적 즐거움을 위한 글쓰기 사이에서 균형을 잡는 게 중요하다. 그리고 그 균형점을 찾아내는 데는 시간이 걸릴 수 있다. 나는 종종 책상에 일거리만 잔뜩 쌓아 두고 즐거움을 위한 글쓰기를 위한 시간을 내지 못하기도 하는 것에 자괴감을 느낀다. 이런 상황이 되면 일을 다 끝낼 때까지 좀 비참해진다(반면에 내게 돈벌이가 되는 일거리가 전혀 없다면 그 또한 굉장히 비참해질 것이다).

경험상 나는 상당한 양의 일거리가 쌓였으면서도 하루에 두어 시간 정도는 개인적인 글쓰기를 할 시간을 낼 수 있을 때 가장 행복하다. 내가 '창의적일' 때가 하루에 두어 시간 정도이며, 이 시간이 지나면 뇌에 휴식을 주고 충전하면서 창의적인 글쓰기를 할 내용을 생각해야 한다. 그리고 나머지 시간 동안 일을 한다. 이 둘은 서로 방해하지 않을 뿐만 아니라 서로를 보완한다. 창의적인 글쓰기를 하면 일거리에 대해 조금 다른 관점으로 접근하게 되며 반대의 경우도 마찬가지다. 그리고 당연한 말이지만 '개인적인' 글쓰기도 직업적인 목표를 가질 수 있다. 예를 들어 소설을 쓴다면 집필을 끝낸 후에는 그 소설을 팔고 싶어질 것이다.

여러분의 직업적인 글쓰기와 개인적 글쓰기 비율, 그리고 이 두 가지를 어떻게 설정해서 쓸 것인지는 당연히 나와 다르겠지만 결국 찾아낼 것이다. 그동안에는 다른 사람을 위한 글만 너무 많이 쓰고 자신을 위한 글쓰기가 부족하면 영혼을 잃는 건 아닌지 너무 걱정하지 않아도 된다. 그런 상황이 실제로 닥치고 여러분이 개인적 글쓰기를 위한 시간을 진심으로 원한다면, 그런 시간을 내게 될 것이다.

14. 돈을 받아도 쓰지 않을 글이 있나요?

당연히 있다. 도덕적으로 의문이 가는 제품에 대해서는 마케팅 자료집을 쓰지 않는다. 예컨대 나는 멋지고 향이 좋은 담배에 관한 글을 쓰지는 않는다. 내 정치적 또는 개인적 윤리관에 반대되는 글은 쓰지 않을 것이다. 따라서 동성혼이나 낙태 합법화의 위험을 유권자에게 경고하는, 보수 정치인을 위한 홍보물을 쓰지 않을 것이다. 포르노도 쓸 것 같지 않다. 결혼이 파탄나지 않는 한 그럴 이유가 없기 때문이다. 개인적으로 불쾌하게 생각하는 매체에는 글을 쓰지 않는다. 그러므로 무작위 마케팅 이메일에서 내 이름을 볼 일은 없을 것이다. 내가 기초 지식이 거의 없거나, 그렇지 않더라도 일정한 수준의 결과물을 낼 만한 지식을 빠른 시간에 습득할 수 없을 것 같은 분야에 대해서는 글을 쓰지 않을 생각이다. 그래서 크리켓에 대해서 글을 쓰지 않는 것이다.

이런 종류의 글쓰기를 '안 해도' 생계를 꾸리고 청구서를 지불하는 내 전체적인 능력에는 영향이 없기 때문에 상대적으로 편하게 말하고 있다는 면도 있다. 내가 초보 작가인데 무작위 마케팅 이메일을 쓰고, 인스턴트 음식 대신 외식을 하면서 기분전환을 할 수 있게 된다면 그렇게 할지도 모른다. 하지만 일반적으로 기분 더럽게 만들거나 자신을 부끄럽게 하는 일을 하고 살기에는 인생이 너무 짧다. 돈을 벌 방법은 많이 있다.

15. 작가님은 출판계에 연줄이 있었다고 말씀하셨죠. 어떻게 만드셨나요? 그리고 더 중요한 질문인데, 제가 연줄을 만들려면 어떻게 해야 하죠?

'연줄'은 여러분에게 글쓰기 일거리와 슈퍼모델과의 화끈한 데이트를 가져다줄 수 있는 신비한 능력을 가진, 비밀스런 느낌의 단어처럼 보인다. 전혀 그런 게 아니다. 화끈한 데이트에 관해서는 특히. 내 연줄은 이 바닥에서 일하면서 만난 모든 사람이다. 이들 대부분과 나는 다 젊었을 때, 그리고 지금과는 달리 서로에게 도움을 줄 수도 없는 처지에 있을 때 만났다. 세월이 흐르면서 그 사람들이 승진했고, 전에 함께 일했던 사람들을 기억했을 뿐이다. 연줄은 대체로 그렇게 작용한다.

여러분이 자기의 재미와 이익을 위해 연줄을 만들고 싶으면 이렇게 하라. 모든 사람에게 잘해 주면 된다. 사실 이게 최선이다. 누군가와 함께 일한다면 그의 일을 도와주면 된다(여러분 자신의 일을 능숙하게 하기만 하면 그 사람에게 도움이 되는 게 보통이다). 누구에게도 깔보는 태도를 보이면 안 된다. 오늘의 신입이 얼마나 빨리 내일의 상사가 되는지(그리고 그들의 기억이 얼마나 오래 지속되는지) 알면 놀랄 것이다. 사람들의 도움에 감사해야 한다. 쓸모가 있는 사람이 되어야 한다. 뒷담화를 하면 안 되고, 뒤통수를 쳐도 안 된다. 누군가가 자기 일을 잘한다고 생각하고, 여러분이 그 사람의 성장을 도울 수 있는 위치에 있다면 그렇게 해 줘야 한다. 사람들은 직업적으로, 그리고 개인적으로 잘해 준 이를 꼭 기억한다. 괜찮은 사람이 되면 좋은 결과가 있다.

그런데 좋은 사람은 아첨을 일삼는 예스맨과는 다르다. 거짓에는 코를 찌르는 악취가 있어서 경력 내내 여러분의 주위를 맴돈다. 그러니 거짓을 이용하려 할 때는 주의해야 한다. 좋은 사람이 되더라도, 쓰레기를 던지는 원숭이 같은 동료나 편집자에게는 쩔쩔매거나 참아 주지 않아도 된다. 이 문제와 관련해선 분명하게 그어서 누구에게도 호구 취급을 받거나 이용당하지 않아야 한다. 이 태도는 개인의 자존심과 업무 능력에도 유용하다. 한 사람이 견딜 수 있는 선을 넘어설 만큼 대단한 일은 세상에 없다. 하지만 내 경험상 사람들은 대부분 정상적이고 그저 자기 일을 할 뿐이다. 여러분이 그들을 도와주면, 그것도 프로답고 호감 가는 방식으로 기분 좋게 도와주면 보답이 있을 것이다.

(그리고 세상에서 가장 좋은 사람이라고 해서 실제로 일을 잘한다는 의미는 아니라는 사실도 기억해야 한다. 그러므로 프로답게 일하는 것이 첫째고, 좋은 사람이 되는 건 그다음이다)

16. 저는 연줄이 없어요! 아는 사람도 없고요! 어떡하죠?

6번 질문으로 돌아가서 초보 작가를 위한 전략 1번을 참조하기 바란다. 연줄이 없다는 게 곧 일거리를 얻지 못한다는 뜻은 아니다. 나는 처음 네 군데 글쓰기 직장에서 아는 사람이 하나도 없었다. 사람들에게 보여 줄 것이라고는 내 일밖에 없었다. 일은 중요하다. 특히 처음에는 적어도 연줄만큼이나 중요하다.

17. 작가 조합, 협회, 단체에 대해서는 어떻게 생각하세요?

공식적으로는 중립이다. 이런 조직들은 초보 작가들이 직업으로써의 글쓰기 업계의 기본 원칙 여러 가지를 배우는 데 유용하다고 생각한다. 특히 법률이나 계약 문제가 불거질 때는 도움이 될 수 있다. 지역 작가 협회는 사회적 직능 단체로도 유용하다. 이에 더하여, 많은 전국 또는 지역 작가 조합과 협회는 그 구성원에게 예컨대 건강보험처럼 유용한 복지를 제공한다. 프리랜서 작가는 이 점만으로도 이런 조직에 가입하는 게 도움이 된다.

하지만 개인적인 견해를 말하자면 나는 이들 조직에서 별 쓸모를 찾지 못했다. 이유야 어쨌든 나는 직장인일 때나 프리랜서일 때나 스스로 계약 협상을 하거나 적절한 일거리를 찾는 데 문제가 거의 없었다. 그리고 연줄을 만들거나 찾는 데도 문제가 없었다. 글쓰기 박람회와 세미나는 나에게 그다지 큰 쓸모가 없었다. 내가 흥미 있는 분야에 직접 뛰어들어서 실제 경험을 쌓는 게 훨씬 유용했다. 그리고 나는 인색한 사람이라 이들 협회로부터 직접적인 혜택을 받을 생각이 없는데도 회비를 내고 싶지는 않다. 정치적으로는 대체로 노조를 지지하지만, 개인적 문제에서는 전혀 그렇지 않다.

위에 말한 내용은 내가 다른 작가들을 짜증 나게 할 정도로 별나게 자기중심적이고 내 능력에 확신이 강한 사람이라는 사실을 감안하고 읽어야 한다. 또한 나는 웬만하면 어떤 단체의 '회원'이 되려고 하지 않는 편이다. 유일하게 가입하고 싶었던 작가 협회는 '미국 SF 및 판타지 작가 협회SFWA'이고, 지금 이 협회의 회원이다. 가입할 때 이 협회가 내게 뭘 해 줄 것이라고 기대하지 않았고, 그런 면에서 협회의 활동에 대해서도 지금까지 전혀 불만이 없다. 네뷸러 상의 투표권이 있는 건 좋다.

작가 조합이 쓸모 있다고 생각하면 가입하면 된다. 나는 별 쓸모를 찾지 못했지만 여러분도 그러리라는 법은 없다.

18. 작가님은 온라인과 오프라인에 모두 글을 쓰시는데, 둘의 차이는 무엇인가요?

없다.

진담이다. 많은 사람이 두 매체의 차이를 얘기하지만 대부분은 제 논에 물 대기일 뿐이다. 온라인 글쓰기는 좀 더 짧아지는 편이고, 인쇄물에서는 불가능한 하이퍼링크를 이용할 수 있다는 게 장점이다. 하지만 그렇다고 이 두 가지가 다 바꿀 수 없는 철칙은 아니다. 절대 짧지 않은 웹상의 글들, 하이퍼링크를 포함하지 않은 기사를 많이 읽었기 때문이다. 온라인에서 글을 쓰는 작가들 다수는 HTML이나 기타 웹 기반 프레젠테이션 시스템도 공부하지만 이것들은 그 자체로는 글쓰기와 직접 관련이 없다. 그런 걸 배우지 않아도 글쓰기를 완벽하게 잘 해낼 수 있다. 특히 요즘에는 워드프로세서 프로그램이 텍스트를 웹페이지로 변환해 줄 수 있다.

여러분은 온오프라인 매체 모두에서 같은 일을 해야 한다. 조리 있고 명료하게 글을 쓰고 편집자를 만족시켜야 한다. 온라인과 오프라인 중 한 매체에 글을 쓸 수 있다면 다른 매체에 글을 쓰기 위해 필요한 내용의 95퍼센트는 이미 알고 있는 것이고, 나머지 사소한 차이점은 어렵지 않게 배울 수 있다.

내가 본 작가 중 다수는 둘 중 한 매체에만 글을 쓰는 것을 선호했다. 바보 같다고 생각한다. 둘 사이에 진정한 기법상의 차이가 없다면 두 매체 모두에 글을 쓰지 않을 이유가 있을까? 우디 앨런은 "양성애자가 되면 토요일 밤에 데이트할 가능성이 두 배가 되니 정말 끝내준다."는 농담을 한 적이 있다. 오프라인과 온라인 글쓰기에도 같은 얘기가 적용된다. 현재(2001년) 내 수입의 75퍼센트는 온라인에서, 25퍼센트는 오프라인에서 나온다. 나는 둘 중 한 매체에만 집중해야 한다는 잘못된 신념 때문에 수입의 4분의 1(반대의 경우 4분의 3)을 줄이지 않을 것이다.

(왜 수입이 주로 온라인에서 나오느냐고? 간단하다. 나는 게으른 사람

이고, 연줄과 온라인 구인 사이트 덕분에 온라인에서 일거리를 찾기가 훨씬 쉽기 때문이다. 온라인 세계가 당장 내일 증발해 버린다 해도 온라인 글쓰기에서 개발한 능력과 경험을 이용해 오프라인 글쓰기를 해서 수입을 보충할 자신이 있다)

19. 작가가 되려면 뉴욕이나 다른 대도시로 가야 하나요? 작가가 될 기회는 대부분 거기 있는데요.

그 점에 대해서는 잘 모르겠다. 물론 유명 잡지사나 출판사는 뉴욕이나 다른 대도시에 있다. 하지만 일반 잡지사는 전국 각지에 있다. 그리고 여러분이 특정 지역 기반 잡지사에 들어가거나 지역 신문사에서 일하려는 경우가 아닌 한, 글쓰기 시장이 있는 곳에 살아야 할 필요는 없다. 물론 편집자나 잡지 또는 신문사 관계자와 대면할 기회가 생길 수는 있겠지만, 반드시 그래야 하는 건 아니다.

정말 큰 도시로 가고 싶다면 가야 한다. 그렇지 않으면 안 가도 된다. 글을 쓰기 위해 어떤 특정한 곳에 살아야 할 필요는 별로 없다. 특히 현재의 온라인 세상에서 사람들은 멀리 떨어진 채 이메일이나 메신저로만 이어진 존재이다. 이와 관련된 몇 가지 경험을 말하겠다. 나는 지금 오하이오주 서쪽 제일 끝에 있는 브래드포드라는 조그만 마을에 산다. 인구는 겨우 2천 명 이하인 곳이다. 처음 이사 왔을 때는 일거리를 얻을 기회가 줄어들지 않을까 걱정했지만 전혀 그렇지 않았다. 운이 좋았을 수도 있지만 요즘에는 글쓰기 일거리를 찾으려고만 하면 어디서 살든 찾을 수 있다고 생각한다.

내가 지금 스물한 살이고 막 글쓰기를 시작했다면 오하이오 주 브래드포드보다는 뉴욕에 살았을 것이다. 이 문제는 논할 필요도 없다. 하지만 지금 나는 30대이고 가족도 있기 때문에 여기 사는 게 좋다. 대지 6천 평에 침실 네 개짜리 신축 주택에 사는데, 여기 대출금으로는 맨해튼에서 침실 하나짜리 집도 얻지 못할 것이다. 내 딸은 뉴욕의 한 블록 정도 크기의 마당에서 노는데, (적어도 내게는) 실제 뉴욕에서 노는 것보다 좋아 보인다. 뉴요커들을 기분 나쁘게 할 생각은 없지만.

요점은 이것이다. 글은 어디서나 쓸 수 있다. 특히 요즘에는. 그러므로 원하는 곳에서 살면 된다.

20. 작가가 되고 싶은 대학생입니다. 저는 어떤 수업을 들어야 할까요?

원하는 수업 아무거나. 작가가 되고 싶으면 기회가 있을 때마다 무엇이든 써야 한다. 글쓰기 수업을 듣는 것은 실제 글쓰기에서는 2차적인 도구이다. 글쓰기 수업을 듣는 것과 학교 신문에 글 쓰는 것 중에서 하나를 골라야 한다면, 학교 신문에 글을 쓰고 글쓰기 수업 대신 다른 일을 하라고 권하겠다. 교수와 글쓰기 강사는 동의하지 않겠지만, 이 사실을 기억해야 한다. 나는 그들 대부분보다 더 많은 글을 썼다. 누구를 믿겠는가? 문장을 어떻게 만들어야 할지 전혀 감도 안 잡힌다면 당장 글쓰기 수업을 듣는 게 최선이다. 하지만 정말 글을 쓰고 싶어 하는 사람들은 대체로 그 정도 수준은 아니다.

가능한 한 많은 일을 실제로 최대한 배우는 게, 다른 학생들과 둘러앉아 여러분의 습작에 대해 토론하는 것보다 훨씬 중요하다. 이유가 무엇일까?

광범위한 지식을 갖추면 더 좋은 작가가 될 수 있기 때문이다. 다양한 주제에 관해 글을 쓸 수 있고, 서로 다른 지식 분야들을 연결할 수 있으며, 이를 통해 새 아이디어를 발견할 수 있게(그러면 그에 관해 글을 쓸 수 있다) 하기 때문이다. 또한 좋은 인상을 주고 싶어 하는 사람에게 여러분이 똑똑하게 보일 수 있다. 무엇보다도, 다양한 것들을 배우다 보면 어떻게 배워야 하는지 알게 된다. 글쓰기에서는 가장 가치 있는 기술이다. 엄청나게 조사를 많이 해야 하고/거나, 다루어야 할 주제와 관련된 내용을 빠르게 습득하는 능력이 필요한 경우에 특히 그렇다.

고등학교에서 절대 가르쳐 주지 않는 것 중 하나는 학부 졸업장은 전혀 중요하지 않다는 사실이다. 어떤 분야에서 전문가가 되려면 대학원에서 관련 공부를 더 해야 하는 게 보통이다. 그리고 이러한 대학원은 다양한 전공의 학생들을 받고 싶어 한다. 그래서 MBA에서 영문학 전공자를, 로스쿨에서 생물학 전공자를 볼 수 있는 것이다. 여러분이 대학에서 글쓰기를 배우고 싶다면—학부에서 배운 글쓰기는 프로 작가로서의 경력에 하나의 선택 사항일 뿐이고, 내가 한 것처럼(에헴) 실제 잡지와 신문에 글을 쓸 때는 전혀 필요하지 않다—, 대학원 수준의 훌륭한 글쓰기 프로그램이 몇 있고, 저널리즘 스쿨도 수없이 많다. 이들 프로그램이나 대학원은 다양한 전공의 졸업생을 받는다. 걱정은 그때 가서 하고, 학부 시절에는 많은 것을 많이 배우면서 보내야 한다. 결국에는 보답을 받을 것이다.

(내 전공? 철학이다. 글쓰기에서 이용한 적 있느냐고? 있다)

오늘은 여기까지.

더 장황한(하지만 실용적인) 글쓰기 조언

(2004년 3월 19일)

여러 가지 이유로 지금은 깊게 다루지 않겠지만(내키지 않아서 그런 건 아니다), 나에게는 요청받지 않았는데도 작가들에게 실용적인 조언을 하고 싶은 욕구가 있다. 그 조언은 이렇다. 작가인 여러분은 왜 나에게 조언을 들어야 하는가? 이유라면 내가 작년에 두 권의 책을 냈고, 올해 두 권을 낼 것이며, 내년에도 몇 권의 책을 낼 예정이라는 것뿐이다. 게다가 나는 글을 써서 돈을 많이 벌기까지 한다. 반면, 대체로 만사에 무관심하다는 사실을 선선히 인정하는 괴팍한 허풍선이로도 유명하다. 그러니 듣기 싫으면 듣지 않아도 된다.

1. 그렇다. 여러분은 위대한 작가다. 그래서?

헷갈리지 않게 먼저 분명히 해 두자. 여러분이 최고의 작가라 해도 아무도 신경 쓰지 않는다. 정말 그렇다. 사람들은 작가들이 여러 가지 존재가 되길 바라는데, '최고'는 보통 거기 속하지 않는다. 독자들은 여러분이 자신들을 재미있게 해 주길 바란다. 편집자는 여러분이 상업성 있기를, 그리고 편집 과정에서 골칫덩어리가 되지 않기를 바란다. 출판사는 출간 일정의 공백을 메꿔 주길 바란다. 서점은 서점을 문전성시로 만들어 주기를 바란다. 이러한 바람들 중 어떤 것도 위대한 작가가 되는 것과 관계가 없다. 위대한 작가가 되는 게 이러한 바람들을 못 이루어 준다는 뜻이라면, 당대에 크게 인정받으리라는 기대는 하지 않는 게 좋다. 어떤 면에서는 다음 항목과 관계가 있다.

2. 여러분이 나보다 나은 작가라도 상관없다.

내가 왜 상관해야 하는데? 여러분의 펜 끝에서는 최고의 양피지 위를 달려가는 황금 방울 같은 단어가 흘러나온다. 나무들은 자신들이 죽어서 여러분의 생각을 펼쳐낼 종이가 된다는 사실에 감사의 눈물을 흘린다. 아주 좋은 일이다. 하지만 나에게는 써야 할 책이, 진행해야 할 프로젝트가, 만족시켜야 할 고객이 있다. 공들인 사색을 불멸의 글로 엮어 내는 여러분의 초자연적인 능력은 내 삶에 아무런 영향도 미치지 못한다.

물론 나는 여러분이 작가들의 위대함을 보여 주는 계층도에서 나보다 위에 있다는 사실을 인정한다. 분명히 여러분이 내뿜는 광채와 마주하게 될 것이다. 어떻게 그렇지 않을 수 있겠는가? 나는 그저 개의치 않을 따름이다. 내 별 볼 일 없는 작품이 여러분이 종사하고 있는 거룩한 분야를 더럽히는 것을 묵과할 수 없다는 이유로 여러분이 전력을 다해 내 경력을 좌절시키려고 하지 않는 한, 실제로 여러분이 하는 일과 내가 하는 일은 서로 별 관련이 없다.

다른 작가들도 이런 느낌이지 않을까 생각한다. 원하는 만큼 빛나도 된다, 친구여. 다만 여러분이 두둥실 떠다닐 때 나머지 우리가 화장실에서 여러분을 존경 어린 눈길로 우러러보기를 기대해서는 안 된다. 어떤 면에서는 다음 항목과도 관련된다.

3. 여러분보다 재능은 부족한데 돈은 더 많이 버는 사람은 언제든지 있다.

왜냐고? 인생은(그리고 출판계는) 변덕스럽고 잔인하다. 그게 이유다. 어떤 뚱뚱한 개자식이 지난 25년 동안 같은 책을 계속 다시 쓰고, 그 '새' 책이 지난번 책의 무의미한 복제이고, 그 지난번 책은 지지난번 책의 무의미한 복제인 식으로 계속 이어진다고 가정하자. 그리고 그의 두껍고 덜떨어진 멍청한 책이 서점 한가운데에 단독 코너로 전시되고 작가는 돈을 쓸어 담는다. 그 돈으로 타호 호수 근처에 멋진 저택을 사고, 넘쳐나는 돈으로 똑똑하고 예쁘고 야심만만한 젊은 남녀를 꼬인 다음, 83인치 대형 TV로 어린이 채널을 보면서 검버섯투성이의 비대한 몸으로 그 남녀들과 광란의 섹스를 한다. 그렇게 할 능력이 있기 때문이다. 한편 여러분이 운이 좋으면, 가슴 저미도록 아름답게 쓰인 여러분의 책(그 책의 선인세로 여러분이 받은 돈은 뉴욕 알파벳 시티의 엘리베이터 없는 건물 5층에 있는 집의 석 달치 월세를 겨우 낼 수 있을 정도였다)은 서점의 구석진 서가 안쪽에 잊힌 채로 한 달 동안 꽂혀 있다가 커버가 찢기고 비참한 실패의 딱지가 붙여진 채 출판사로 반송될 것이다. 문학계에 온 것을 환영한다!

누군가의 눈부시게 멋진 원고—존재가 알려질 만한 가치도 없는 여러분이 형편없는 원고보다 훨씬 나은—이 출판사의 엉망진창으로 쌓인 파일들 속에 무시당한 채 놓여 있다가, 책에 대한 안목이라고는 열병 걸린 땅돼지 정도밖에 안 되는 인턴이 함부로 건드리는 일도 있다는 걸 기억해야 한다. 그러다가 투고된 지 15~22개월이 지난 후에 투고자에게 반송된다. 그렇다. 여러분은 운이 좋은 것이다!

4. 다른 작가(그리고 그들의 글)에 대한 여러분의 의견은 아무 의미 없다.

내 웹사이트의 한 댓글란에서 누군가가 내 소설을 살 편집자는 아무도 없다는 얘기를 어떤 작가에게 들었다고 썼다. 그리고 바로 그날 늦게 나는 소설 두 권을 계약했고 그 책들은 양장본으로 나올 것이라고 알렸다. 이 문제에 관해 그 다른 작가는 왜 그렇게 분명하고 확실하게 틀리고, 틀리고, 또 틀렸을까? 간단하다. 아무것도 모르기 때문이다. 또는 적어도 이 책들이 돌아가는 시장에 대해 쓸모 있는 지식이 하나도 없기 때문이다. 그 작가가 보기에 나는 형편없는 작가이고 내 책은 신통찮다. 하지만 현실에서 내 책을 살 위치에 있는 누군가는 내가 충분히 경쟁력이 있고 내 책은 살 만하다고(그리고 전망이 불투명한 상황이라도 내 책을 하나 더 사는 게 타당하다고) 보았다.

논평할 만큼 잘 안다고 생각하지만 사실은 시장에 대해 쥐뿔도 모르는 이 작가를 까려고 하는 얘기가 아니다. 거짓말이다. 까려는 글이다. 하지만 세상에는 나라면 출판할 기회를 눈곱만큼도 주지 않았겠지만 실제로는 성공한 책들이 수없이 많다는 사실을 먼저 말해 두어야겠다. 그런 책들은 존재하고 수백만 부가 팔렸다. 왜냐고? 내가 쥐뿔도 모르기 때문이다. 작가로서 우리가 할 일은 다른 작가들과 그들의 작품에 대해 아는 게 아니다. 자신의 글을 쓰는 게 우리 일이다.

다른 작가와 그들의 작품에 대해 의견을 가질 수 없다는 얘기가 아니다. 가질 수 있다. 우리 모두 그렇게 한다. 하지만 우리 의견이 그 작가, 그리고 그의 작품이 세상에서 어떻게 대접받는지와 관계있는 척해선 안 된다. 나는 내 의견이 개인적 차원을 넘어선 중요성이 있다고 주장할 필요가 없다. 내 개인적 의견에 그쳐도 상관없다고 생각할 만큼 자아가 충분히 강하다.

5. 커피숍에 노트북을 가져가도 사람들은 속아 넘어가지 않는다.

맙소사. 자판을 두드리다가 손에 머그컵 같은 걸 들고 의자에 기대서 최신 걸작을 편집하는 척한다. 만일 여러분의 머리 위에 야하게 번쩍이는 네온사인이 있다면 거기에는 분명 이렇게 써 있을 것이다. '섹스를 찾아서.' 집으로 가야 한다. 빨리.

모두가 내 조언을 따른다면 뉴욕 파크 슬로프의 경제는 완전히 붕괴할 것이다. 하지만 생각해 보자. 여러분은 글쓰기를 원하는가, 아니면 섹스를 원하는가? 아니, 대답하지 않아도 된다. 어쨌든 여러분이 멋진 이성에게 감동을 주고 싶다면 교정쇄를 커피숍에 가져가서 편집하면 된다. 그러면 노트북 두드리는 사람은, 음탕한 포유류의 섹스에 대해서 며칠째 얘기하고 있는 불쌍한 멍청이로 보일 것이다.

6. 책을 내기 전에는 꼬리칸 신세일 뿐이다.

이것은 출판계에 대한 여러분의 생각과 관련된다(여러분은 좋아하는 것과 그렇지 않은 것에 대해 마음껏 의견을 말할 수 있다. 그럴 수 있게 해 주는 나는 정말 좋은 사람이다). 카페프레스CafePress와 그 밖의 다양한 주문형 출판 플랫폼은 포함되지 않는다. 내 생각에 주문형 출판은 나쁜 게 아니다. 그리고 나는 첫 소설을 내 개인 웹사이트에서 '출판'했고, 그 소설은 아주 좋다고 생각한다.

하지만 주문형 출판과 출판은 다르다. (무엇보다도) 둘이 정말 같다면 주문형으로 책을 낸 사람들이 그토록 시간을 들여 둘이 같다고 방어적으로 주장할 필요가 없기 때문이다. 다른 사람이 여러분이 생각하는 것을 책으로 펴내 여러분에게 엿을 먹이기 전에(그들은 그러고도 대수롭지 않게 생각한다. 앞의 항목 참조), 바로 눈앞에서 여러분에게 돈을 건네는 사람이 여러분의 책을 출판해야 한다. 그런 다음, 은밀한 악수와 신비로운 구텐베르크 의식을 거친다. 그렇게 갓 나온 책은 여러분의 떨리지만 열망에 찬 육체에 뜨거운 자국을 남긴다.

그래, 속물적인 얘기다. 그래서? 속물근성이 나쁜 것처럼 얘기하는군. 어쨌든 출판되지 않았다고 여러분이 형편없는 작가라는 얘기는 아니다. 그저 아직 책을 내지 못했을 뿐이다. 하지만 사람들이 글쓰기에 관해 지껄여대는 것을 들었을 때 작가들이 느끼는 감정은 마치 민간인이 해병대에 대해 지껄이는 것을 들었을 때 해병이 느끼는 감정과 같다. 여러분의 시간이 오기 전에는 그저 입으로 뀌는 방귀일 뿐이다. 책을 낸 다음에 돌아와서 여러분이 생각하는 것을 얘기하면 된다.

7. 인생이 불공평하다고 말했던가?

음, 아니군. 내 경우를 보자. 내가 첫 번째 책을 팔 수 있었던 것은 출판사가 특정한 종류의 책을 찾고 있을 때 내 에이전트가 나를 떠올렸기 때문이다. 어떤 노력도 필요하지 않았다. 내 책을 내 웹사이트에서 팔았다. 여기에도 별다른 수고가 필요 없었다. 두 번째 소설은 별 광고도 안 했지만 잘 팔렸다(하지만 그 책을 쓸 때는 정말 많은 수고를 했다). 그리고 지금 내게는 '북 오 브 더 덤Book of the Dumb'이라는 소규모 책 프랜차이즈가 있다.

운이 좋았냐고? 그럴지도 모른다. 하지만 내 소설이 어느 정 도 팔리던 그 시기에 크리스토퍼 파올리니라는 열아홉 살 청년 이 자비 출판한 판타지 소설 『에라곤Eragon』을 뉴욕 크노프 출판 사가 50만 달러에 채 갔다. 지금 그 책은 베스트셀러가 되었고 블록버스터 영화로 제작될 예정이다(2007년 영화화되었음-옮긴 이). 나는 그저 운이 좋았을 뿐이지만 우리 젊은 파올리니는 빌 어먹을 잭팟을 터뜨린 것이다.

나는 별로 노력을 들이지 않고 작가로서의 경력을 쌓은 반면 (책을 쓰기 위해 밟아야 했던 사소하지만 필요한 단계는 제외하자), 나와 비슷하거나 더 나은 재능을 가진 사람들이 오랜 세월 동안 성 공하지 못한 것은 공평한가? 아니다. 파올리니는 스무 살에 베 스트셀러를 내고 부자 작가가 되었는데 나는 서른여섯 살이 되 어서야 처음으로 내 책이 서점에 깔린 것—그리고 다른 사람들 은 그보다 더 오래 기다려야 하는 것(과연 책을 낼 수나 있을지)은 공평한가? 이것도 당연히 전혀 '아니'다. 인생은 공평하지 않다. 그랬던 적도 없었다. 앞으로 곧 그렇게 되리라고 기대하는 건 순진해 빠진 착각이다.

나는 내 성공의 일부는 적당한 때 적당한 자리에 있었던 덕이라는 사실을 기꺼이 인정한다. 하지만 운 좋은 처지를 이용했다는 사실에 꼭 죄책감을 느껴야 한다고는 보지 않는다. 최종 결과는 내가 원하는 일을 하는 멋진 인생이기 때문이다. 여러분이 비슷한 행운을 이용할 수 있는 처지에 있다면 그에 대해 죄책감을 느껴서는 안 된다. 여러분의 운명에서 상승기에 있다고 생각하면 된다. 그걸 망칠 필요는 없다.

8. 개자식이 되지 말자.

작가, 편집자, 출판업자는 자기 이름, 배우자 이름, 자식 이름, 반려동물 이름까지 다 잊어버리더라도, 동료 작가가 자신에게 가했던 극히 사소한 모욕은 잊지 않는다는 걸 알고 있는가? 사실이다. 그들은 MRI를 찍으면 백지가 나올 정도로 뇌세포가 망가져서 지독한 고통에 시달리는 중에도 병실 건너에서 그 작가가 작은 목소리로 당신의 이름을 말하는 게 들리면 눈을 번득이며 "저 개자식!"이라고 외치고 나서야 혼수상태에 빠질 것이다. 이렇게 되지 않으려면 이런 사람들을 적대시하지 않는 게 좋다. 필요한 경우—그런 경우는 거의 없고, 있었던 적도 없다—가 아니라면 말이다.

9. 질투하면 어리석어 보인다.

여러분보다 재능이 떨어지는데 더 큰 성공을 거둔 작가가 있거나, 작가 친구 중 몇이 여러분보다 (어떤 기준으로 보더라도) 나은 글을 쓴다고 하자. 어떻게 해야 할까? 그들을 위해 기뻐해야 한다, 이 신경증 걸린 멍청한 양반아. 그들의 성공은 여러분과 아무 관계도 없기 때문이다. 그들이 덜 성공했다면 여러분도 아직 그들과 비슷하거나 그들보다 덜 성공했을 확률이 높다는 말이다. 인생은 제로섬 게임이 아니다. 다른 사람의 행운은 내 행운을 갉아먹지 않는다. 미국 인구는 2억 8천만이다. 그들 중 한 명이 여러분의 분야에서 일하다가 성공했다고 해서 성공할 수 있는 여러분의 능력이 없어진다고 진심으로 생각하는가? 맙소사. 정말 자기중심적이군.

그러므로 받아들여야 한다. 여러분 친구를 위해 기뻐해야 한다. 친구라서 그래야 할 뿐만 아니라(이것만으로도 충분한 이유다), 여러분의 친구가 자신들이 성공했다고 생각하면 여러분을 도울 방법을 찾으려고 할 것이기 때문이다. 그러니 여러분이 순수하게 친구라서 기뻐할(이게 가장 바람직하지만) 수 없다면, 그들의 성공이 나에게 경력상의 기회를 줄 거라고 생각해서 기뻐하면 된다. 좀 덜 바람직하긴 하지만 우리가 모두 치어리더가 될 수는 없지 않은가.

(그리고 만일 작가 친구 중에 여러분이 가장 성공했다고 해도 친구는

친구다)

그리고 알지도 못하는 사람을 질투하는 것은 정말 돌대가리 바보짓이다. 나는 그런 사람에게 평생 그런 돌대가리 짓밖에 못 할 것이라고 칭찬해 주겠다. 답례는 사양한다.

10. 인생은 길다.

여러분이 의도치 않게 경로에서 이탈했더라도 70세나 80세, 꼬부랑 노인이 될 때까지 수많은 기회를 만들 수 있다. 그렇다면 뭘 걱정하는가? 즐겨야 한다. 글쓰기 과정을 즐겨야 한다. 무엇이든 여러분이 창조해 나가는 것에 기쁨을 누리고, 걱정은 접어 둬야 한다. 어떤 사람에게는 작가로서의 성공이 일찍 찾아오고, 어떤 사람에게는 늦게 온다. 대부분은 그 사이 어디에선가 온다. 내가 30대가 되어서야 첫 소설을 팔 수 있으리라고 생각했을까? 아니다. 하지만 내 인생에는 내가 예상하지 않았던 일이 많이 생겼다. 그 이후로 나는 지금의 인생이 만족스러워서 굳이 달라지기를 바라지 않는다.

인생은 길다. 여러분은 평생 글을 쓸 수 있다. 글쓰기는 곡예가 아니다. 인생을 살아가고, 글을 쓰고, 모든 일은 때가 되면 일어난다는 생각에 익숙해져야 한다. 시간표 같은 건 없다. 그저 인생일 뿐이다. 그 인생의 어떤 시기도 여러분이 원하던 작가가 되는 것만큼이나 좋은 시기가 될 수 있다.

여기까지다.

이 책이 출판된 날짜를 주목한다면, 왜 이 글만이 순서가 바뀌었는지 알 수 있을 것이다. 내가 이 글에서 적은 요점 몇 가지는 나중에 다른 글에서 반복되었다. 하지만 나는 이 글이 다시금 햇빛을 보게 하는 게 좋다고 생각했다. 또한 이 글에는 다른 글에서 쓰지 않은 요점 중 몇 가지가 있다. 그래서 순서가 바뀐 것이다.

10년간 글쓰기를 해오며 알게 된 열 가지

(2001년 9월 10일)

　지난주에 나는 고용 작가가 된 지 10년이 됐다. 물론 그전에도 글을 썼고, 가끔 그 글로 돈도 벌었다. 하지만 나는 1991년 9월에 프레스노 비의 사무실로 들어가서 "저 오늘부터 일합니다."라고 말한 날을 내 프로 작가 인생의 시작으로 본다. 회사는 나에게 사진이 들어간 사원증과 책상 하나, 그리고 급여를 지급했다(급여는 실제로는 2주 후에 들어왔다. 하지만 내가 무슨 말을 하는지는 알 것이다). 짜잔, 나는 고용 작가가 되었다.

　10년이 지난 지금, 나는 글쓰기 외에는 생계를 위해 다른 일을 하지 않는다—프리랜서 작가로도 일한 마지막 3년 반을 포함해서다. 프리랜서 작가는 다른 직업이 있는 상태라면 확실히 매력적인 부업이다—내 경력은 행운과 좋은 일의 멋진 결합이었고, 후자를 선호하긴 하지만 전자를 경시하지는 않는다. 나는 오만하지 않다. 행운을 얻을 수 있다면 그렇게 할 것이다.

　어쨌든 해냈다. 글쓰기 생활 10년—고용 작가와 프리랜서 작가로 인쇄물, 잡지, 온라인에 기고하고, 책을 내고, 가능한 한 모든 주제로 글을 썼다—은 글쟁이의 삶에 대한 몇 가지 일반적인 논평을 하기에 충분한 세월이다. 이 글이 바로 그것이다. 10년간 글쓰기를 해오며 알게 된 10가지. 특별한 순서는 없다.

1. 자신감 빼면 시체다.

투덜이 작가는 망한다는 건 사실이다. 자신감을 가져야 돈을 벌 수 있다. 나는 내 글쓰기에 대해 시간당, 단어당 많은 금액을 요구하는데, 그렇게 할 수 있는 이유는 이렇다. 고객이 터무니없이 짧은 마감 시간 내에 터무니없이 많은 작업이 필요한 프로젝트나 기사를 요청하면서 나에게 할 수 있느냐고 물으면 나는 그들이 듣고 싶어 하는 대답을 해 준다. "물론이죠, 문제없습니다." 고객은 내 글쓰기 기술에 돈을 지불한다. 하지만 그들이 많은 돈을 주는 것은 내가 그 일을 해내리라는 확신을 주기 때문이다. 여러분이 이러한 자신감—작업의 질과 마감 시간 면에서—을 고객에게 보일 수 있다면 오랫동안 일을 할 수 있다.

2. 영원한 것은 없다.

잘나가던 시절에 내게는 꿀 빠는 글쓰기 소재가 많았다. 영화와 CD, 비디오 게임 리뷰, 유머 칼럼 등등. 이것들은 모두 그때그때 왔다가 가 버렸고 나와 개인적으로는 별 관계가 없었다. 윗선의 결정으로 내용이 삭제되거나, 담당 분야가 달라지거나, 잡지 방향이 바뀌기도 했다(물론 때로는 나와 관계된 일이기도 했다. 하지만 지금은 신경 쓰지 않는다). 이런 일은 여러분에게도 일어날 수 있다. 그리고 때로는, 특정한 한 가지 일만 하는 게 지겨울 수도 있다. 이유야 어쨌든 예산은 글쓰기 삶을 바꾼다. 정말로 꿀 빠는 글쓰기 소재를 가지고 있는데, 이 일이 오래가기에는 너무 좋다는 생각이 든다면 그 촉이 맞을 것이다. 그 일이 계속되기를 바라면서도 그렇지 않게 될 때를 대비해야 한다.

3. 작가들은 자신들을 존중하지 않는 사람들에게 집착하면서 시간을 낭비한다.

맞다, 맞다, 맞다. 모든 사람이 작가를 엿 먹이고 싶어 한다(멋지고 아름답지만 우리에게 시간을 내주지 않는 사람들은 제외다. 우리가 그들을 엿 먹이고 싶어 하니까). 아무도 우리를 존중하지 않고, 우리에게 합당한 돈을 주지 않으며, 우리의 공헌을 가치 있게 여기지 않는다. 어쩌고저쩌고. 작가들이 똑똑하고 자기 성찰적인 사람이라서 그럴 수도 있고, 줏대가 없어서 그럴 수도 있다. 이유야 어쨌든, 작가들은 자신들이 엿 먹는 위치에서 벗어나려고 하기보다는 자신들이 어떻게 엿을 먹었는지 불평하는 데 훨씬 더 많은 시간을 보낸다. 나도 작가로서 종종 엿을 먹었다. 하지만 다행히 보통 한 번으로 끝났다.

나는 이 무정한 세상이 작가들에게 무더기로 가하는 불의를 욕하는 데 시간을 낭비하지 않는다. 동료 작가들이 당하는 곤경에 무감해서가 아니다. 사실 나는 그들이 이 더러운 세상에 한 방 날리기를 바란다. 하지만 내 경험상 알게 된 사실인데, 세상에는 좋은 작가의 좋은 작품을 높게 평가해 주는 사람들이 있고 나는 그들을 위해 일에 전념하려 한다. 작가이자 노동자로서 나는 엿을 먹고 있다고 느끼면 박차고 나가 버리는 편이다. 내가 이러는 이유는 위에서 말한 1번으로 돌아간다. 나는 일을 찾을 수 있다는 상당한 자신감이 있다. 여러분도 그래야 한다(비결은 떠나기 전에 일을 찾는 것이다).

4. 책을 쓰기 전까지는 진짜 작가가 아니다.

작가가 아닌 사람들은 여러분이 책이나 전국 개봉된 영화(비디오 가게로 직행한 영화는 포함되지 않는다)의 시나리오를 쓰지 않았으면 별로 큰 관심을 보이지 않는다. 사람들에게 내가 작가라고 말하면 내가 뭘 썼는지 물어본다. 나는 작품 목록을 대고 그들은 내가 "책도 한 권 냈어요."라고 말할 때까지 꾸벅꾸벅 존다. 책을 냈다고 말한 순간 그들의 눈에서 다음과 같은 생각이 보인다. "그렇군! 어쨌든 이 친구는 날건달은 아니었어!" 실제로 언론이나 광고 등등의 애매한 분야에서 오랫동안 힘들게 일해 온 사람들은 이 상황이 화가 나고 짜증스러울 것이다. 이게 옳다는 얘기가 아니다. 그런 상황이 생긴다고 말하는 것뿐이다. 사람들은 '책=작가'라고 이해한다.

그런데 '책'은 종이책을 의미한다. 전자책 작가를 기분 나쁘게 하려는 건 아니지만(나도 한 권 썼다) 전자책은 종이로 되어 있지 않고, 전자책이 진짜 책이라고 생각하는 사람은 여러분 말고는 없다. 그리고 다음 내용과도 관련된다.

5. 에이전트는 꼭 필요하다.

요즘 세상에 에이전트 없이 책을 팔려다가는 플로리다 바닷가의 상어밥 꼴이 될 것이다. 에이전트를 고용해야 한다. 좋은 사람으로. 내 말을 믿어야 한다.

6. 돈 버는 비결: 사람에게 고개 숙이기.

거만 떨면 안 된다. 여러분의 목표가 특히 프리랜서 작가로 정말 돈을 버는 것이라면 꾹 참고 광고 문안을 써야 한다. 은행 팸플릿이든, 기술 문서든, 무엇이든. 그렇다, 그런 글들은 위대한 미국 소설이 아니다. 하지만 알아야 한다. 위대한 미국 소설은 단 한 편밖에 없고, 여러분의 글이 그렇게 될 가능성은 더럽게 낮다. 기분 나빴다면 미안하다(나 역시 그런 작품을 쓸 것 같지 않다). 그러니 회사 웹사이트 교열 작업이 더 나을 것이다.

7. '진짜' 글쓰기를 할 시간을 내는 게 좋다.

돈을 많이 버는 건 정말 좋은 일이다. 하지만 다음의 이야기도 진실이다. 여러분은 반드시 시간을 쪼개서 자신에게 중요한 글을 써야 한다. 안 그러면 후회한다. 그렇게 되면 여러분이 아는 모든 사람도 후회한다. 우울증에 걸린 55세 작가가 자신이 30년 넘게 글쓰기를 하면서 보여 줄 것이라고는 팩스로 보낼 보도자료 무더기나 보관용 시의회 의사록뿐이라는 사실을 갑자기 깨닫는 건 세상에서 가장 바람직하지 않은 일이다. 그렇다. 여러분의 글을 그런 것에만 낭비하는 건 매우 슬픈 일이다. 그러니 여러분이 사랑하는 사람들이 구제 불능인 여러분을 목 매달고 싶어 하지 않게 하기 위한 예방 조치로, 주말에 시간을 내 연필을 잡고 여러분의 소설을 써야 한다.

8. 글쓰기는 낭만적이다. 하지만 글쓰기에 대해 낭만을 가지면 안 된다.

자신을 작가라고 말하는 건 정말 멋지다. 그리고 싱글들의 단골 바에서 죽치고 있는 다른 직업의 사람들에 비해 짝을 찾을 확률을 더 높여 준다. 하지만 그 특전이 아니라 생계를 위해 글을 쓰면서 글쓰기가 비즈니스가 아니라고 생각한다면 정말 멍청한 것이다. 글쓰기의 3원칙은 다음과 같다.

글쓰기는 일이다.

글쓰기는 일이다.

놀랍다! 글쓰기는 일이다.

바에서 만난 화끈한 젊은 아가씨는 여러분이 자신을 작가라고 소개하면 멋지다고 생각할 것이다. 하지만 여러분이 데이트에서 '가성비' 가게가 아닌 곳에 데려갈 수 있다면 훨씬 더 멋지다고 생각할 것이다.

9. 두려워하지 말자.

내 작가 경력은 사람들이 나에게 특정한 주제에 관해 글을 써 줄 수 있는지 물어보는 일련의 일들에 바탕을 두고 있다. 그런 질문을 받으면 나는 "네, 물론이죠."라고 대답하고는 내가 써야 할 내용이 무엇이든 그것을 공부한다. 과장이 아니다. 프레스노 비에서 내 일은 영화 평론이었는데, 아무런 경험도, 그 일을 맡을 만한 근거도 없었다. 그저 글재주가 있고 급여가 낮았기 때문에(아주 낮았다. 나는 스물두 살이었다. 뭘 바라겠는가) 그렇게 된 것이다.

나는 바보가 아니다. 예컨대 나는 양자 물리학 학술지에 글을 쓰지 않을 것이다. 내 수학 지식은 이차방정식 언저리를 맴도는 정도이기 때문이다. 하지만 동시에 작가로서 내가 모르는 것들을 두려워하지 않는다. 내 학습 능력과('웹Webb' 잡지와 시카고 대학에 감사한다[존 스칼지는 시카고 대학을 나왔고 Webb은 시카고 대학의 학내 잡지임-옮긴이]) 의사소통 능력에 자신감이 있다. 두려워하지 않는 것은 글쓰기에서 내 경력에 도움이 되었을 뿐만 아니라—근본적으로 그것이 내 경력이었다. 수영장의 가장 깊은 바닥으로 다이빙하는 것을 두려워하지 말아야 한다. 여러분의 글쓰기 능력과 여러분 자신을 믿어야 한다. 그러면 아무 일도 없을 것이다.

10. 자신의 선택대로 살 수 있다면 좋은 작가다.

때로 나는 글쓰기를 하면서 제대로 살아왔는지 의문이 들 때가 있다. 글쓰기는 지금까지 계속해서 이상할 정도로 즐거운 일이었기 때문이다. 하지만 지금의 나에게 상당히 만족한다. 가족을 부양할 수 있는 돈을 잘 벌고 있다. 나에게 재미있는 글을 쓰고 출판사나 편집자들과 함께 일하는 게 즐겁다. 대체로 내 식대로 멋진 인생을 살고 있다. 글쓰기 경력과 관련해서 하고 싶은 일이 더 있기는 하지만, 지금까지 내가 한 선택을 후회하지 않는다고 솔직하게 말할 수 있다. 이것이야말로 작가로서, 그리고 일하는 사람으로서, 여러분이 희망해야 할 일이다. 여러분이 자신의 글쓰기 인생을 보고 이렇게 느낀다면, 지금까지 여러분이 무슨 선택을 해 왔든, 그리고 장래에 무엇을 바라든, 바로 지금 여러분은 잘하고 있다.

이제 여러분은 10년의 글쓰기 경험을 가졌다. 다음 10년에는 무슨 일이 닥쳐올지 보자.

2005년 초에 나는 SF/판타지 잡지인 〈서브테라니언 매거진 Subterranean Magazine〉의 객원 편집위원이 되어 달라는 요청을 받았다. 편집위원이 된 사실이 발표된 다음, 나는 필연적으로 생기게 될 게재 거절에 따른 반발에 어떻게 대응할 생각인지를 위해 다음의 글을 썼다. 효과가 있었던 것 같다. 거절 통지문을 발송한 후, 원고를 좋게 봐줘서 고맙다는 이메일들을 받았다. 성공한 셈이다. 다음 글은 내 거절 방침을 설명하는 것이지만 여러분은 투고할 때 제출 지시사항을 준수하라는 조언, 그리고 거절에 대처하는 방법 등을 알게 될 것이고, 이는 원고 투고와 관련해 광범위하게 적용될 수 있다.

거절에 관한 열 가지 이야기

(2005년 3월 23일)

나는 올해 후반기에 사람들의 원고를 거절하게 될 위치에 있을 예정이기 때문에, 내 생각에 사람들이 거절에 관해 알아야 할 이야기, 적어도 내가 어떻게 거절할 것인가에 대한 이야기 열 개를 짧게 쓰고 싶었다.

1. 여러분이 출판 편집자 테레사 닐슨 헤이든이 편집자 관점에서 쓴 게재 거절에 관한 독창적인 글 '슬러시킬러Slushkiller'를 아직 읽지 않았다면, 이 글은 집어치우고 대신 그걸 읽어야 한다(nielsenhayden.com/makinglight/archives/004641.html). 깨달음이 올 것이다. 그렇지 않다면 작가가 되어서는 안 된다. 야심만만한 작가라면 빌어먹을 원고를 제출하기 전에 '슬러시킬러'를 반드시 읽어 봐야 한다.

2. 내가 편집하게 될 잡지에는 열두 편에서 서른 편의 글이 실리는데 단어로는 총 6만 단어 정도이다. 서른 편 이상, 그리고/또는 6만 단어 이상의 원고가 들어오리라고 예상한다. 따라

서 상당한 양의 원고를 거절하게 될 것이다.

3. 제출시 지시사항은 자신들에게 적용되지 않는다고 생각하는 작가들은 내가 그에 동의하지 않으면 꽤 불쾌해하며 놀랄 것이다. 나는 지시사항 준수는 IQ 검사와 같은 것이라고 생각하며, 그 지시사항을 따를 수 없거나 따르려 하지 않는 사람은 물고가가 튜바를 불 수 있다는 수준 이상의 좋은 이야기를 쓸 가능성이 없다고 본다. 이 말은 작가(그리고 물고기에게)에게 불공평할 수 있지만, 내가 정한 지시사항을 따르지 않는 것은 나에게(그리고 지시사항을 철저하게 지킨 작가들에게) 불공평하다. 그러므로 불공평 문제에 관해 우리는 피장파장이다. 이를 통해 놀라울 정도로 많은 투고작이 떨어져 나갈 것이다. 그들 중 하나가 되지 말기를 바란다.

4. 나는 모든 이야기를 더는 흥미를 느낄 수 없을 때까지 읽는다. 그리고 이야기가 끝나기 전에 흥미를 느낄 수 없으면 나는 그 작품을 거절할 것이다. 작품마다 무엇이 내 흥미를 끌 것인지는 모른다. 포르노나 잘 익은 멜론이 그렇듯, 흥미로운 작품이 무엇인지는 보면 안다. 하지만 이 점은 확실하다. 만일 여러분이 자신들의 이야기에서 처지는 지점이 있다고 생각한다면 나도 그럴 것이다. 여러분의 작품은 흥미가 없다고 내가 결정할 기회를 주면 안 된다. 이야기가 내내 흥미롭다고 해서 게재가 승인된다고는 할 수 없다. 하지만 내가 사고 싶은 이야기

의 저장소에 들어갈 것임은 분명하다.

5. 내가 사고 싶은 모든 이야기를 살 수는 없을 것이다. 저장소의 공간은 제한되어 있고 잡지의 균형도 고려해야 한다. 같은 플롯을 가진 작품 세 개를 승인할 수는 없다. 그 세 작품이 모두 뛰어나게 훌륭하다고 해도 말이다. 따라서 내가 거절하게 될 작품 중 몇 편은 거절하기가 매우 힘들 것이다. 하지만 어쨌든 거절해야만 하고, 그 작품들이 사랑받을 다른 곳을 찾기 바랄 뿐이다.

6. 여러분은 내 거절 사유를 알지 못할 것이다. 나는 제출된 원고를 게재할 수 없다는 정중하지만 간단한 내용만을 거절 통지문에 적어서 보낸다. 거절 사유를 설명할 생각은 없다. 사람들이 작품이 거절된 이유를 알고 싶어 한다는 건 인정하지만, 실질적인 이유 때문에 각 거절 사유를 개별적으로 설명하는 것은 어렵다. 작품은 훌륭한데 그저 잡지에 실을 수가 없었을 뿐이라고 느낀다면 맞는 생각이다. 몇몇 경우는 실제로 그렇기 때문이다.

7. 나는 작품을 거절하는 것이지 작가를 거절하는 게 아니다. 위에서도 말했듯이 거절의 이유는 여러 가지다. 그리고 게재될 가치가 충분한 많은 작품이 글 자체와는 거의 또는 전혀 관계없는 이유로 거절된다. 여러분이 제출한 원고에 대한 거절은 인간으로서, 심지어 작가로서의 여러분에 대한 평가가 아니다.

그저 이 작품이 이유야 무엇이든 현재는 내 필요와는 맞지 않는다는 사실을 알리는 것일 뿐이다. 거절을 작가로서의 여러분 개인에 대한 것으로 받아들인다면 화가 날 것이다. 모든 작가는 거절당하기 때문이다. 아주 많이.

8. 내가 멍청이라서 여러분의 원고를 거절했다고 생각하는 게 여러분에게 도움이 된다면 나는 기꺼이 인정하고 여러분이 그렇게 마음먹은 걸 축하한다. 그래도 우리가 다음에 서로 만날 때는 내게 친절하게 대해 주기를 바란다.

9. 여러분이 내 절친인데 내가 승인할 수 없는 원고를 제출했다면 거절할 것이다. 여러분이 내 어머니인데 내가 승인할 수 없는 원고를 제출했다면 거절할 것이다. 여러분이 하느님 오른 팔에 앉은 예수님인데 내가 승인할 수 없는 원고를 제출했다면 거절할 것이다. 여러분이 내 철천지원수인데 내가 놀라 자빠질 원고를 제출하고 그 원고가 내가 하려는 일에 안성맞춤이라면 생각할 것도 없이 당장 그 원고를 살 것이다. 그리고 여러분이 교통사고로 죽기를 바라겠지. 요점: 잡지의 독자들은 작가와 내 관계에 대해 거의 신경 쓰지 않는다. 그들은 멋진 읽을거리를 바랄 뿐이다. 그렇게 되게 하는 게 내 일이다.

10. 내가 여러분의 이야기를 거절하든 승인하든, 나는 그 작품을 다른 편집자가 내 작품을 다루듯이 다룰 것이다. 나는 판단이 달라지기 전까지는 기본적으로 작품이 나에게 흥미를 일

으킬 것이라고 기대한다. 나는 제출한 작품이 여러분의 최선을 다한 결과라는 사실을 인정할 것이다. 그리고 내게 작품을 검토해 달라고 보내준 걸 영광으로 생각할 것이다. 감사드린다. 보답하려고 노력하겠다.

다음 글은 책을 낸 작가는 그렇지 못한 작가보다 낫다고 볼수 있는가에 대한 토론의 결과로 나왔다. 짧게 대답하자면 "아니"다. 하지만 이 짧은 대답은 불완전하기도 하다. 짧은 대답이 종종 그렇다는 사실이 재미있다.

출판이란 무엇인가

(2005년 3월 18일)

이 문제에 관해 최근에 혼란이 있었으니 출판이란 무엇인지 얘기해 보자. 준비되었는가? 시작한다.

출판은 경쟁력 있는 글을 만들어 내는 엔진이다.

그렇다.

이제 세부 내용이다.

경쟁력 있는 글이란 무엇인가? 아이디어와 개념을 독자들이 이해할 수 있는 문법을 사용해 효과적으로 설명하는 글이다.

출판은 왜 경쟁력 있는 글을 만들어 내는 엔진인가? 경쟁력 있는 글은 없는 글보다 경쟁력이 우위에 있기 때문이다. 2차 대전의 중요한 전투, 섹스 장면, 뒷마당에 데크를 만들고 칠하는 방법을 적절하게 설명하는 책은 같은 주제를 다루면서도 그 아이디어를 형편없이 전달하는 책에 비해 분명한 정보적(그리고 상업적) 장점이 있다.

출판사는 어떻게 경쟁력 있는 글을 골라내는가? 글을 생산

하는 모든 단계에서 경쟁력을 높이는 메커니즘을 사용한다. (무엇보다) 투고 과정에서 경쟁력이 너무 떨어지는 글을 걸러낸다. 편집 과정에서는 문장을 강화하고 글의 아이디어를 독자가 좀 더 쉽게 이해할 수 있게 만든다. 디자인 과정은 텍스트에 그 목적을 돕는 시각적 문법을 제공한다. 마케팅 과정은 책의 경쟁력을 홍보하거나 (최악의 시나리오에서는) 그 경쟁력 부족을 최소화한다.

이 과정은 작가에게 무엇을 의미하는가? 대략 이렇다. 정식 출판사에서 여러분의 책을 상업 출판했다면, 여러분은 경쟁력 있는 작가의 극히 최소한의 요건을 갖추었다고 할 수 있다.

여기서 지적할 사항들.

1. 경쟁력이 있다는 말은 좋다는 말과 다르다. '좋다'는 것은 취향과 스타일의 문제이다. '경쟁력 있다'는 것은 그 언어의 글쓰기 문법으로 무장된 재능을 말한다. 게다가 모든 경쟁력 있는 글이 '좋을' 필요는 없다. 사용자 설명서에서 여러분을 깜짝 놀라게 할 문체를 바랄 필요는 없다. 그저 그 빌어먹을 토스터 사용법을 알려 주기만 하면 된다. 문학과 논픽션에서는 경쟁력 있는 작가들이 많지만, 사람에 따라서는 주관적으로 '형편없는' 작가라는 딱지를 붙일 수도 있다. 오로지 문장이, 그들의 문장이 여러분과 맞지 않는다는 이유만으로.

경쟁력이 있다는 것이 좋다는 것과 같지는 않지만, 좋은 책은 항상 경쟁력이 있다는 말도 일리가 있다. 최소한 나는 좋으면서도 경쟁력 없이 쓰인 책이 있다는 이야기를 들어본 적이 없다(들어본 적 있는 분은 알려 주기 바란다). 이와는 달리, 경쟁력은 있지만 문장은 별로인 경우는 가능해도, 경쟁력 없는 책은 동시에 형편없기까지 하다(다시 말하지만, 예외가 있으면 알고 싶다).

경쟁력이 언제나 '좋음'의 적인 건 아니다(가끔 그럴 수는 있다). 모험적이거나 도전적인 글은 종종 경쟁력에서 허용된 규칙 가장자리를 아슬아슬하게 줄달음친다. 작가들은 새로운 형식을 시도하고(제임스 조이스의 『율리시즈』나 새뮤얼 딜레이니의 『달그렌 Dhalgren』), 이는 이런 작품들을 내는 데 대한 출판계의 보수적인 경향에 역행한다. 특히 상업 출판에서는 팔리는 책을 원한다. 하지만 경쟁력이 '좋음'에 도움이 될 수도 있다. 상업 출판사가 내는 전통적으로 경쟁력이 있는 책 덕분에 상업적, 비평적 여유가 생기면, 허를 찌르는 기발한 시도를 해 볼 수 있을 것이다(게다가 『달그렌』은 결국 누군가가 출판했을 것이다). '출판사'라는 거대하고 두꺼운 커튼이 걷히고, 개인적 취향에다 때로 상업성은 따지지 않고 중요한 책을 출판하려는 추진력을 겸비한 편집자가 등장하는 것이다.

2. 출판된 작품은 글의 경쟁력에 대한 유효하고 일반적인 척도다. 하지만 출판되지 않은 글과 작가가 반드시 경쟁력이 없는 건 아니다. 경쟁력 없는 작가의 글은 출판되지 않는 게 보통

이다. 하지만 글은 종종 경쟁력 이외의 이유로 거절당한다. 예를 들면, 투고 담당 편집자가 이미 비슷한 종류의 글을 너무 많이 받았을 수 있다. 그리고 신인 작가가 계속해서 데뷔하는 걸보면, 아직 출판되지는 않았지만 경쟁력 있는 글을 쓴 작가들이 있으리라는 건 자명하다. 마찬가지로, 수많은 '좋은' 작가와글이 출판되는 데 애를 먹는다(그리고 결국 출판되지 못한다). 책을낸 작가는 전문적인 작업으로서의 출판 과정에 대해 더 깊은통찰력을 갖고 있을 확률이 매우 높지만, 그렇다고 자신들이책을 내지 못한 작가들보다 낫다고 생각해서는 안 된다.

3. 출판의 경쟁력 엔진은 완벽하게 작동하지는 않는다(하지만 꽤 잘 돌아간다). 경쟁력 없는 작가와 작품들이 출판되기도 하지만(비율이 높지는 않다) 너무 드물어서 거의 눈에 띄지 않을 정도이다. 그 이유는 경쟁력 없는 편집자(상업 출판계에서는 그리 자주 있는 일은 아니다), 상업적으로 중요한 명성을 날려서 보통 작가는 누릴 수 없는 낮은 경쟁력 기준을 적용받는 작가 및/또는유명인에 이르기까지 다양하다. 그렇게 되면 심지어 제대로 된출판사조차 그러한 작품에 높은 경쟁력을 요구하려 하지 않을것이다. 만일 스티븐 킹이나 존 그리샴이 정말로 원하기만 한다면(분명히 말하지만 나는 그들이 그러리라고 생각하지 않는다), 자신들의 장腸 속에 들어 있는 가스에 대한 리뷰로만 구성된 책을쓸 수도 있을 것이고(예를 들자면 『숲속의 곰: 쭈그리고 앉은 25년 세

월, 1979~2004』 같은), 어떤 출판사는 그 책을 기꺼이 출판할 것이다. 대부분의 작가는 그런 호사를 누리지 못하며, 나는 우리가 모두 그 사실에 감사해야 한다고 생각한다.

책을 내고 싶은 작가는 내려고 할 때마다 반드시 경쟁력을 입증해야 한다. 그렇지 않으면 오랫동안 책을 내지 못할 것이다. 그래서 가끔 들리는, 출판계는 사실 연줄이 전부라는 불평은 이미 책을 출판한 사람에게는 맞는 말이 아니다. 출판계는 경쟁력 없는 작가들을 상당히 무자비하게 쳐내며, 경쟁력 없는 책을 주기적으로 내는 출판사는 매우 빨리 업계에서 도태될 것이다. 경쟁력 없는 작가라도 노력과 속임수, 그리고 알랑방귀를 이용해 책을 낼 수는 있을 것이다. 한 번은. 하지만 그러기 위해 들여야 하는 모든 노력을 고려해 보면, 경쟁력 있는 작가가 되는 법을 배우는 게 더 간단할 것이다. 마지막으로 이 점을 이야기하겠다.

4. 글쓰기 경쟁력은 곧 학습 능력이다. 따라서 대부분의 사람들은 경쟁력 있는 작가가 될 수 있다. 경쟁력 있는 글을 쓰는 것은 로켓 과학이 아니다. 특정한 문법적 규칙(미적분보다 훨씬 쉽다)을 숙지한 다음, 습작을 많이, 많이, 많이, 많이, 많이 하면 된다. 어떤 사람들은 신이나 하늘로부터 대작가가 될 재능을 받았고, 전혀 노력하지 않고도 자신들의 글이 세상에 울려 퍼지게 한다. 그런 사람이 여러분일 확률은 극히 희박하다.

그 외의 사람들이 책을 낼 수 있게 해 주는 도구는 학습 능력을 갖춘 글쓰기 기술이다. 그리고 이 기술은 천부적인 재능을 타고난 작가들에게도 도움이 된다. 그들의 뮤즈가 떠나 버리더라도 의지할 게 생기기 때문이다. 실제로도 여러분은 글쓰기 훈련과 연습이 필요할 것이라고 가정해야 한다. 마음속에서는 신이 여러분의 펜을 축복했다는 사실을 남몰래 알고 있더라도 말이다.

지금까지 출판이란 무엇이며 어떻게 이루어지는가에 대해 얘기했다.

이 글과 관련해 여러분이 알아야 할 것은, 내가 소설 두 권을 내 웹사이트에 올려 판매했고, 청하지도 않았는데 어떤 편집자가 출판을 제안했다는 사실이다. 논픽션 두 권도 같은 방법으로 팔았다(아, 그중에 한 권은 여러분이 지금 바로 지금 읽고 있다). 이런 식으로 해낸 사람도 몇 안다. 여러분은 내가 온라인 자비 출판은 할 만한 것으로 본다고 생각하기 쉬울 것이다. 글쎄, 꼭 그렇지는 않다. 그 이유는 다음 글에.

온라인 글쓰기는 무엇에 유용한가, 2005년판

(2005년 10월 16일)

TechRepublic 사이트의 블로그에 실린 이 제목을 보고 나는 살짝 소름이 돋았다.

겉으로 보면, 출판사가 주목한 트렌디한 새로운 방식은 여러분의 소설을 온라인으로 연재하고 편집자들이 여러분을 발견하게 해 줄 것 같다.

좋다. 만일 '트렌드'라는 것이 3년 동안 사변 소설 작가 세 명(사실은 두 명 반이다. 셋 중의 하나는 별종이라서 소설의 일부는 온라인에 연재되고 나머지는 편집자의 원고 더미에서 탈출해 종이책으로 출판되었기 때문이다)만이 이용하는 방법이라고 정의한다면 말이다. 한편 같은 기간 동안 사변 소설 경기장에는 투고와 편집자의 승인이라는 전통적인 방법을 거친 천 권 넘는 책이 판매되고 있다. 여러분이 처음으로 책을 내려는 야심만만한 작가라면 결정하기 전에 확률을 봐야 한다.

링크된 글의 필자가 고맙게도 확률을 길게 언급했다.

…모든 작가는 무슨 수를 써서라도 사람들의 눈에 띄려고 한다(내 분석으로는 좋은 조언이다). 하지만 글을 독자들 앞에 선보이고 결함 있는 부분을 바로잡는 방법으로 온라인 글쓰기를 추천한다….

하지만 이 문제에 관해 정말 솔직하게 말하는데, 여러분이 시간과 노력을 들여 온라인에 글을 쓰려고 한다면 온라인에 소설을 연재하는 것보다는 시간을 조금 들여 재미있는 블로그를 써서 그 블로그 독자를 개척하는 게 훨씬 더 유용하다. 물론 이것은 양자택일의 상황이 아니다. 나도 둘 다 했다. 하지만 둘 중 먼저 해야 할 것은 블로그라고 말하겠다.

여러분이 자신의 블로그를 치밀한 마케팅 수단으로 본다면 블로그를 해야 할 이유는 아주 명백하다(현실에서는 절대 그래서는 안 된다. 마케팅 목적의 글들이 가득한 사이트를 읽고 싶어 하는 사람은 아무도 없다). 블로그는 아주 훌륭한 마케팅 도구다. 사람들이 작가로서의 여러분과 관계를 맺게 하는 데 적당하기 때문이다. 그들은 여러분의 머릿속과 인생에 무슨 일이 일어나는지 읽기 위해 주파수를 맞추고 실제로 여러분의 삶을 공유한다. 여러분이 곤경으로 괴로워할 때 위로해 주고, 잘되면 축하해 주며, 여러분을 그들의 지인 중 하나로 본다. 단순히 어떤 작가가 아니라 그들이 알고 (여러분이 댓글을 달고/달거나 이메일로 답변한다는 전제하에) 소통하는 누군가가 되는 것이다. 다른 말로 하면, 어떤 지점에서 그들의 일부는 단순한 독자를 넘어 팬이 되는 것이다.

팬은—우리는 지금 다시 마케팅 용어로 말하고 있다—유용하다. 그들은 발 벗고 나서줄 가능성이 크다. 여러분이 블로그와 관계없이 써낸 책을 살 뿐만 아니라 여러분의 책을 다른 사람에게 파는 데도 도움을 준다. 다른 창작자들의 팬도 이런 사람들을 돕는다. 그들은 (아마도) 여러분이 출판사에 책을 파는 걸 도와줄 수는 없을 것이다. 하지만 일단 여러분이 책을 팔면 그들은 책을 잘 팔리게 도울 수 있다. 그러면 결국 출판사에도 도움이 된다.

게다가 시간이 흐름에 따라 점점 더 많은 출판사가 초보 작가를 찾아서 그들이 어떠한 종류의 '팬덤'을 이미 가지고 있는지 물어볼 것이다. 내가 편집자고 초보 작가 두 명을 찾았는데 한 명은 온라인에서 활동하지 않고, 다른 한 명은 매일 수천 명이 방문하는 블로그를 하고 있다고 하자. 나머지 조건은 동일하다. 나는 온라인에서 활동하는 작가와 일할 것이다. 나는 그 수천 명의 사람에게 작가를 소개할 필요가 없고, 그 사람들은 내가 그 작가의 책을 파는 데 도움을 줄 수 있다. 초보 작가의 책 판매는 일반적으로 저조한 편이어서, 수천 명의 블로그 독자는 판매량에 큰 영향을 미칠 수 있다.

이러한 점이 경쟁력 있는 글을 능가한다고 생각하지 않는다. 무명 작가가 쓴 아름다운 소설과 인기 블로그 주인이 쓴 쓰레기 소설 사이에서 선택해야 한다면, 편집자나 출판사가 아름다운 소설의 작가를 발굴하기를 바란다. 하지만 두 작가의 경쟁력이 같다면, 독자를 몰고 올 수 있는 작가를 편집자가 마다할 이유가 있을까? 내 블로그 Whatever의 상당히 많은 독자가 출판사의 눈에는 세일즈 포인트로 보인다는 사실을 분명히 알고 있다.

그렇기는 하지만, 여러분이 여러분 사이트의 독자를 마케팅 대상인 원숭이로 취급하는 순간 그들을 잃을 위험이 크다는 것도 사실이다. 어떤 작가의 독자는 그 작가의 성취를 기꺼이 축하한다. 하지만 그들은 여러분이 그들과 함께 기뻐하는 것과 그들에게 마케팅하는 것 사이의 차이를 알고 있다. 모든 독자가 소비자 취급받는 걸 좋아하는 건 아니고, 온라인 세계에서는 더욱 그렇다. 여러분이 작가고 독자와의 관계를 발전시키는 데 시간을 들였다면(독자들도 그랬다), 그들은 여러분 사이트의 분위기가 오로지 "이것도 사주세요!"로 바뀌었을 때 배신감을 느낄 것이다. 작가들이 그런 말을 한다고 사람들이 싫어할 것이라고는 생각하지 않는다. 작가는 팔기 위해 책을 쓰고 사람들은 대부분 그 사실을 안다. 단, 작가가 그 말만 해서는 안 된다. 그런 말은 블로그나 사이트의 대화와 내러티브의 흐름의 일부가 되어야 하고, 튀어서는 안 된다.

이 점을 마지막으로 한 번 더 강조한다. 그렇다. 블로그는 여러분 자신을 마케팅하는 훌륭한 방법이다. 그리고 여러분의 블로그를 마케팅 수단으로 제일 먼저 생각하는 순간 그 유용성을 없애 버리는 것이다. 사람들은 마케팅 대상이 되려고 여러분의 사이트에 오는 게 아니다. 재미를 느끼고 여러분에게 다가가기 위해 방문한다. 진심으로 대하지 않으면 그들을 잃는다.

여러분의 창작물을 온라인에 올리는 것은 온라인 세계에 이미 다른 방법으로 참여하고 있는 경우에는 도움이 될 수 있다고 생각한다. 나는 온라인에 글을 쓴 지 4년 넘게 지나서야 『노인의 전쟁』을 Whatever에 올렸다. 그때쯤에는 내가 올린 글을 읽으려 사이트에 방문하는 사람이 매일 수천 명이었다. 『노인의 전쟁』에 대한 반응은 『에이전트 투 더 스타스Agent to the Stars』보다 열광적이고 즉각적이었다. 『에이전트 투 더 스타스』는 1999년 3월에 올렸는데, 당시 내 사이트의 일일 방문자 수는 겨우 몇백 명이었다(독자가 생기는 데는 시간이 걸린다는 말의 뜻을 이해하시겠지?). 여러분이 온라인에 올리는 소설이 아무리 짧아도 사람들 눈에 띄고 읽히려면 먼저 온라인에서 존재감을 키워야 한다.

온라인에 창작물을 올리기 전에 존재감부터 키우는 수고를 하고 싶지 않다면 생길 수 있는 문제는 이렇다. 느닷없이 온라인에 글을 올리는 것은 거대하고 장황한 덩어리를 가지고 있다는 뜻이다. 아무도 그 출처를 모르고, 굳이 시간을 내서 보려 하지 않는다. 여러분이 뭐 그리 대단하다고 그런 수고를 하겠는가? 또한 창의적인 글은 바로바로 써내기가 훨씬 어려운데(특히 여러분이 수준 높은 글을 목표로 한다면), 이는 매일 또는 거의 매일 업데이트(온라인에 글을 쓸 때는 이것이 가장 바람직한 빈도다)할 수 없다는 뜻이다. 결국 창의적인 글은 공연과 비슷하고, 블로그 글은 대화에 가깝다. 나는 사람들이 대체로 온라인에서 글을 읽을 때는 응답을 원한다는 사실을 알게 되었다.

결론은 이렇다. 단순히 창작물을 온라인에 올리는 것만으로 탄탄대로를 달릴 수 있다고 생각한다면 망상이다. 그렇게 되려면 시간이 걸린다. 아주 오랜 시간이.

좋은 소식은 온라인에서 존재감을 키우기가 예전보다 쉬워졌다는 것이다. 간단하게 할 수 있는 선택지도 많고, 커뮤니티도 훨씬 더 다양해졌다(특히 LiveJournal과 AOL Journals 같은 곳이 그렇다(주의: 나는 후자에서 일했다). 온라인에도 편집자와 에이전트들, 특히 SF/판타지, 호러, 로맨스 같은 장르에 중점을 두는 이들이 많다. 그러니 여러분이 그들과 안면을 트고 그들이 여러분의 글을 보게 하는 일이 그렇게 어렵지는 않아졌다. 여러분이 소설을 온라인에 올리지 않았더라도 글을 요청받을 수도 있다(판타지 작가 조 월튼에게 물어보면 된다. 그녀의 온라인 글은 매우 인상적이어서 어떤 편집자가 소설 쓰는 걸 생각해 본 적은 없는지 물어볼 정도였다). 하지만 진정한 이점은 사람들이 여러분을 알게 되고, 여러분이 말해야 하는 것을 좋아하게 된다는 점이다. 그리고 그것이야말로 여러분의 나머지 작가 생활에서 유용한 이월 자산이 되어줄 것이다.

그걸 예상할 수 있을까? 아니다. 하지만 그런 일이 생기면 여러분은 해낼 수 있다. 그동안에는 그저 온라인에서의 글쓰기를 즐기면 된다. 그 자체가 보상이다.

작가가 되고 싶은 생각은 없는 일반인을 위한 글쓰기 팁

(2006년 2월 12일)

글쓰기 관련 질문 하나.

작가가 되고 싶은 생각은 없지만 글을 더 잘 쓰고 싶어 하는 사람들에게 알려 주실 글쓰기 팁이 있나요?

만일 내가 여러분에게 살 빼는 방법을 물어봤는데 여러분이 "다이어트와 운동이요."라고 대답한다면 여러분은 첫째, 맞는 얘기를 했지만 둘째, 무시당할 것이다. 그러므로 시간이 걸리는 아이디어는 사양이다. 빠른 답을 원한다. "자기 작품을 스스로 편집해 보세요." 같은 팁은 쓸모없다. "동명사는 여러분의 친구다."는 유용하다.

그러므로 이게 과제다. 실제로 아무 노력할 필요 없이 글을 더 잘 쓸 수 있는 비결을 알려 주는 것. 좋다. 내 방법은 이렇다.

(주의: 이 방법은 프로 작가가 되고 싶어 하는 사람에게도 상당히 효과가 있다)

0. 여러분이 쓴 것을 소리 내어 읽어 본다.

이건 기초 중의 기초다. 다른 모든 규칙은 이것을 따라온다. 여러분이 쓴 글이 소리 내서 읽기 힘든데 눈으로 읽기는 쉬울까? 그렇지 않을 것이다. 그러니 여러분이 쓴 글을 크게 소리 내서 읽어 봐야 한다. 자연스럽게 읽을 수 없다면 다시 써야 한다. 간단하다.

1. 구두점 좀 찍어라, 젠장.

대체 쉼표를 어디 찍어야 하는지를 파악하는 게 그렇게나 어려운가? 사람들이 책을 읽을 때는(심지어 머릿속으로 읽더라도) 단어를 소리 내서 말하게 되는 부분이 생기는 게 보통이다. 적절한 구두점(대개는 쉼표)이 없으면 이 단어를 말하는 부분이 결국 문장에서 목이 걸리게 된다. 그런데 구두점, 특히 느낌표를 과다하게 찍는 경향도 있다. 구두점을 너무 적게 찍으면 독자가 숨이 막히고, 너무 많이 찍으면 열네 살 여자애가 보낸 문자처럼 보일 것이다. 둘 다 피해야 한다.

구두점을 언제 찍어야 하는가에 대해 빠르고 거칠게 안내해 주겠다.

마침표(.) 어떤 생각을 써 내려갔는데 그 생각이 끝났다면 마침표를 찍는다.

쉼표(,) 어떤 생각을 써 내려가다 정신적으로나 육체적으로 한숨 돌리고 싶다면 쉼표를 찍는다.

세미콜론(;) 이 구두점은 대화 중에 눈썹을 아치 모양으로 치뜨는 등의 몸짓을 할 때처럼 강조하고 싶은 지점임을 알리는 곳에 쓴다.

콜론(:) 어떤 것의 예를 들 때 쓴다: 예를 들면 바로 이렇게.

물음표(?) 아주 당연히, 질문이 있을 때 쓴다.

느낌표(!) 어떤 것에 정말로 흥분했을 때 쓴다. 한 문단에서 한 번 이상 써야 하는 경우는 거의 없다. 한 문장에서 느낌표를 한 번 이상 쓰니 익살스럽고/익살스럽거나 역설적인 효과를 위해 쓰는 게 훨씬 낫다.

대시 기호(─) 한 문장에서 이미 콜론이나 세미콜론을 썼을 때 대시를 쓸 수 있다. 하지만 한 문장에서 콜론이나 세미콜론을 하나 이상 썼다면 뭔가 잘못되어 가고 있을 가능성이 크다는 점을 주의해야 한다.

기타로는 대문자는 써야 할 때(문장의 시작, 고유명사)만 쓰고 쓰면 안 될 때(그 외 대부분의 경우)는 쓰면 안 된다. 대문자를 안 쓰면 예술적이고 쿨해 보인다고 생각하는 사람들이 많다. 하지만 다른 사람들은 일반적으로 여러분이 시프트 키라고 알려진 마법의 발명품을 아직 모르고 있는 건 아닌지 의심하게 될 것이다. 반대로 대문자가 부적절한 자리에 뜬금없이 등장하면 여러분이 혹시 2차 대전에서 독일이 승리했기를 몰래 바라는 건 아닌지 의심할 것이다(심지어 독일에서도 요즘은 무분별한 대문자 사용을 자제하고 있다는데).

2. 문장의 경우에는 긴 것보다 짧은 게 낫다.

여러분이 쓰는 문장이 말하기에 편한 길이보다 길다면 너무 긴 문장일 가능성이 크다. 줄여야 한다. 나도 좀 찔리는 원칙이다. 나는 마침표를 써야 할 때 세미콜론을 쓰는 편이다. 사실 내가 작품을 쓴 다음에 해야 하는 가장 큰 편집 작업은, 문장을 살펴보고 세미콜론으로 된 문장을 두 개의 문장(또는 그 이상으로, 맙소사)으로 바꾸는 것이다.

문단도 짧은 게 좋다. 하지만 지나치게 짧은 문단도 있다. 대충 편집한 신문 기사를 보면 한 문장으로 된 문단을 많이 볼 수 있는데, 그 문단 앞 또는 뒤 문단도 한 문장으로 되어 있는 게 보통이다. 이런 문단들은 하나로 압축되어야 한다. 좋은 원칙 하나. 문단 하나당 하나의 확장된 아이디어 또는 하나의 별개의 사건을 쓴다.

3. 빌어먹을 철자법을 배워야 한다.

오타 얘기가 아니다. 오타는 모든 사람이 내고, 나는 그중에서도 제일 많이 내기 때문이다. 나는 순수한 "맙소사, 난 정말 이 단어의 철자를 모르겠어." 같은 실수를 말하는 것이다.

"you're"를 써야 할 곳에 "your"를 쓰거나 "it's" 대신 "its"를 쓰는 것(두 사례 모두 반대의 경우도 마찬가지다)과 같이 기본적인 철자법 실수의 경우에 특히 그렇다. 여기 훌륭한 경험법칙이 있다. 여러분이 철자법을 실수할 때마다 여러분의 IQ는 5씩 떨어진다. "there, they're, their" 유형의 실수를 할 때마다 현재 IQ가 10씩 떨어진다. 미안하지만 사실이다.

더욱 끔찍한 건 가방끈이 긴 사람들도(당신 얘기다, 과학자 양반) 이런 철자법에서 헛발질한다는 사실이다. 이름 뒤에 석사나 박사가 붙은 사람들의 글에서 이런 것들을 보면 중국이 우리를 혼쭐낼 준비를 하고 있는 것도 당연하다는 생각이 든다.

철자법은 어렵지 않다. 컴퓨터의 워드프로세서 프로그램에는 여러분의 철자법 실수의 90퍼센트를 잡아낼 수 있는 철자법 검사 기능이 내장되어 있다. 그리고 나머지 경우, 성인에게 "their"와 "there"의 차이를 알아야 한다고 요구하는 건 결코 지나친 게 아니다.

인터넷 접속자(당연한 말이지만 내 사이트에서 이 글을 읽고 있는 여러분 모두를 말한다)를 위한 꿀팁도 있다. 철자가 확실하지 않은 어떤 단어가 있는데 가까이에 (종이나 온라인) 사전이 없다면 그 단어를 복사해서 구글 검색 엔진에 복사한 다음, '검색'을 클릭한다. 철자를 틀리게 입력했다면 검색 결과가 나타나면서 맨 위에서 구글이 "이 단어를 찾으셨나요?"라고 물어보며 여러분이 틀렸던 철자의 단어를 제시하는 놀라운 상황이 펼쳐진다. 이건 절대 창피한 일이 아니다.

요점: 오타를 제외하면 철자법을 틀릴 이유가 없다(그리고 오타도 내지 말아야 한다. 비록 나는 그게 절대 불가능한 사람이긴 하지만).

4. 제대로 모르는 단어는 쓰면 안 된다.

멋진 단어를 가끔 쓰는 건 좋다. 하지만 멋진 단어를 부정확하게 쓰면, 그 단어를 아는 사람은 여러분을 한심하고 믿지 못할 얼간이라고 생각할 것이다. 그냥 그렇다는 얘기다. 이것은 라틴어에서 온 '멋진' 단어뿐만 아니라 (특히) 속어에도 적용된다는 점을 명심해야 한다. 속어를 부정확하게 사용하면—심지어 한물간 유행어를 사용하면—철부지처럼 보인다. 속어를 역설적으로 사용하는 경우가 아니라면 굳이 쓰지 않아도 된다.

일반적으로는 여러분이 정말 잘 아는 단어만을 쓰거나 사전과 친해져야 한다.

5. 문법은 중요하다.

하지만 나치의 항문법anal grammar만큼은 아니다(나치가 철자 바꾸기anagram을 중시했다는 사실에 빗대어 쓴 말장난-옮긴이). 문법과 관련된 문제는 이렇다. 미국에서는 문법을 가르친다는 끔찍한 일을 학교에서 담당하고 있기 때문에 대부분의 사람들은 문법의

올바른 사용과는 완전히 멀어진다는 사실이다. 문법은 교양 과목의 미적분이다. 하지만 문법이 지나치게 복잡할 필요는 없다. 최종 정리 과정에서 문법의 요점은 언어를 가능한 많은 사람에게 명료하게 보여 주는 것이다. 솔직히 말하는데, 나는 일반인들이 동사와 주어만 일치시킬 수 있다면 'who/whom' 같은 난제는 쉽게 풀 수 있다고 생각한다.

물론 여러분은 가능한 한 많은 문법을 알아야 한다. 문법을 많이 알수록 글을 더 잘 쓸 수 있다. 하지만 핵심은 가능한 한 명료하게 써야 한다는 것이다. 문장의 문법에 자신이 없다면 다시 명료하게 쓸 수 있게 노력해야 한다. 그렇게 해서 나온 문장은 문체 같은 걸 잃을 수도 있다. 하지만 사람들이 여러분의 문체는 찬양하지만 말하고자 했던 생각은 하나도 모르는 것보다는 분명하고 이해할 수 있는 문장을 쓰는 게 더 낫다.

6. 요점을 앞에 배치해야 한다.

사람들이 관계없는 일화들로 된 문장 일곱 개를 헤매게 한 후에야 여러분이 정말로 말하고자 했던 것을 이해한다면 여러분은 실패한 것이다. 물론 마크 트웨인과 개리슨 케일러(미국의 영화배우, 시나리오 작가-옮긴이)는 내내 그런 위험한 방법을 쓴다. 하지만 놀라지 마시라! 여러분은 그들이 아니다. 또한 트웨인이 곧바로 핵심으로 들어간 경우도 많다.

가끔 사람들은 글을 쓰는 과정에서 핵심이 무엇인지 찾아내기도 한다. 괜찮다고 생각한다. 나도 그렇게 한다. 나는 일단 핵심을 알아내면 처음으로 돌아가서 글을 다시 쓴다. 그것이 글쓰기의 마법이다. 여러분도 할 수 있다. 사실 글은 라이브 매체가 아니다. 심지어 문자 메시지에서도 '발송'을 누르기 전에 다시 쓸 수 있지 않은가.

이 원칙은 다른 원칙들보다 유연하다. 가끔은 핵심을 강하게 전달하기 위해 길게 우회하고 싶을 때도 있다. 하지만 여러분이 하는 일을 독자들이 바로 알게 하는 게 그렇지 않은 것보다 대체로 낫다. 그렇게 하면 독자들이 이야기에 끝까지 집중할 가능성이 더 크기 때문이다.

7. 매번 잘 쓰려고 노력해야 한다.

글은 잘 쓰면서도 형편없는 이메일이나 메신저를 보내는 친구들이 있다. 이메일이고 메신저니까 문법과 철자법 원칙을 무시해도 괜찮다고 생각하기 때문이다. 하지만 진심으로 더 좋은 작가가 되고 싶다면 어떤 글이든 쓸 때마다 더 좋아져야 한다. 문자나 이메일에서 완전한 문장을 쓴다고 해서 누가 안 잡아먹는다. 그렇게 할수록 여러분의 글은 더 좋아져서 마침내는 이메일이나 메신저에 형편없는 문장을 쓰는 게 더 어렵게 될 것이다(휴대폰 문자 메시지가 좀 제한적이라는 건 이해한다. 하지만 나는 문자 메시지를 수기手旗 신호의 21세기 버전, 말하자면 특별한 목적을 위한 특별한 통신 수단으로 본다).

개인 블로그에 형편없는 글을 쓰는 것에는 변명의 여지가 없다. 적어도 이메일이나 메신저에서 언어를 끔찍하게 난도질한 것은 한 사람이 보는 것에 그친다. 하지만 여러분의 블로그에서 그러면 온 세상 사람들에게 멍청이로 보이며, 인류에게 전기가 존재하는 한 박제될 것이다. 여러분의 블로그를 보는 사람들은 상관하지 않으리라고 생각할지도 모른다. 하지만 나는 여러분의 블로그를 읽고—정말 읽는다—신경이 쓰인다. 대단히. 정말. 몹시.

8. 잘 쓰는 사람들의 글을 읽어야 한다.

그저 재미로만 읽지 말고 그들이 어떻게 쓰는지 살펴봐야 한다. 문장을 어떻게 만드는지, 구두점을 어떻게 쓰는지, 문장을 어떻게 문단으로 나누는지 등등을. 어쨌든 그렇게 하는 데는 그들이 쓴 글을 읽는 것 이상의 시간이 걸리지 않고, 여러분이 이미 하고 있는 일이기도 하다. 그들이 하는 것을 볼 수 있다면 여러분도 시도해 볼 수 있다. 문체를 다시 만들 수는 없을 것이다. 그 문체는 그 특정한 사람의 것이니까. 하지만 그들의 기법은 재창조할 수 있다. 자신의 '목소리'를 잃지는 않을까 걱정하지 않아도 된다. 읽을 만한 글이 되는 게 먼저고 여러분만의 문체는 그다음에, 여러분이 글쓰기의 도구를 능숙하게 다룰 수 있을 때 온다.

9. 의심스러울 때는 단순해져야 한다.

맞는 단어를 쓴 건지 걱정되는가? 더 단순한 단어를 써야 한다. 문장이 명료한지 걱정된다고? 더 단순한 문장을 만들어야 한다. 사람들이 여러분 글의 핵심을 보지 못할까 걱정되는가? 핵심을 단순하게 만들어야 한다. 여러분이 겪는 거의 모든 글쓰기 문제는 일을 단순하게 만들면 해결할 수 있다.

이것은 명백한 사실이지만 사람들은 귀를 기울이지 않는다. 단순함=어리석음이라고 생각하기 때문이다. 하지만 사실이 아니다. 게다가 나는 가장 어리석은 작가는 글이 형식 면에서 지나치게 장식적이고 화려하다는 사실을 경험으로 알게 되었다. 그리고 여러분에게 모든 것을 거의 '가루' 수준으로 압축시키라고 이야기하는 게 아니다. 여러분이 말하고자 하는 바를 사람들이 이해할 수 있게 만들라는 말이다.

결국 사람들은 이해받기 위해 글을 쓴다(거트루드 스타인[미국의 시인, 소설가. 작품에서 대담한 언어적 실험을 시도함-옮긴이]과 트리스탕 자라[루마니아의 초현실주의 시인-옮긴이]는 예외다. 이 작가들은 의도적으로 어렵게 쓴다). 사실 대부분의 사람들은 이해력이 있다. 따라서 여러분이 쓴 글을 사람들에게 이해시키지 못한다면, 세상이 그저 멍청이들로 가득 차서 그런 게 아니라 여러분이 명료하게 쓰지 못했기 때문이다. 단순화해야 한다. 그러면 사람들은 여러분이 말하는 바를 기꺼이 알려고 할 것이다.

10. 여러분이 쓴 글을 소리 내어 읽어야 한다.

그렇다. 앞에서 이야기했다. 하지만 이제 모든 다른 팁들을 읽었으니 이 말이 왜 맞는지 알 수 있을 것이다. 여러분이 여러분 자신에게 자신의 글을 이해하게 만들 수 없다면 다른 사람들에게도 마찬가지다.

이제 나는 글을 마치고 스스로 실천해 보겠다. 내가 내 글로 그렇게 할 수 있다면 여러분도 할 수 있다.

2장

야호, 야호, 내 작가 생활 이야기

이 장은 대부분 돈 이야기다. 내가 어떻게 글쓰기에 뛰어들었는지와 작가로서의 일상, 따뜻하고 긍정적이지만 쓸데없는 얘기도 조금 있다. 하지만 대부분은 돈에 관한 얘기다.

이유는 아주 간단하다. 글쓰기는 내 생계 수단이다. 청구서를 지불하고, 내 장난감을 사고, 난방을 틀고, 아이에게 선물을 하고, (이게 제일 중요하다) 먹을 수 있게 해 준다. 나는 글쓰기를 좋아하고, 돈을 받지 않아도 글을 썼을지도 모른다. 하지만 돈을 받는 한, 작가 경력에서 돈에 계속 상당한 중점을 둘 것이다. 돈 덕분에 나는 패스트푸드점 아르바이트를 하지 않아도 된다.

이 이야기는 도입부다. 나는 여러분에게 우리 작가들이 사는 흥미로운 시대, 조만간 등장할 전자책 대중화 시대가 여러분에게 미칠 영향, 그것에 수반되는 작가, 특히 돈을 벌고 싶어하는 작가들에 대한 도전을 말할 것이다. 나는 전자책 대중화 시대의 도래를 10년 넘게 기다려 왔다. 그리고 내가 보기에 첫째, 책은 음악이나 영화와 크게 다르고, 어쩌면 우리는 전자책 대중화 시대의 도래를 10년 더 기다려야 할지도 모르겠다. 둘째, 작가들에게 흥미롭지 않은 시대는 한 번도 없었다. 작가들은 전자책과 전자적 불법복제의 가능성 이전에 프랜차이즈 서점의 성장과 슈퍼마켓 도서 판매 코너의 쇠퇴에 대해 걱정해야 했다. 그전엔 출판사가 대형 미디어 회사에 합병되는 시대가 있었다. 또 그전에는 악령에 사로잡혀 미드리스트midlist(베스트셀러는 아니지만 출판사를 어느 정도 만족시킬 수 있는 판매 부수를 유지하는 책-옮긴이) 작가들을 탐욕스럽게 쪼아대는 편집자들이 있었다. 언제나 무엇인가가 있었다.

나는 15년째 프로 작가 생활을 해 오고 있다. 15년은 이 직업에 대해 거대한 역사적 통찰을 갖기에는 부족하지만 여러분이 오늘날 작가로 생계를 꾸려나갈 수 있을지, 이 바닥에서 노력하면 생존할 수 있는지를 알기에는 충분한 시간이다. 이 장의 몇몇 글은 오늘날 작가의 삶에 대한 진실을 일부 반영하고 있다. 여러분이 이 장에서 읽게 되는 내용들은 15~20년 전에는 사실이 아니었을 것이다. 지금부터 15~20년 후에도 진실이 아닐 수 있다. 하지만 현재는 진실이다. 그리고 지금은 내가 작가로서 일하는 시대이다.

시작해 보자.

이 장은 돈 얘기라고 이미 말했기에 변죽은 울리지 않겠다.

수입

(2006년 5월 14일)

오늘 아침에 이메일을 하나 받았다.

작가님은 전에 다른 작가들 대부분보다 돈을 많이 번다고 하셨습니다.
괜찮으시다면 얼마나 버시는지 여쭤봐도 될까요? 그 돈이 다른 작가들
보다 많다는 건 어떻게 아시나요?

걱정하지 말고 물어봐도 된다.

나와 비슷하거나 높은 유명세를 가진 다른 작가들보다 내가
돈을 더 번다는 얘기는 전부터 해 왔다. 그리고 작가들의 생계
에 관련된 어떤 토론회에 패널로 참가해서 내 수입에 대해 말
한 적도 있다. 그러니 이 글에서 돈 이야기를 하지 못할 이유는
없다. 그리고 때마침 지난주에 세금 신고를 준비하면서 아내
크리시가 내 2005년 수입 총계를 냈다.

2005년에 나는 글쓰기와 편집으로 10만 600달러를 벌었다.

우연히도 이 금액은 내가 프리랜서가 된 1998년부터 글로 벌어들인 수입의 딱 평균이다. 더 벌었던 해도 있었고(수입이 가장 많은 해는 2001년이었는데, 기업 일을 해 준 덕분에 15만 달러 정도 벌었다), 그보다 못 벌었던 해도 있었다(2004년에 약 8만 달러 정도). 하지만 지금까지의 수입을 모두 합하면 100만 달러 정도 되기 때문에 그런 평균 수입액이 나온다. 이것은 내 글쓰기/편집 수입만이고, 우리의 가계 수입(크리시의 급여, 임대 소득, 기타 수입원이 포함된다)은 당연히 이보다 높다. 내가 그 금액을 얘기하지 않더라도 양해 바란다. 앞서 내 글쓰기 수입에 대해서는 말했고, 나머지 금액은 공개할 성질의 것이 아니기 때문이다. 어쨌든 우리는 잘 살고 있다.

이 글쓰기 수입의 수입원은 어디인가? 수입의 비율에 따라 대략 말해 보겠다.

기업 일: 기업, 특히 금융 기관과 온라인 기업을 위해 한 일이다. 나는 이 기업들과 직접 일하기도 하고, 마케팅 및 컨설팅 회사를 통해 하청받아 일하기도 한다. 나는 이 일을 '본업'이라고 생각한다. 어떤 프리랜서 일보다도 꾸준히 들어오기 때문에 이 수입에 대한 예산을 세울 수 있다(좀 더 정확하게 말하면 크리시가 세울 수 있다. 스칼지 집안의 돈 관리는 그녀가 담당한다). 돈이 되는 건 이 일이다(내 AOL 블로그 수입도 이 항목에 포함된다).

책에서 얻는 수입: 작년에 첫 인세 수입이 생겼지만(《북 오브

더 덤)과 〈우주 안내서The Rough Guide to Universe〉의 인세다) 주로 출판 계약금과 해외 판매에 따른 수입이다. 여기에는 내 이름으로 나온 책 말고도 〈존 아저씨의 화장실용 이야기들Uncle John's Bathroom Readers〉(화장실에서 읽을 수 있을 정도의 짧고 평이한 에세이들을 싣고 있는 책 시리즈-옮긴이)에 기고한 것도 포함된다. 이 책에서 기고자는 감사의 글에서는 언급되지만 이름이 나오지는 않는다. 이 책의 원고료는 짭짤해서(그리고 여기에 기고할 글을 쓰는 게 꽤 재미있다) 내가 쓴 글에 내 이름이 나오지 않아도 괜찮다.

잡지/신문 수입: 수입원은 주로 두 군데다. DVD 리뷰와 해설 칼럼을 쓰는 〈플레이스테이션 공식 매거진The Official Playstation Magazine, OPM〉, 별도의 DVD 칼럼과 부정기적 칼럼을 기고하는 〈데이튼 데일리 뉴스Dayton Daily News, DDN〉다. Whatever에 쓴 글도 개고해서 신문사에 판다. 이런 예가 둘 있는데, 〈필라델피아 시티 페이퍼〉에 판 '더브야를 옹호하며Standing Up for Dubya'(조지 W. 부시 대통령의 애칭인 W를 그의 출신지인 텍사스 방언으로 발음한 것. 제목과는 달리 부시를 까는 내용의 칼럼-옮긴이), 〈시카고 트리뷴〉을 비롯한 몇몇 신문사에 판 '가난Being Poor'이다(이 글에 대해서는 고료를 받지 않았다. 내게는 드문 일이다). OPM과 DDN에서 얻는 수입도 예측 가능하다(두 잡지에 여러 해 동안 글을 썼다). 따라서 가계부의 '청구서 지불용 수입' 항목에 넣는다. 2005년의 경우 이 항목에는 〈서브테라니언〉 잡지의 객원 편집위원으로 일하며 받은 수입도 포함된다.

단편 수입: 새로 추가된 항목인데, 작년에 〈서브테라니언〉잡지를 위해 쓴 염가판 단편에서 나온 수입이다('일상 스케치'와 '병사를 위한 질문'), 이 두 작품에 대한 원고료는 아주 두둑하게 받았다(말하자면 SF 단편의 일반적인 원고료보다 높은 금액이었다). 그렇긴 하지만 SF 소설은 크게 보면 내 수입에서 가장 적은 부분이다. 〈서브테라니언〉에서 단편을 내기는 했지만 돈을 벌 목적으로 단편을 쓰지는 않는다. 단편 소설보다는 짧은 논픽션을 쓰면 돈을 더 많이 벌 수 있다. 그리고 짧은 논픽션을 쓸 지면과 기회가 더 많다. 그래서 나는 짧은 논픽션에 끌린다. 어쨌든 앞으로는 단편(내 능력을 향상시키고 싶은 형식이다)을 좀 더 쓸 생각이지만 업계의 일반적으로 매우 낮은 고료를 생각하면 그것이 내 수입에서 중요한 부분을 차지하리라고는 기대하지 않는다.

일반적으로 내가 정기적인 글쓰기를 통해 여섯 자리 숫자의 수입을 얻을 수 있는 데는 네 가지의 이유가 있다. 첫째, 나는 꽤 경쟁력 있는 작가고 함께 일하기 상당히 편하다. 고객과 편집자에게 골칫거리가 되지 않는 것, 그리고 그들이 최우선으로 원하고 바라는 것을 주기 위해 최선을 다하는 것을 글쓰기 원칙으로 하고 있다. 특히 기업 일에서 그렇다. 고객의 필요에 맞추는 것에 중점을 둔다(이러면 내가 원할 때 원하는 일을 할 수 있는 다른 수입원을 확보하는 데 도움이 된다). 하지만 무엇보다도 함께 일하는 사람들에게 민폐가 아니라 도움이 되려고 노력한다.

두 번째는 첫 번째 이유의 연장이기도 한데, 나는 다양한 글 쓰기 분야에 연줄이 많고 광범위한 글쓰기 경력이 있기 때문에 사람들이 나를 고용하거나 내 작품을 사기가 편하다. 그들은 내가 전에 했던 일들을 살펴볼 수 있고, 내가 그들이 원하는 목 표를 달성시켜 줄 수 있다는 사실을 알기 때문이다. 세 번째로 (첫 번째와 두 번째 이유의 연장이다), 다양한 글쓰기 경쟁력을 가지 고 있어서 한 분야의 일이 지지부진하면 다른 글쓰기 분야에서 일할 수 있다. 그 덕분에 나는 이미 가장 잘하고 있는 분야에서 수입을 얻으면서도 추가적인 경쟁력을 개발할 수 있다.

마지막 이유. 나는 많이 쓴다. 평균적으로 다양한 글쓰기 일 거리(그리고 직접적인 수입을 주지는 않아도 간접적으로 상당한 이익이 되는 Whatever)에서 주당 2만~3만 단어를 쓴다. 1년이면 100만 단어고, 대부분은 돈이 되는 글이다. 그리고 점점 늘어나는 추 세다.

(아, 한 가지 더. 나는 까다롭다. 제의가 온 글을 모두 쓰지는 않는다는 말이다. 그 일이 이미 존재하는 다른 기회들에 비해 시간을 들일 가치가 실제로 있는지 살펴야 한다. 이 때문에 괴로운 선택을 해야 할 경우가 있 다. 작년에 정말 재미있을 것 같은 책을 할 기회를 거절했다. 내가 원하고 해야 하는 일과 일정을 맞출 수 없었기 때문이다. 제시받은 금액이 시간을

들일 만한 정도가 아니라는 이유만으로 일을 거절한 적도 있다. 일을 거절하는 건 여전히 괴롭지만—이럴 때마다 내 머릿속에서 편집중적인 목소리가 '넌 다시는 일을 못 하게 될 거야!' 고함을 지른다—결국 필요하다)

경쟁력이 있고 함께 일하는 게 골칫거리가 아닌 작가라면 프리랜서로 일하면서 상당한 돈을 버는 게 가능하다. 하지만 내가 프리랜서 첫해에 돈을 많이 번 능력은 일반적인 사례가 아니며 다소 거짓이 들어갔다는 사실도 미리 말해 둔다. 나는 아무 경험 없이 프리랜서 작가로 나선 게 아니다. 프리랜서로 나섰을 때 나는 회사 사무실의 칸막이 안에서 7년의 글쓰기 수련 기간을 거친 상태였다. 처음에는 신문기자로, 그다음에는 AOL에서 작가 겸 편집자로 일했다. 두 경험 모두 아주 유용했다. 신문사에서는 빨리 그리고 상세하게 쓰는 법을, AOL에서는 기업 세계의 경험을 얻었다. 그리고 AOL은 세상으로 나가 자신의 스타트업을 시작하려는 야심으로 가득한 사람들의 온실이라, 그들은 일을 완성해야 할 때면 내게 의지했다. 내가 누구인지 기억했기 때문이었다. 그래서 내가 배고픈 프리랜서 신세로 내 글쓰기 도구를 만들었어야 할 그 오랜 시간 동안, 나는 사람들을 위해 열심히 일하면서 그곳에서 내 도구를 만들었다. 또한 다행히 함께 일한 사람들은 야심만만하면서도 나와 일하는 걸 좋아했다. 그 행운이 내 경력과 많이 관련되었다는 사실을 인정하는 데 주저한 적이 없었는데 이것도 그 다른 예다. 물론 행운은 한 사람을 어떤 지점까지만 데려다준다. 더 늦기 전에 경쟁력으로 그 행운을 뒷받침해야 했다. 그렇기는 해도, 전부 내 능력으로 해낸 듯이 자화자찬하는 건 솔직하지 못하다.

이러한 경험 때문에 나는 무조건 사람들에게 본업을 버리고 무작정 글쓰기에 달려들지 말라고 말린다. 회사에서 일한 시간 동안 나는 프리랜서 세계로 나갔을 때(어느 정도는 타의였다) 유용했던 기술들의 포트폴리오를 만들 수 있었다. 다른 사람들도 이렇게 할 수 있고 해야 한다. 내 회사 생활은 글쓰기와 직접적으로 관계가 있었고 그 점이 추가로 도움이 되었다. 하지만 글쓰기와 직접적으로 관계가 없는 직업을 가진 사람들이라도 글을 쓸 때 도움이 될 이점들을 얻을 수 있다. 그리고 당연히 이 모두는 글쓰기를 주 수입원으로 삼는가와 관계없이 유용하다.

두 가지 명백한 사실만 말해 두자. 첫째, 글쓰기 수입이 반드시 작가의 문체가 훌륭하다는 사실을 보여 주는 지표는 아니다. 개인적으로 말하면 나는 나보다 글을 잘 쓰지만 돈은 나보다 못 버는 작가들, 그리고 글은 나보다 못 쓰지만 돈은 나보다 더 잘 버는 작가들을 떠올릴 수 있다. 어떤 작가들은 돈은 거의 개의치 않고 그저 재미를 위해서, 또는 써야만 한다고 느껴서 글을 쓴다. 글쓰기 수입으로 그들을 평가하는 것은 그리 유용하지도 않고 관련성도 없다. 내 경우, 작가로서 지금보다 더 벌 수 있다고 생각한다. 하지만 지금 그렇게 하려면 흥미가 전혀 없는 일을 더 맡아야 하는데, 그럼 행복하지 않을 것 같다.

글쓰기 수입은 경쟁력, 기회, 자발성에 비례한다. 나는 경쟁력 있는 작가다. 운 좋게도 작품을 팔 기회가 많다. 그리고 많은 일을 기꺼이 하려고 한다. 여기에는 '작가의 자유분방함'이라는 면에서는 별로 흥미롭지 않은 일들도 포함된다. 글을 쓰면서 그에 상응하는 많은 돈을 번다. 대부분의 작가들은 이 세 가지 요소를 다양하게 가지고 있고 그에 해당하는 금액을 번다. 물론 다른 요소들도 있다. 하지만 이 세 가지가 가장 크다.

당연히 나는 지금 버는 돈에 만족한다. 그리고 전체적으로 볼 때 내가 즐겁고 관심 있는 일, 그리고 내 삶과 가족의 필요를 위한 안정적인 수입 기반이 되어주기 때문에 기꺼이 하는 일(가끔 이 두 가지가 겹칠 때가 있는데 그러면 더 좋다) 사이에서 균형을 잘 잡고 있다고 생각한다. 돈을 더 벌어도 좋다. 하지만 가족, 그리고 일의 범위라는 면에서의 현재 내 삶의 질을 희생하면서까지 그렇게 할 생각은 없다. 가족의 필요를 채워줄 수 있고 내가 하는 일이 그 자체로 충분히 매력적이라면 지금보다 덜 벌어도 상관없다. 글쓰기는 비즈니스인 동시에 소명이다. 이 두 축 사이에서 만족스러운 중간값을 찾는 게 열쇠다. 그것이 일과 수입 사이의 어디인지는 사람마다 다르다. 여러분도 일하다 보면 찾을 수 있으리라 생각한다.

나와 책에 관한 열다섯 가지 이야기

(2005년 12월 11일)

언제부터 글을 읽을 수 있게 되었는지는 기억나지 않는다. 더 정확히 말하자면, 내가 확신할 수 있는 최초의 기억 중 하나는 두 살쯤에 닥터 수스의 『물고기 한 마리, 물고기 두 마리, 붉은 물고기, 푸른 물고기One Fish, Two Fish, Red Fish, Blue Fish』를 읽은 것이다.

아마도 내 인생에 가장 큰 영향을 미친 책은 『연감The People's Almanac』(세상의 다양한 주제와 정보를 백과사전처럼 망라한 책. 1975년 데이비드 발레친스키가 아버지인 유명 작가 어빙 월레스와 함께 썼으며, 이후 3부까지 나옴—옮긴이)일 것이다. 나는 이 책을 여섯 살 때 할머니 집에서 봤다. 세상의 지식은 다 이 책에 담긴 것 같았다. 그래서 몇 년 후에 『연감 2』가 나왔을 때 당연히 크게 놀랐다.

유치원에 다닐 때, 선생님들은 내게 초등학교 3학년생들에게 책읽기를 가르치게 했다. 예상할 수 있겠지만, 그 애들은 그걸 좋아하지 않았다.

천문학에 대한 내 사랑도 유치원에서 시작되었다. 지금도 나는 온갖 빛깔의 별들 사진이 실린(사진 아래에는 그 별들의 온도가 적혀 있다) 천문학 서적을 읽는다.

어머니는 나를 위해 중고 서점에서 오래된 타임-라이프 잡지의 부록 과학책이나 다른 과학 교과서들을 얻어 오시곤 했다. 정말 멋진 일이었다.

읽은 게 확실하게 기억나는 첫 번째 SF 소설은 로버트 하인라인의 『하늘의 농부Farmer in the Sky』였다. 판타지 소설은 수잔 쿠퍼의 『어둠이 떠오른다The Dark is Rising』였다.

같은 시기에 매들렌 렝글의 『시간의 주름』도 읽은 건 확실하지만 저 두 책을 읽기 전이었는지 다음이었는지는 모르겠다.

가난하게 자라면서도 책은 숭배했기 때문에, 지금도 나는 책 등이 갈라지지 않게 조심하면서 책을 읽는다. 우리 집에 있는 책들은 전부 펴 보지도 않은 것처럼 보인다. 다 읽은 책이다. 정말이다.

고등학교 시절 어느 해 말, 나는 교과서 한 권을 태워 버리고 바로 후회했다. 정말 창피했다. 나는 그 행위가 내 신념에 대한 본질적인 배신이었음을 상기하기 위해 아직도 그 책의 잔해를 가지고 있다.

정기적으로 양장본을 산 건 몇 년 되지 않았다.

작가가 되면 멋진 점은 서점에 가서 자기 책이 있는 걸 보게 되는 일이라고 생각할 것이다. 맞다. 하지만 서점에 가서 친구의 책이 거기 있는 걸 보는 게 더 멋지다. 어딜 가도 친구가 있는 것과 비슷하다.

읽으면서 정말 즐거운 글이 실린 책이 몇 있다. 그런 책은 차마 끝까지 읽을 수 없다. 읽을 게 더 이상 없다는 뜻이니까.

나는 내 딸 아테나가 서점에 가는 건 즐겁지만 거기 있는 책을 전부 살 수는 없어서 슬프다고 생각하는 게 기쁘다.

나는 책을 사랑하긴 하지만 전문 수집가는 아니다. 초판 같은 것에 특별히 신경 쓰지 않는다. 책의 가치는 그 안에 무엇이 담겨 있는가에 달렸다.

마크 트웨인을 제외하면 1920년대 이전에 쓰인 소설을 읽는 건 좋아하지 않는다. 문체가 너무 달라서 집중이 안 된다.

나는 오디오북 애호가가 아니다. 오디오북 시장이 존재하는 이유를 이해하며, 그걸 듣는 사람들을 나쁘게 생각하지도 않는다. 그렇게 생각한다면 바보다. 내 소설이 오디오북으로 만들어져도 상관없다. 하지만 오디오북은 내게 정말 맞지 않는다. 나는 귀가 아닌 눈으로 읽는다. 그렇기는 하지만, 누가 정말로 내 책 중 하나를 오디오북으로 만든다면 들어보고 싶다. 내 문학적 목소리를 음성으로 듣는다면 재미있을 것이다.

나와 글쓰기에 관한 열다섯 가지 이야기

(2005년 12월 11일)

누군가가 내게 너는 글을 쓸 수 있으며 계속 써야 한다고 처음으로 특별하게 말해 준 건 6학년 때였다. 담임이었던 존슨 선생님의 말씀이었다. 고등학교 신입생일 때 작문 수업을 담당하셨던 헤이즈 선생님은 그 말씀에 부채질을 하셨다.

고등학교 신입생 시절 이후, 인생에서 작가 말고 다른 일을 생각해 본 적이 없었다.

재수 없게 들릴 위험을 감수하고 말하자면, 나는 글쓰기가 대체로 쉬웠다. 자료 조사나 다른 원인 때문에 특정 과제가 어려울 수는 있지만 자리에 앉아서 단어들을 다루는 것은 전혀 문제가 되지 않았다. 다른 작가들이 글쓰기의 어려움을 말하면 연민은 했지만 진심으로 공감하지는 않았다.

글쓰기가 쉽긴 했지만 딴 데 눈을 종종 돌렸고, 그래서 자칫 곤란해질 뻔한 경우도 있었다. 글을 빨리 쓸 수 있는 능력(하루에 5천 단어 쓰는 건 일도 아니었다) 덕분에 이 문제는 어느 정도 해

결할 수 있었지만, 시간을 효율적으로 이용할 수 있는 능력을 키우는 데 꾸준히 노력을 기울였다.

키보드를 쓰지 않으면 글을 쓰기 어렵다는 사실을 알게 되었다. 타이핑은 내 글쓰기 과정의 일부다. 나는 손으로 쓰거나 구술을 하면 글이 아주 달라진다. 그리고 (내 의견으로는) 더 좋지도 않다. 맥을 샀을 때, 나는 맥에 딸려온 키보드는 쓸 수 없겠다는 사실을 일주일도 안 되어 알게 되었다. 그 키보드는 주저 없이 버렸다. 이제 나는 맥과 PC에서 모두 로지텍 키보드를 쓴다. 로지텍 키보드는 내가 생각하는 데 확실히 도움이 된다.

그룹으로는 일하지 않는다. 워크숍(여기에 대한 주의사항은 곧 이야기하겠다)을 좋아하지 않으며, 다른 작가들과의 관계는 직업적인 것보다는 일상적인 것을 선호한다. 공동 저술을 시도하거나 일종의 창작 집단을 시작하기보다는 술이나 한잔하면서 쇼핑 이야기를 하는 쪽이 훨씬 낫다. 그렇다고 내가 다른 작가들과의 공동 작업이나 창작 논의를 좋아하는 작가들이 잘못이라고 생각하는 건 아니다. 그들에게 도움이 된다면 좋은 일이다. 내가 그렇게 할 생각이 없는 것뿐이다.

여기서 주의사항을 말하겠다. 나는 워크숍에서 강의하는 게 재미있겠다고 생각한다. 그리고 편집자가 되는 것도 좋다(가끔 이다. 편집자를 직업으로 할 수 있는 기질이 내게 있는지는 모르겠다). 내가 강의와 편집에는 흥미가 있지만 동료 심사와 협업에는 관심이 없다는 사실은 분명 나에 대해 많은 것을 시사한다. 하지만 그게 나쁘다고 생각하지는 않는다. 그래도 상관없다.

대부분의 작가들과 마찬가지로, 나는 내 글 중에 어떤 것이 독자들(그리고 편집자들)의 공감을 끌어낼 수 있을지를 판단하느라 고생했다. 최고라고 생각하지는 않았던 작품이 가장 성공했던 경우도 있었고, 가장 좋아했지만 전혀 반향을 일으키지 못했던 글도 있었다. 쓰레기 같은 글을 쓰고 있을 때 자기 자신이 그 사실을 아는 게 가장 중요하다. 그 글은 다른 사람의 관심도 거의 받지 못할 것이다. 그러므로 내 글 중에 어떤 게 성공을 거둘지는 알 수 없지만, 적어도 내가 쓰는 모든 글이 최소한 읽을 만한 수준은 되어야 하며, 그 최소한의 기준은 상당히 높다는 사실은 알고 있다.

작가로서 내가 직면하는 가장 큰 도전 중 하나는 내 글이 단순한 읽을거리 이상이 되게 해야 한다는 사실이다. 물론 글을 광고 문구처럼 별다른 수고 없이 빨리 쓸 수 있다는 것은 축복이다. 하지만 그러면 그 수준 면에서 큰 문제가 생길 수 있다. 나는 『유령 여단』의 첫 장을 여섯 번이나 다시 썼다. 잘 읽히기는 했지만 좋지는 않았기 때문이다. 그렇다. '잘 읽히는 것'과 '좋은 것' 사이에는 차이가 있다.

작가로서 나는 줄거리에 필요하지 않은 한, 설명에는 특별히 신경 쓰지 않는다. 내 생각에는 이러한 이유 때문에 내 소설이 시나리오에서 출발한 게 아니냐는 질문을 받는 것 같다(설명을 과하게 하지 않는 게 요즘 시나리오의 관행이다. 영화의 캐스팅 디렉터와 프로덕션 디자이너의 시야를 제한하기 때문이다).

이와 관련해서 말하자면, 나는 아직 시나리오를 쓰지 않았다. 시나리오에 대해서는 막연하게나마 흥미가 있고, 누가 시나리오를 청탁한다면 쓸 것이다. 하지만 시나리오는 내 영혼에 호소하는 스토리텔링 형식이 아니다. 그렇기는 하지만 나는 내가 꽤 훌륭한 시나리오 작가가 되리라고 생각하며, 이미 존재하는 글을 각색하는 것도 상당히 재미있을 것 같다.

나는 글쓰기에 대해 눈곱만큼도 낭만적인 생각이 없다. 글쓰기를 사랑하고 심지어 내가 작가가 아니라도 글을 쓰겠지만 어쨌든 글쓰기는 내 일이고, 일이기 때문에 내 목표는 그 일로 돈을 많이 버는 것이다. 그러니 그 외의 것은 할 필요가 없다. 때로 이게 다른 사람들을 정떨어지게 할 수 있겠지만 상관없다. 글쓰기에 대해 낭만적인 생각을 가지지 않는다고 해서 싸구려 글쟁이가 되는 건 아니다. 자신이 쓰고 있는 글에 대해 전혀 신경 쓰지 않을 때 싸구려가 된다.

나는 매년 〈라이터스 마켓〉을 사지만 이용하지는 않는다. 내가 사는 이유는 내가 가진 모든 것이 무너져 버리는 순간이 오더라도 계속 프로로서 글을 쓸 기회는 아직도 수없이 많다는 사실을 상기하기 위해서이다.

"글을 쓰지 않았다면 무슨 일을 하셨을 것 같나요?"라는 질문에는 그럴듯한 대답을 할 수 없다. 글을 쓰지 않는 것을 상상할 수 없다. 글로 생계를 꾸려나가지 않는 것도 상상할 수 없지만 그건 완전히 다른 문제다. 글쓰기로 생계를 꾸려나갈 수 없더라도 그 사실이 내가 하는 일에 특별히 문제 된다고 생각하지 않는다. 내 자아가 그것과 연결되어 있다고 보지 않기 때문이다.

나는 좋은 작가라고 생각한다. 아주 운 좋은 작가라고도 생각한다. 이 두 가지는 내 경력의 다양한 시기에서 이점이 되어주었다. 나보다 낫지만 나보다 불운한 작가들도, 나보다 못하지만 운은 더 좋은 작가들도 알고 있다. 두 경우 모두 그다지 개의치 않는다. 내가 가진 행운이 마침내는 좋은 글을 통해 정당화될 수 있게 노력할 뿐이다. 그렇게 되어 내 운의 일부를 나눌 수 있는 위치가 된다면 기쁘겠다.

이제 작가가 되고 싶다는 것, 그리고 나는 어떻게 작가가 되었는가에 대한 이야기로 넘어가겠다.

작가가 되고 싶다는 것

(2005년 8월 19일)

sxKitten이라는 독자가 물었다.

작가님은 언제 작가가 되고 싶다고 생각하셨나요? 그리고 어떤 동기로 진지하게(그저 재미 말고 책을 내고 싶다는 바람을 가지고 글을 쓰는 것) 글을 쓰기 시작하셨나요?

'작가가 되고 싶다'는 것이라면 나는 실제로 작가가 되기 전에도 그런 이야기를 했던 것 같다. 혹시 하지 않았을 수도 있어서 이 글에서 밝히자면, 나는 열두 살 정도부터 작가가 되는 걸 생각하기 시작했다. 그때 나는 내가 글을 잘 쓴다는 것(열두 살 치고는 그랬다는 말이다), 그와 동시에 내가 천문학자(내 첫 번째 희망 직업)가 될 것 같지 않다는 것을 확신했다. 내 수학 실력은 영리한 한스Clever Hans(높은 지능을 가진 동물을 지칭하는 말-옮긴이)보다 아주 조금 나은 정도였고, 그래서 뛰어난 천문학자가 될 수 있으리라는 생각을 버리게 되었다. 작가가 되겠다는 확신은 열네 살 때 들었다. 나는 고등학교 신입생일 때 1학년 영작문 수업을 담당하셨던 선생님(존 헤이즈)이 낸 글쓰기 과제에서 유일하게 A를 받았고, 그 사실을 글쓰기에는 그다지 많은 노력이 필요하지 않다(그리고 재미있기까지 하다)는 것으로 받아들였다. 나는 바보는 아니라서 이런 공식을 만들었다. 글쓰기=아주 쉽다. 그 밖의 일=생각보다 힘들다.

내 장래 직업이 가진 문제는 그때가 되면 많이 해결되리라고 생각했고, 그 이후로는 글쓰기 이외의 직업에 대해서 진지하게 고려해 본 적이 없었다. 이 생각은 유용했다. 대부분의 사람들과는 달리 내가 무엇을 하며 살아갈 것인가, 그리고 그에 맞는 전공과 적성을 어떻게 찾을 것인가에서 오는 존재론적 불안으로 괴로워할 필요가 없었기 때문이다. 게다가 학창 시절의 나를 아는 친구들은 내가 작가 경력에 쓸모 있다고 생각하는 것에는 열정적으로 달려들고, 그렇지 않은 것에는 심드렁했다고 주저 없이 말해 줄 것이다.

이것이 (내 천성적인 게으름과 결합해) 내가 고등학교와 대학 시절 내내 꾸준히 2.8의 학점을 유지한 이유다. 나는 내게 '유용한' 과목에서는 A를 받으려고 했고, 별 흥미 없는 과목에서는 D를 받았다. 이것 때문에 어머니와 대학 시절 여자친구는 각기 다른 이유로 돌아 버릴 지경이었다. 여러분이 지금 그 두 사람에게 물어보면, 그들은 돌이켜보면 당시의 내가 자신이 무엇을 하고 있는지 잘 알고 있었던 것 같다고 마지못해 인정할 것이다. 나는 당시 내가 무엇을 하고 있는지 알았다고 전적으로 확신하지는 않는다. 그리고 다시 그 시절로 돌아가면 소홀했던 과목도 열심히 공부할 것 같다. 단지 졸업에 필요해서 그런 게 아니다. 지식은 유용하고, 필요 없다고 생각해서 내팽개치는 건 바보짓이기 때문이다. 하지만 인생에는 그에 대한 재도전의 기회가 없고(추가 학점으로 보충할 수는 있다!), 다행히도 교육에 대한 내 태도는 결국 내게 어떤 지속적인 손해를 끼치지는 않았다.

'진지하게' 글쓰기를 시작하게 한 동기가 무엇이냐는 질문에 대한 대답은, "글쓰기는 쉽고 재미있지만 다른 일들은 대부분 그렇지 않다."는, 열네 살 때 받은 계시라고 하겠다. 그때부터 쭉 '진지하게' 글을 썼다고 할 수 있다. 글쓰기를 직업으로 하겠다고 결심했기 때문이다. '진지하게' 글을 쓴다는 것을 프로답게 글을 쓰는 것이나 심지어 잘 쓰는 것과 혼동해서는 안 된다. 하지만 내가 쓰는 글이 글쓰기 경력으로 이어지는(그러기를 바라면서) 연속적인 과정의 한 부분임을 알고 글을 썼다.

어렸을 때부터 글쓰기에 관해 엄청나게 현명하고 통찰력이 있었다고 얘기하고 싶지는 않다. 친구나 지인들이 잘 못 하는 어떤 것을 잘하는 십 대들이 자주 그러하듯, 내 글과 그 수준에 대해 과대평가하는 경향이 있었고, 그 때문에 지금 떠올려도 창피하기 짝이 없는 수많은 사건이 일어났다. 그리고 이 말도 잠깐 해야겠다.

어린 시절의 내가 내 글을 억지로 읽게 했고, 내 열정에 예의 바르게 반응해 준 모든 이들에게: 미안해. 정말 미안해. 다시는 안 그럴게.

고등학교나 대학 시절 친구 중에는 그때 이후로 내가 쓴 글 말고는 다른 건 거의 읽지 않은 이들이 있다. 당시 내가 쓴 글 때문에 괴로워했고, 내가 억지로 그 괴로움을 겪게 했기 때문이다. 그 결과 나는 지금 그런 종류의 쓰레기 짓을 하는 데 더욱더 신중해졌다. 그렇다고 내 안에 있는, "봐! 봐! 나 정말 뛰어나고 똑똑하고 재미있잖아. 나 좋아해 줄 거지?"라고 말하는 애정에 굶주린 악마를 완전히 없앴다는 얘기는 아니다. 왜냐하면 그 악마는 아직 그대로 존재하기 때문이다. 맙소사. 그리고 그 악마가 완전히 쓸모없는 건 아니다. 그 악마가 지칠 줄 모르고 자신을 홍보하는 능력으로 변신했을 때는 특히 그렇다. 하지만 나는 그놈을 대부분 우리 안에 가둬 두고, 내 글 외의 다른 이유로 나에게 흥미를 보이거나 그저 예의 바르게 행동하는 사람들 앞에 튀어나오지 못하게 한다.

(아주 놀랄 일도 아니지만, Whatever는 이 목적에 매우 유용하다. 내 관종 기질이나 소름 끼칠 정도의 거만함을 그다지 자제하지 않고 내보여도 되는 공간이기 때문이다. [내가 아는 한] 사람들 머리에 총을 들이대고 내

사이트로 끌고 올 사람은 없으니까) 이것은 사람들을 불쾌하게 만드는 강요 없이 자신을 노출하는 것이다. 그렇다. 나는 사랑받고 싶고 똑똑한 작가로 보이고 싶다. 하지만 요즘에는 자신(그리고 내 글 모두)을 치장해야 할 정도로 다른 사람들에게 그렇게 많은 사랑을 받고 싶지는 않다. 내 문학적 관종 시절은 거의 끝났다.

이제 이 길고 자학적인 딴소리는 그만하자. 글쓰기 능력에 대한 젊은 시절의 생각이 어떻든, 그 시절에 쓴 대부분의 글의 목적은 출판되어 사람들에게 읽히는 것이었다. 종류를 불문하고 개인적인 글은 거의 쓰지 않았다(고등학교와 대학 시절에 썼던 시와 노래 가사의 형태로 극소수 존재한다). 그 밖에 가지고 있는 미출판된 글은 거절당한 출판 제안서의 형태로 존재한다. 이 글들이 거의 전부 재미있다고 생각한다. 그렇지 않다면 쓰지 않았을 테니까. 하지만 이 글들은 동시에 '진지'하기도 하다. 일반적으로 이 두 가지를 구분하지 않는다. 비상업적 사이트로 시작한(지금도 대부분은 그렇다) Whatever에서도 상업적 출판을 위한 습작을 시작했다. 그리고 시간이 지나면서 나는 원래 여기 올렸던 글들 중 상당수를 팔았다. 그리고 이 사이트가 독자를 확보하는 데 유용했기 때문에 내 경력에 도움이 되었다는 걸 알고 있다. 『에이전트 투 더 스타스』를 '습작' 소설(다시 말해 돈이 아니라 재미를 위해)로 썼을 때, 집필을 마치고 이 작품을 셰어웨어로(즉, 독자가 읽어보고 마음에 들면 돈을 내는 식) 올렸다. 그런 다음에는 당연히 책으로 팔았다. 따라서 글쓰기에 관해서는 '재미'와 '진지함' 사이의 경계선이 매우 모호하다는 것을 알 수 있을 것이다.

오히려 나이가 들어가면서 글쓰기에 관해 무엇이 '재미있고' 무엇이 '진지한가'에 대해서는 덜 걱정하게 되었다. 현재 일곱 권의 책을 냈고 2006년에 두 권이 출간될 예정이며, 그 이후의 판매 전망도 상당히 밝다. 그리고 책 이외의 글쓰기에도 경력이 탄탄하기 때문에 직업적인 면에서는 전혀 불안하지 않다. 작가로서 '이룬 것'를 누구에게 증명하거나 특정한 기준에 맞춰야 할 필요를 느끼지 않는다. 물론 글쓰기에 관해서는 목표가 있다. 좋아하는 것을 쓰고 싶다. 출판사가 팔 수 있는 책을 쓰고 싶다. 그리고 가능하다면 앞서 말한 두 가지를 서로 잘 결합시키고 싶다. 그러면 저세상 가기 전까지 이 행복한 순환을 계속할 수 있을 것이다.

나는 상당수의—뛰어난—작가들이 그들의 '진지한' 작품과 '재미있는' 작품을 엄격하게 구분하거나, 그들의 글이 감정 표현의 즐거움보다는 돈과 관심만을 낚으려고 하기 시작하는 것을 알 수 있었다. 하지만 나는 그런 적이 없었다. 글을 쓰는 것만으로 만족하고, 서랍 속에 넣어 두어 거미줄투성이가 된 채 유언 집행자의 손길을 기다리게 만드는 시인 에밀리 디킨슨 같은 유형도 아니다. 좋든 싫든, 언제나 가능한 한 많은 사람이 읽고 (부디) 즐겨 주기를 바라면서 글을 쓴다. 보이는 그대로 믿으면 된다. 당사자이기 때문에 대답할 수 없는 흥미로운 질문이하나 있다. 내 글에서 뚜렷한 '대중적인' 말투는 기본적으로 나개인의 목소리인가, 아니면 다수의 독자에게 닿기 위한 나르시스트적 욕망에서 오는가 하는 것이다. 그 답이 전자라는 것을처음에는 의심했지만 이제는 인정한다.

이제 그 질문을 받았으니 하는 말인데, 나는 내가 다른 사람에게 보일 의도가 없는 무엇인가를 쓰겠다고 결심할 수 있는지의문이 든다. 솔직히 말해, 그 아이디어는 내게 아주 낯설다. 나는 무엇이든 생각하는 데 힘든 시간을 보낸다. 물론 그 생각하는 것 자체는 흥미롭다. 좀 더 생각해 보겠다.

계약 만료

(2001년 8월 6일)

지난주에 내 글쓰기 계약 하나가 만료되었지만 갱신되지 않았다. 이런 일이 생기면 보통 내 마음은 말할 수 없는 두려움으로 가득 찬다. 프리랜서 작가로서 내 삶에서 약간의 안정감은 장기 계약의 형태로 존재하는데, 보통 기한이 6개월에서 1년이다. 장기 계약을 하면 앞으로 6개월 동안은 집에서 쫓겨날 걱정은 안 해도 된다(사랑하는 아내와 아이를 먹여 살릴 수 있게 된다는 것은 말할 필요도 없다).

나는 이러한 계약들을 실제 '수입', 즉 청구서를 지불하는 데 쓰이는 돈으로 생각한다. 달마다 잠깐씩 하는 일은 애초에 정해진 용도가 없는 '가욋돈'으로 간주하는데, 이 돈은 경솔하게 써 버리거나 가끔 저축한다. 좀 헷갈리긴 하지만, 실질적으로 나는 글쓰기 총수입이 아니라 장기 계약 수입의 범위 내에서 생활한다. 그러니 매달 들어오는 장기 수입의 일부가 없어지면 약간 피가 마르는 느낌이다.

하지만 이 특정 계약이 갱신되지 않는다는 얘기를 들었을 때 솔직히 내가 느낀 건… 약간의 안도감이었다. 이 계약은 다소 어울리지 않는 결합이었다. 나뿐만 아니라 고객도 그걸 느낄 수 있었다(말해 두는데 다른 계약 대부분은 괜찮다). 물론 추가 수입이 생겨서 좋았다. 하지만 일에 대해 약간 짜증이 났고, 일의 진행과 원하는 결과에 대해 서로 혼선이 있었다. 내 나머지 장기 계약 대부분은 재미있었지만 이 계약은 그렇지 않았다. 실제 일에 가까웠다.

계약이 갱신되었더라도 일을 맡지 않았을 것이라는 얘기가 아니다. 하지만 갱신하지 않겠다는 얘기를 들었을 때 화가 나지도 않았다. 모든 사람은 자신의 조건에 맞게 일이 처리되기를 원할 자격이 있다. 그리고 이 일은 쌍방 모두에게 그렇지 않았다. 계약이 끝나도 괜찮았다. 또는 그렇게 생각했다. 속은 괜찮은지 확인해 보았다. 정말로 아무 이상이 없었다.

이것은 프로 작가인 나에게 상당히 중요하다. 작년쯤에 나는 일을 조금 잃더라도 그다지 큰 영향을 받지 않는다고 확신할 수 있는 경험과 수입 수준에 도달했다. 경제적 타격을 이겨내고 전진할 수 있고, 글쓰기 경험은 대체 수입원을 빠르게 찾는 데 도움이 될 것이다. 하지만 그렇게 생각하는 것과 실제로 일어났을 때 현실에서 느끼는 것은 차이가 있다. 현실에서 입증하는 게 좋다.

이 고객이 계약을 갱신하지 않겠다고 통보했던 것과 같은 시기에, 다른 고객이 그들과 나의 관계를 공식화하는 1년 계약을 갑자기 체결했다. 그래서 상당한 금액이 '장기 수입' 항목에서 빠져나갔지만 거의 비슷한 액수가 들어왔다. 최종적으로 내 장기 수입은 거의 같다. 그리고 연말 몇 달 동안 몇 개의 반짝 수입원을 추가해서 결손은 발생하지 않았다. 사실은 그전에는 더 나빴다.

글쓰기 경력은 삶에서 내 불가지론적 신념 체계가 일상적으로 도전받는 유일한 분야이다. 내 글쓰기 인생은 (지금까지는) 상당한 업그레이드의 연속이었다. 그리고 타이밍은 거의 늘 이 경우처럼 기이할 정도로 적절했다. 이번처럼 계약 하나가 떠나가면 다른 계약(대부분 더 좋은)이 불쑥 그 자리로 들어왔다. 이런 일은 내 경력에서 으스스한 느낌이 들 정도로 여러 번 일어나서 나는 정말로 저 위에 누군가가 계셔서 나를 보살펴 주는 게 아닌가 생각하게 되었다. 그것이 신이라고 추정할 정도는 아니다. 은하계들이 서로 어떻게 갈라져 날아가는지 볼 생각만으로 그것들을 서로 던지는 존재에게는 내 경력에 관심을 가지는 것보다 더 중요한 일들이 있을 게 분명하다. 하지만 수호천사는 있을지 모른다. 누가 알겠는가. 이유야 어떻든 나는 내 경력이 이렇게 이어져 온 것에 깊이 감사하고 있다. 그러니 혹시 저 위에 누군가가 계신다면, 감사합니다. 정말로. 대단히.

물론 다른 면도 있다. 시간, 시간, 언제나 시간이 문제다. 항상 필요하고, 위험할 정도로 부족하다. 예를 들면, 월요일에 나는 보통 소식지를 쓰고, Whatever에 글을 올리고, 비디오 게임 리뷰를 쓴다. 이번 주에는 소식지와 Whatever의 글을 일요일에 썼다. 월요일에는 전화를 엄청나게 해야 했다. 먼저 지난주에 쓰고 있던 빌어먹을 기업 기사를 끝내야 했고, 두 번째는 다른 어떤 잡지의 표지가 될 기사에 대한 정보를 모아야 했다. 내 첫 표지 기사이다. 나는 그 취재원들이 내 빌어먹을 전화를 받으리라고 생각하면서, 그 일을 할 수 있다는 사실에 말할 수 없을 정도로 흥분했다. 이 일들은 너무나 중요해서 다른 일을 먼저 할 수 없었다. 그래서 (적어도 지금은) 주간 작업량이 유례없이 너무 빡빡해져서 내가 정말 시간 관리 기술이 있기는 한 건지 확인해야 할 정도였다(가지고는 있다. 하지만 머뭇거리는 총잡이처럼, 다른 선택의 여지가 없기 전까지는 그 기술을 쓰기 싫다).

엎어진 계약에 관해서라면 그건 그저 비즈니스일 뿐이라고 말할 수 있다. 내 기술이나 능력에 의문을 품지 않으며, 엎어진 계약을 내 경력에 대한 평가로 보지 않는다. 일은 없어지기도 하고 생기기도 한다. 때로 일이 없어진다고 해서 최악의 상황이 일어난 건 아니다. 지금까지 온 것도 잘했다. 얼마나 오래 계속될지는 앞으로 볼 일이다.

비평

(2003년 1월 29일)

어떤 독자가 어제 이메일을 보냈다. 『노인의 전쟁』을 재미있게 읽었다면서, 자기 생각에 그 작품을 더 좋게 만들 수 있는 이야기 관련 제안이 몇 개 있어서 제공한다고 했다. 이런 경우 나는 스트레스로 잇몸을 깨물지 않으려고 애쓸 수밖에 없다.

이 친구의 잘못은 아니다. 순수하게 도움을 주려고 했던 건 이해하고, 작품이 어떻게 하면 더 나아질 것인가에 대한 제안을 할 정도로 내 책을 좋아해 줘서 고맙다. 선의라는 것, 내가 그 제안이 선을 넘었다고 생각하지 않는다는 것, 그리고 감히 내 글에 의문을 가졌다는 이유로 12미터짜리 전투 로봇에 밟혀 죽어야 마땅하다고 생각하지 않는다는 것을 그 독자가 알아 주었으면 한다.

그렇기는 해도, '건설적 비평'은 나를 화나게 한다. 완전히 솔직하게 말하면 내 작품에 대한 비평이 건설적이지 않았으면 좋겠다. 내 작품의 대화 부분이 형편없고 비현실적이라고 지적해도 개의치 않는다. 하지만 내 대화가 형편없고 그걸 고치는 방법은 A나 B나 C를 하는 것이라는 얘기를 들으면 신경이 쓰인다. 『노인의 전쟁』을 베타테스터들에게 돌렸을 때, 그들에게 문법, 철자법, 논리적 일관성을 확인해 달라고 요청했고, 이야기 중에 마음에 들었거나 들지 않았던 부분을 지적해 달라고 했다. 하지만 문제를 고치는 방법을 제안하지는 말아 달라고도 특별히 당부했다. 왜냐고? 듣고 싶지 않기 때문이다. 글에서 뭔가가 제대로 돌아가지 않는다고 생각한다는 사실을 아는 것만으로 충분하다. 이러한 문제들을 어떻게 고쳐야 할지(또는 고치지 말아야 할지) 생각해 내는 것은 작가로서 내가 해야 할 일이다. 여러분이 글에서 버그라고 볼 수 있는 것을 나는 특징이라고 볼 수 있기 때문이다.

물론 이런 약간 별난 내 글쓰기 특성은 오만하게 보일 수 있다는 건 알고 있다. 나는 글쓰기와 관련해서는 언제나 오만했다. 대학 1학년 때 예술사 수업 조교와 다툼이 있었다. 다른 학생들의 과제에 대한 동료 평가에 참여하는 걸 거부했기 때문이었다. 다른 학생들이 실제로 영어와 예술 강사급의 자격이 없는 한, 그들의 의견이 나에게 도움이 될지 의문스럽고, 따라서 시간 낭비라는 이유를 댔다. 그리고 내가 다른 사람들의 작품을 평가하고 기본적으로 조교의 업무인 일을 하게 된다면 돈을 받고 싶다고 했다. 이것 때문에 과제 채점 때 조교에게 당하겠다고 생각했지만(결국 그 수업에서 C-를 받았던 것 같다) 개의치 않았다. 그리고 무엇보다도 역설적인 건, Whatever에 이 글을 올리자마자 다다이즘 운동에 관한 기사를 쓰기 시작하고 원고료를 두둑하게 받게 되리라는 사실이다. 그러니 C를 준 조교와 내 젊은 시절의 오만함 사이에 벌어진 전투의 결말이 어떻게 되었는지 알 수 있다.

하지만 내 오만에 대한 의문과는 별개로(또는 적어도 아주 극히 적은 관계만 있다) 비평가의 경쟁력에 대한 의문이 든다. 누구나 자신의 의견을 가질 권리가 있다. 그리고 전문 비평가로서 말하는데, 나는 사람들이 자신의 관점을 표현하는 것에 전적으로 찬성이다. 특정한 음악 작품을 좋아하기 위해 프로 음악가가 될 필요는 없다. 또는 어떤 기사나 이야기가 마음에 드는가 그렇지 않은가를 알려고 프로 작가가 될 필요도 없다. 많은 창작자가 그들의 동료만이 비평할 자격이 있다고 생각하는 것 같지만, 이는 비판을 받아서 자존심 상하고 풀이 죽었다는 사실을 인정하기 싫어서 꽁무니를 뺄 때 쓰는 어리석은 방어 수단일 뿐이다.

모든 사람은 어떤 것이 좋은가에 대한 의견을 표현할 수 있지만 그것이 모든 사람이 그 개선 방안을 제안할 위치에 있다는 근거는 되지 않는다. 특정한 비평과는 별도로, 예컨대 다른 줄거리를 사용하거나, 특정한 동기를 찾아내는 등등의 방법을 쓰면 작품이 좋아질 수 있다고 생각하지 못할 이유는 없다. 이렇게 변경하면 작품은 더 나빠질 수도, 좋아질 수도 있고, 아니면 그저 원래와는 완전히 다른 식으로 똑같이 별로가 될 수도 있다. 바꾼다는 것에는 나아진다는 의미가 내재되어 있지 않다. REM이 〈Murmur〉 음반을 발표했을 때를 생각해 보면, 사람들은 리드 보컬 마이클 스타이프가 쓴 가사를 이해하지 못하겠다고 불평했다. 하지만 그들이 가사를 이해했다고 음악이 더 나아졌을까? 꼭 그렇지는 않다. 스타이프의 사람 미치게 만드는 중얼거림은 초기 REM의 매력 중 일부이다. 마이클 스타이프가 노래하는 가사가 여러분 귀에 들렸다면 〈Murmur〉는 더 좋아졌을 수 있다. 하지만 다시 말하는데, 더 나빠졌을 수도 있다.

그렇다면 글쓰기에 관한 제안에는 개인적 경쟁력이 문제가 된다. 기분 나쁘게 할 생각은 없지만, 여러분 대부분은 프로 작가나 편집자가 아니다. 그건 큰 차이가 있다. 패트릭 닐슨 헤이든이 『노인의 전쟁』에 재미를 불어넣기 위해 필요한 점들을 제안한다면(그는 이미 그러겠다고 내게 말했다), 나는 귀를 기울일 것이다. 그는 토르 출판사의 선임 편집자고 문장을 만들어 내는 능력이 있다. 따라서 그의 제안은 창의성 면에서도 성공적이고 시장에서도 통한다. 그리고 이 두 가지야말로 내가 책에서 바라는 것이다. 다른 현직 소설가가 청하지도 않았는데 플롯 포인트에 관해 조언한다면, 나는 마찬가지로 경청할 것이다. 이 사람들은 현실에서의 경험이 있기 때문에, 무슨 이야기를 하고 있는지 알고 있다고 확신할 수 있다.

이러한 기준에 없는 내용도 있다. 나는 여러분이 프로다운 글쓰기의 역학 관계에 대해 얼마나 알고 있는지 나 자신에게 종종 묻곤 한다. 그리고 그 대답이 "그렇게 많지는 않다."면 왜 내가 여러분의 글쓰기 제안에 귀를 기울여야 하는지 스스로에게 물어볼 것이다. 의사는 수술법에 관한 제빵사의 제안에 귀를 기울이지 않는다(또는 예의상 그랬더라도 진지하게 받아들이지는 않는 게 보통이다). 의사의 말에는 귀를 기울인다. 마찬가지로 실전 글쓰기에 관해서라면 나는 우선 작가들과 편집자들에게 간다. 그렇다. 나는 이 이야기가 앞서 말한 '오만'으로 들린다는 걸 인정한다. 하지만 나는 지금 10년 넘게 프로 작가로 글을 써왔다. 이건 내 일이다. 돈을 벌기 위해 내가 하는 일의 전부다. 내 본업이기도 하다. 글쓰기에 관해서라면 나는 (대부분) 내가 어떤 일을 하고 있는지 잘 알고 있다고 자신한다.

나는 오만하기는 해도 어리석어지지는 않으려고 노력한다. 천문학 책을 쓸 때는, 천문학 박사 학위가 있는 친구 몇에게 초반부 몇 장을 검토해 달라고 부탁했다. 그들은 천문학 박사이므로 내가 헛소리를 써 놨으면(대부분은 그렇지 않다) 지적할 자격이 충분하기 때문이다. 작가가 아닌 사람은 글쓰기 기법에 관해 탁월한 제안을 할 수 없다는 이야기가 아니다. 일반적으로, 그리고 특정한 내 글에 관해 그렇게 할 수 있고 실제로도 한다. 내가 가끔 작가 아닌 사람들이나 아마추어 작가들에게 조언을 구하지 않는다는 얘기도, 아니다, 한다. 그리고 덕분에 내 글은 더 좋아진다.

여러분이 작가나 편집자가 아닌데 설득력 없이 특정한 글쓰기 조언을 하면, 나는 그 조언이 얼마나 유용한지에 대한 근거를 생각할 것이라는 게 요지다. 그 유용성에 대한 내 평가가 결과적으로 여러분의 생각과 다르더라도 너무 마음 상하지 않길 바란다. 여러분의 생각에 진심으로 감사드린다. 하지만 이것은 여러분의 생각이 중요한 그런 상황이 아니다.

다시 쓰기

(2004년 2월 20일)

Tamar라는 독자는 내가 다시 쓰기에 관해 최근에 올린 글을 보고 겁이 났다고 했다. 그래서 여기서 분명히 얘기해 둘 필요가 있다. 그 글의 댓글에서 John Popa라는 독자가 물었다.

"책을 꼭 내고 싶은 작가 지망생인데, 다시 쓰기를 얼마나 많이 해야 하나요? 얼마나 다시 써야 끝나나요?"

그에 대한 내 대답의 일부는 이렇다.

내가 다시 쓰기를 하는 경우는 극히 드물다. 처음에 쓴 글에 주제를 대부분 녹여 넣는 게 보통이기 때문이다. 어떤 면에서 '다시 쓰기'는 글을 봐 가면서 다시 쓰는 게 쉽지도 실용적이지도 않았던 타자기 시대의 유물이라고 생각한다. 컴퓨터로는 글을 써 가면서 수정하는 게 훨씬 쉽다.

Tamar는 이것이 크게 잘못되었다고 생각한다. 내 놀라운 글쓰기 기술은 인정하면서도(감사하다) 내가 다시 쓰기를 무시함으로써 잘못된 예를 보여 주고 있다고 부당하게 우려한다. 그녀는 자신의 사이트에 이렇게 썼다.

…내 친구처럼, 해야 할 일을 회피하면서 그것을 근거 없이 정당화하려는 작가들이 있다는 사실을 생각하면 두렵다. 세상에는 이미 형편없고, 제대로 편집되지 않은 소설들이 너무 많다.

세상에는 형편없고 제대로 편집되지 않은 소설이 많다는 사실에 동의한다(그리고 편집되었지만 형편없는 소설도 너무 많다. 물론 이 두 가지는 완전히 다른 문제지만). 그리고 작가로서의 내가 모범으로 삼기에는 끔찍한 예일 수 있다는 것에도 진심으로 동의한다. 하지만 그건 하나도 놀라운 일이 아니다. 늘 그게 사실이라고 생각해 왔으니까. 어머니들, 아이를 존 스칼지처럼 되게 키우지 마세요.

내가 글이 너무 좋아서 다시 쓰기를 할 필요가 없는 작가로 꼽히는 것도 바라지 않는다. 물론 내가 좋은 작가라고 생각하기는 하지만, 당장은 생각이 안 나긴 하는데 나보다 뛰어난 작가가 상당히 많다. 나는 그들이 다시 쓰기에 대해 어떤 철학을 가졌는지 모른다. 내 편집자가 책을 읽고 나서 "술 드시고 썼어요? 이건 쓰레기예요!"라는 메모와 함께 돌려줄 수도 있다. 지금 든 사례는 현실적으로 일어날 가능성이 크다. 어제 내 책을 다시 읽었는데, 교열자가 어떤 등장인물의 이름을 '밥'에서 '빌'로 바꾸는 걸 잊은 게 아닌가 하는 의심이 들었다. 전체의 3분의 2가 그랬다. 뜨악!

그렇기는 해도 나는 다시 쓰기를 하지 않는다. 더 정확하게 말하자면 다시 쓰기를 해 본 적이 없다. 장래에는 할지도 모르겠다(세상일은 모른다). 왜 다시 쓰기를 하지 않았는가? 대부분은 그럴 필요가 없었기 때문이다(여기도 예외는 있다. 나중에 얘기하겠다). 고등학교 시절에 역사 선생님은 과제 최종본과 함께 초안도 제출하라고 했다. 나는 과제를 한 다음, 그것에 기초해 '초안' 개요를 작성했다(과제 최종본이 초안에서 '발전'한 것임을 보여 줄 수 있게 적당히 섞었다). 이 확실히 쓸모없는 경험을 통해, 글은 처음부터 완성도 있게 써야 한다는 기본적인 철학을 계속 유지하게 되었다.

내가 주장할 수 있는 유일한 항변은 그게 나에게는 효과가 있었던 것 같다는 사실이다. 내 논픽션은 초고 그대로 편집자에게 보냈고, 편집자들과 독자들에게 대체로 좋은 평을 받았다(특히 『우주 기본 안내서』가 그랬는데, 정말 기뻤다). 토르 출판사에 판 『노인의 전쟁』도 마찬가지로 본질적으로는 첫 버전 그대로였다. 믿을 만한 베타테스터 그룹이 낸 의견에 기초해서 사소한 수정을 했지만 진정한 다시 쓰기라고 할 것은 아니었다. 내 첫 단편은 초고 그대로 판매되었다(처음으로 투고한 작품이기도 했다. 우후!). 잡지와 책에 실리는 글의 경우, 편집자들은 내가 그들이 별로 손댈 필요가 없는 상태로 원고를 넘겨주기 때문에 (보통은) 나와 같이 일하는 게 좋다고 말해 주었다. 그 원고는 대개 초고다. 간단히 말해 다시 쓰기라는 개념에는 반대하지 않지만, 나는 그럴 필요가 없었을 뿐이다. 지금까지는 그게 통했다.

(예외는 있다. 비즈니스 관련 글은 고객의 필요에 맞게 계속해서 다시 쓴다. 유동적이고 진화하며 변덕스럽기 짝이 없는 목표를 대상으로 하기 때문이다. 고객을 위해 글을 완성했는데 그들이 "아주 좋아요. 하지만 초점을 바꾸고 싶은데 다시 써 주실 수 있나요?"라는 얘기를 들은 경우가 수없이 많다. 내 대답은 이렇다. 나는 비즈니스 관련 글은 시간당으로 고료를 받는다. 당연히 다시 쓸 수 있다)

내가 다시 쓰기를 별로 할 필요가 없는 이유는 몇 가지 있다. 거기에는 다음과 같은 것들이 포함된다.

신문사에서 일한 경험. 좋은 글을 빠르고 사실상 편집이 필요 없을 정도로 쓰는 법을 배운다. 그렇지 않으면 교열자나 편집자에게 맞아 죽고, 시체는 다른 기자들에 대한 경고의 의미로 편집국에 매달릴 것이다.

개인적으로 가지고 있는 상대적으로 높은 수준의 쓰레기 감지 시스템. 다행히 나에게는 내가 글쓰기 금손이라는 환상이 없다. 수많은 쓰레기 글을 썼다. (대개) 다른 사람들에게 보여 주지 않았을 뿐이다. 세상의 다른 작가들과 마찬가지로 쓰레기 같은 이야기, 기사, 횡설수설이 수십 트럭이며, 그것들이 얼마나 추하고 괴상망측한가를 깨달을 때마다 목이 졸리는 느낌이다. 이 유산된 글들을 다시 쓰기를 통해 되살리는 데 시간을 쓰지 않으려고 한다. 이 똥덩어리들을 다시 써 봐야 반짝반짝 빛나는 똥덩어리들을 두 손 가득히 쥐게 될 뿐이라고 생각하는 편이다(이것은 오로지 내 글에만 해당된다). 똥을 싸는 건 개의치 않는다. 삶의 자연스럽고 건강한 부분이니까. 그저 그 똥이 내 머리에서 나와서 손을 거치지 않길 바랄 뿐이다.

작가로서의 내 강점과 약점에 대한 비교적 사실적인 평가. 그리고 이에 덧붙여 강점은 살려서 쓰고 약점이 드러날 것 같으면 손짓과 화려한 포장을 통해 사람들의 눈을 돌리려고 한다. 내가 이미 알고 있는 것만 쓴다는 얘기가 아니다. 그건 어리석다. 지식을 점층적으로 늘려 가며 일하는 것을 좋아한다는 뜻이다.

막 집필을 끝낸 소설 『안드로이드의 꿈Android's Dream』에서 개인적인 큰 혁신은 3인칭 시점 스토리텔링과 복합 스토리라인이다. 일반적으로 스토리텔링의 장르에서 혁명적인 진보는 아니지만 작가로서의 내게는 유용하고 필요하며, 여전히 재미있고 읽을 만한 이야기를 만들어 내면서도 밟을 수 있는 단계이다. 다음 단계가 무엇인지는 아직 모른다(몇 가지 아이디어가 있기는 하다). 하지만 이는 상대적으로 작은 발전이고, 만일 잘 통한다면 여러분은 눈치채지 못할 것이라고 장담할 수 있다. 내가 쓴 스토리라인을 즐길 것이기 때문이다. 내가 이 기법을 차례로 충분히 쓴다면, 앞으로 나올 책에서 나는 훨씬 더 좋은 작가가 되고 (바라건대) 더 많은 팬층을 확보하게 될 것이다.

적어도 한동안은 내가 쓰지 않을 기법이 있다는 의미다. 예를 들어 내가 차이나 미에빌의 글을 좋아하는 이유 중 하나는 내가 쓸 수 없는 문체이다. 그의 문체가 본질적으로 나보다 좋거나 나쁘다는 게 아니라(나는 이 면에서는 그가 더 낫다는 사실을 기쁘게 인정하긴 하지만) 그저 내가 그렇게 쓸 수 없다는 뜻이다. 몇 권의 책을 통해 경험이 더 쌓이면 그 시점에서 뭔가 시도해 볼 수 있겠지. 두고 볼 일이다.

편집자처럼 깐깐해지기. 이것은 두 가지 면에서 도움이 된다. 첫째, 편집자들이 매일 겪는 괴로움과 내 글 일부로 인해 겪었을 괴로움을 이해하게 되고, 그들이 작가를 위해 하는 일을 존중하고, 적이라기보다는 파트너로 보아 그들이 편히 작업할 수 있는 글을 쓰게 노력해야겠다는 마음이 들게 만든다(다시 말해 내 개인적인 쓰레기 글 탐지기에 중요한 원동력을 더해 준다). 둘째, 글에서 내게 효과적인 것과 그 이유—일반적인 면, 그리고 내 개인적인 취향과 의도 면에서 모두—를 더 잘 인식하게 해 준다.

그렇다고 해서 내가 내 작품에 대해 뛰어난 편집자가 된다는 얘기는 아니다. 다른 작가들과 마찬가지로 나는 내 머릿속에서 나오는 것과 크게 다르지 않기 때문이다. 글을 쓸 때 무엇이 효과적이고 무엇이 그렇지 않은가에 대해 좀 더 민감해지게 한다는 말이다. 여러분이 자신의 머리를 편집자의 사고방식에 일단 접속시키면 그 사고방식은 여러분과 함께하는데 이것은 굉장히 유용하다. 믿을 수 없을 정도로 중요하다. 나는 편집자로서 경험을 쌓은 뒤에야 책을 팔 수 있었기 때문이다. 이와 관련된 이야기를 하겠다.

비평가로서의 경험. 나는 스토리텔링을 보고 읽은 다음 그것이 어떻게, 그리고 왜 효과적인지—또는 왜 그렇지 않은지—를 쓰면서 수많은 시간을 보냈다. 이 스토리텔링의 대부분은 영화였는데, 내 생각에는 이 사실이 내 글에 분명히 큰 영향을 미쳤다. 내 소설 에이전트는 처음 내 작품을 읽고는 원래 영화 시나리오로 쓴 것이냐고 물었다. 대답은 "아니다."였지만, 그가 왜 그렇게 생각했는지는 알 수 있었다. 여러분의 인생에서 스토리텔링을 보고 그에 대한 의견을 쓰면서—그러고는 그 의견을 독자들에게 설명하면서—보낸 시간이 있었다면, 그런 다음에는 구조와 이야기, 그리고 무엇이 효과적이고 무엇이 그렇지 않은지(또는 적어도 무엇이 여러분에게 효과적이고 무엇이 그렇지 않은지)를 배워야 한다.

우리끼리 얘긴데, 나는 비평가가 되면 내가 독자로서 좋아하고 아는 것을 쓸 때 엄청난 자신감도 생긴다는 사실을 알게 되었다. 비평가로서 나는 의도적으로 불분명하거나 어렵거나 모호하게 만든 글(또는 영화나 음악)에 그다지 깊은 인상을 받지 못한다. 이들 중 어떤 것도 (뛰어난 예술 작품이 종종 그래야 하는) '도전성'과 반드시 동의어는 아니다. 그리고 독자를 즐겁게 할 목적만을 가지고 독자를 즐겁게 하는 것의 가치도 알 수 있다(특히 내가 개인적으로 즐겼을 때). 그래서 역설적이지만 나는 비평가가 되면서 덜 속물이 되었다고 생각한다. 이것은 작가로서의 내게 좋은 일이다. 왜냐하면 내 소설은 이 점에 관해서는 어려워서 두뇌 기능을 향상시키는 고섬유질 식품은 아니기 때문이다. 나는 내 소설이 사람들을 즐겁게 해 주기 바란다. 나 자신이 즐기는 것을 좋아하기 때문이다. 항공편은 취소되고 대기자 명단에 올라갈 때까지 지옥같이 붐비는 공항에 갇혔을 때 읽고 싶은 책을 쓴다.

머릿속으로 수없이 다시 쓰기를 한다. 나는 샤워를 오래(45분에서 한 시간) 한다. 몸이 더러워서가(또는 꼭 그런 이유만은) 아니라 샤워를 할 때 가장 좋은 생각이 떠오르기 때문이다. 그러지 못할 이유가 뭔가? 샤워실에서는 그냥 서 있기만 하면 된다. 생각하지 못할 이유가 없다.

그리고 이런 생각을 하는 편이다. 글쓰기가 막혔는데 어떻게 벗어나지? 샤워실에 오래 서서 머릿속으로 줄거리 시나리오를 검토하고, 효과적이지 못한 아이디어를 잘라내고 효과적인 아이디어는 퍼 올린다. 다른 작가들이 지면에서 다룰 것 같은 수많은 문제와 씨름한다. 이들 생각 중 다수는 당장 쓰고 있는 문제들과 관련이 있지만, 큰 아이디어를 떠올리고 머릿속에 새기는 데도 시간을 쓴다. 이런 큰 아이디어는 그날 내가 쓰고 있는 것에 즉각적이고 실용적인 도움은 안 되지만, 아마 나중에 책이나 심지어는 완전히 관계없는 프로젝트에서 쓸 수 있게 될 것이다.

나는 이러한 종류의 생각을 정신적인 면에서의 임신으로 비유해 '수태受胎'라고 부른다. 준비되기 전에는 수태된 생각으로 아무것도 하지 않곤 한다. 『노인의 전쟁』에 대한 아이디어가 명료해지고 쓸 준비가 될 때까지 수년 동안 수태하고 있었다. 지금도 서너 개의 큰 아이디어를 수태하고 있고, 그중 몇은 탄생이 가까웠다. 서두를 이유는 없다. 이미 그것들과 여러 해 함께 살았고, 나올 준비가 되었다는 의미다. 그 덕분에 그것들을 일반적인 이야기의 형태로 만들기 위해 수없이 다시 써야 할 필요성이 줄어든다고 생각한다.

그렇기는 하지만, 편집자가 나에게 돌아와서 (분명 그럴 것이다) "이 부분을 다시 써야 하지 않을까요?"라고 물어볼 때는 어떻게 해야 할까? 음, 물론 다시 쓸 것이다. 내가 내 일을 어떻게 하는지를 아는 것과 마찬가지로 편집자도 자신의 일을 알고 있으며, 우리 둘 다 책이 잘되길 원한다. 그리고 앞서도 말했듯이, 나는 내 글을 애지중지하지 않는다. 단어는 단어일 뿐이지 햇살에 빛나는 보석이 아니다. 일을 위한 수단이다. 일이 되려면 무엇을 어떻게 해야 할지 알려 줘야 한다. 가끔 제대로 되지 않을 때도 있다. 나는 작품이 되도록 좋은 형태를 갖추고 편집자에게 전달되게 일한다. 하지만 이것은 작품이 독자들에게 선보일 준비를 하기 위한 첫 단계에 지나지 않는다는 사실도 아주 잘 알고 있다.

다시 쓰기를 절대 하지 않겠다고 생각하지도 않는다. 내가 쓰는 글이 어느 지점에서는 다시 써야 할 수도 있다. 그때 다시 쓰지 않을 정도로 어리석지는 않다. 내 자아의 일부는 '다시 쓰기는 하지 않겠다'는(일종의 비정상이다) 옷을 입고 있지만, 더 많은 부분은 '끔찍한 글은 쓰지 않겠다'는 옷을 입고 있다. 내 자아는 다시 쓰기를 하지 않겠다는 생각을 극복할 것이다. 하지만 내가 쓰레기 같은 책을 쓰고 그게 세상에 나와 버렸다면, 정말 오랜 시간 동안 그 책과 함께 살아야 할 것이다. 만일 다시 쓰기와 쓰레기 같은 책을 내는 것 사이에 선택해야 한다면, 다시 쓰기를 할 것이다.

책을 내지 못한 사람들의 불만

(2004년 4월 1일)

며칠 전에 올린 몇 가지 글쓰기 조언에 대해 '책을 내지 못한 무명씨'라는 사람이 흥미로운 의견을 달았다.

그 글은 자기만족적이기는 하지만 솔직하다고 생각한다. 출판계에 대한 그의 관점이 사실이라면, 절대 책을 내지 않겠다는 생각이 강하게 든다. 만일 출판이 그가 말한 것처럼 실망스러운 일이라면 우리 사회에서 그 목적을 상실한 것이다. 구제 불능으로 낭만적인 것처럼 들리는 건 싫지만(좋아하면 되는데…), 프리츠 랑 감독의 영화에 나올 것 같은 근무 환경에서 일하는 데 질린 일 중독자 출판업계 종사자들이, 무한하고 궁극적인 잠재력에 취한 젊은 몽상가들이 가지고 있는 아주 작은 환상마저 깨 버린다면 출판계는 대체 무슨 소용이 있는가? 우리는 출판의 소용에 관해 모든 그럴듯한 문구와 유명인의 말을 등장시킬 수 있다. 하지만 이 글은 젠체하고 냉소적인 업계 고참이 올챙이 적 생각 못 하고 내뱉는 독설 어린 불평처럼 보인다.

아직 책을 내지 못한 젊은이는 어리석고 젠체하며 오만하고 보잘것없는 망상으로 가득 차 있을 수 있다. 하지만 예술 산업이라는 겉모습 아래 벌어지는 극심한 생존 경쟁에 전력을 기울이기보다는 잃어버린 이상적 대의를 위해 싸우는 게 낫지 않은가? 당신에게 출판 산업은 그저 지루한 엔터테인먼트 산업일 뿐이다. 내가 보는 출판 산업은 개인의 전쟁터다. 당신이 했던 것과 똑같은 질문이 당신에게 던져질 수 있다. 당신은 '작가'가 되기 위해 무엇이 필요한지에 대한 진실을 알고 있다. 무슨 상관인가? 누군가는 작가로서의 나보다 더 많은 돈을 벌고 있다. 똑같은 옛날 소설의 복제본을 팔기 때문이다. 무슨 상관인가? 내 책은 출판되지 않을 수 있는데. 무슨 상관인가? 예술이 산업이 된다면 그 목적을 잃은 것이다. 그리고 아무리 바보 같은 환상이라도 작가가 그 환상을 잃어버리면 꿈꾸는 능력을 잃은 것이다.

내 대답: 음, 알겠다.

먼저 개인적인 이야기부터 하겠다.

젠체한다는 비난: 그렇다. 처음 듣는 얘기도 아니니까.

냉소적이라는 비난: 그렇지 않은 것 같다. 직업적인 경력과 관련해서 하고자 하는 일은 무엇이든 할 수 있다는 것의 어두운 면을 찾아낼 수 있는 사람들이 있지만 나는 그들 중 하나가 아니다.

올챙이 적 생각 못 한다는 비난: 역시 그런 것 같지 않다. 올챙이 시절의 나는 글쓰기에 대해 지금의 나와 기본적으로 같은 접근법을 가지고 있다. 즉, 결과적으로 내가 현재 가지고 있는 확고한 글쓰기 입지의 큰 부분을 차지한다. 지금의 내가 스물한 살 때의 나와 이야기하는 게 가능하다면 그 대화는 이럴 것이라고 상상할 수 있다.

지금의 나: 이봐, 네가 서른다섯 살이 될 때쯤이면 책 여섯 권을 쓰고, 전국지의 칼럼니스트가 되고, 영화와 음악, 비디오 게임을 리뷰하고, 하고 싶은 이야기를 하면서 돈을 벌게 될 거야. 끝내주게 멋진 여자와 결혼하고 정말 귀여운 아이가 태어나. 둘 다 너보다 똑똑하고.

그때의 나: 우와!

지금의 나: 맞아, 바로 그렇게 돼. 그러니 머리카락 좀 나눠 줘.

무명씨라는 친구는 왜 내 생각에 신경을 쓰는가? 모르겠다. 전에도 말했듯 나는 내가 오만하다고 기꺼이 인정한다. 어떤 사람이 스스로 그 사실을 인정한다는 것은, 그런 사람의 글을 읽는 데 따르는 부담을 읽는 사람이 져야 한다는 뜻이다.

그러니 저 부분은 쉬운 얘기다. 이제 이상적인 젊은 작가가 무정한 출판계에게 박살 나는 문제, 작가는 환상을 필요로 한다는 문제를 이야기해 보자. 솔직히 말해 내가 이 무명씨의 의도를 제대로 파악했는지는 확실하지 않다. 하지만 어쨌든 최대한 노력해 보자.

예술 산업이라는 겉모습 아래 벌어지는 극심한 생존 경쟁에 전력을 기울이기보다는 잃어버린 이상적 대의를 위해 싸우는 게 낫지 않은가?

그럴 수 있다. 하지만 당신이 원하는 것을 쓰고 그것을 출판할 기회를 찾는 게 훨씬 더 낫다. 내가 가진 2004년 〈라이터스 마켓〉에는 1천600개의 잡지와 1천 개의 출판사 목록이 있다. 당신이 정말로 문장들을 끔찍할 정도로 형편없지는 않은 문단으로 연결할 수 있다면, 당신이 원하는 방식에 거의 가깝게 출판할 수 있는 아주 좋은 기회가 많이 존재한다. 특히 당신이 돈을 아주 많이 받는 것에 연연하지 않는다면 말이다. 트랜스포머와 선사시대 삼엽충 사이의 뜨겁고 끈적한 사랑에 관한 게이 슬래시 포르노(삼엽충 키크가 등을 바닥에 대고 누웠다. 에로틱하게 변신을 시작한 메가트론에게 유혹하듯 수많은 다리를 벌렸다. "맙소사." 키크가 헐떡이며 말했다. "보이는 게 다가 아니네.")를 제외하면, 좋은 글은 대부분 팔린다.

예술이 산업이 된다면 그 목적을 잃은 것이다.

이 말은 당신이 당신의 대학교 커피숍에서, 정말 함께 자고 싶은 검은 옷의 젊고 화끈한 마르크시스트 여자에게 지껄일 끝내주는 격언이 될 것이다. 하지만 그것은 실제로 무슨 의미가 있을까? 예술이 산업이 되는 건 미학의 민주화—예술을 사람들에게 감당할 수 있는 가격으로 제공하고 그에 따라 국가적 담론을 풍요롭게 하는 것—의 예라고 손쉽게 반박할 수 있다. 이 시나리오에서는 예술이 산업이 되면 목적을 달성하는 것이다. 그렇지 않은가? 보통 사람들을 풍요롭게 해 준다는 말이다! 그러면 당신의 마르크시스트와 확실하게 섹스를 할 수 있을 것이다.

이 무명씨 친구는 '산업'을 두려워하는 게 분명하다. 하지만 산업은 본질적으로 사악하지 않다. 산업은 특정한 재화나 서비스의 체계화된 생산 및/또는 유통을 시사할 뿐이다. 개인적으로 나는 체계화된 생산이라는 개념이 상당히 만족스럽다. 시스템은 내가 쓴 글을 내가 직접 하는 경우보다 더 많은 사람 앞에 선보여 주기 때문이다. 나는 게으른 사람이고, 전국 각지의 수천 개 서점과 일일이 유통 계약을 맺을 시간도 없다.

이에 대해 무명씨는 산업이 필연적으로 선택을 억누른다고—출판사들이 서점에서 (좋은 책이 아니라) 잘 팔릴 것 같은 책만 출판하고 공급할 것—응수할 게 뻔하다. 주장이 구태의연한 건 둘째치고(나는 구텐베르크가 성경을 출판한 건 잘 팔리기 때문이었다고 생각한다), 내가 위에서 인용한 통계—1천600개의 잡지와 1

천 개의 출판사―를 다시 주목하라고 하고 싶다. 당신의 어렵지만 탁월한 책은 4만 부를 팔아야 본전치기하는 출판사에는 전혀 맞지 않겠지만, 1천 부만 팔려도 대박인 학술 전문 출판사에는 완벽하게 맞을 것이다. 당신의 쓰레기 같은 로맨스 소설을 어떤 출판사는 거들떠보지 않았더라도 다른 출판사는 열렬히 환영할 수도 있다.

아무리 바보 같은 환상이라도 작가가 그 환상을 잃어버리면 꿈꾸는 능력을 잃은 것이다.

·

오, 제발. 정신줄 좀 잡으시라. 이 한 문장에 도대체 말도 안 되는 얘기가 얼마나 많은지 셀 수도 없네.

하나만 들겠다. 환상은 분명히 잘못된 것이고, 따라서 작가가 환상을 가져봐야 하나 쓸모가 없다. 자신의 재능, 출판계의 상황, 일반적인 의미에서의 인생에 대해 환상을 가진 작가는 분명 계속해서 실망하게 된다. 현실은 당신의 환상에 전혀 개의치 않기 때문이다. 반면, 당신이 잘하는 게 뭔지, 출판은 어떻게 돌아가는지를 알고, 당신의 일반적인 상황을 잘 파악하고 있다면, 작가로서의 당신의 꿈(책이 정식으로 출판되는 것 포함)을 실현할 수 있는 아주 좋은 위치에 있는 것이다.

진실 하나를 말해 주겠다. 나는 요즘 다음에 뭘 쓸지―출판사를 알아보라고 하면서 에이전트에게 보낼 아이디어들, 에이전트는 팔리지 않을 것이라고 볼 게 확실하지만 팔리건 안 팔리건 내가 쓰고 싶어서 손댈 것 같은 아이디어들(웹사이트에 올리면 된다)—생각하면서 많은 시간을 보낸다. 요점은 내가 글쓰기의 비즈니스적인 면에 대해서는 거의 환상을 가지고 있지 않다는 것이다. 이상하게 들리겠지만, 환상을 가지고 있지 않아도 수많은 꿈을 꾸는 데는 전혀 지장이 없다.

내 생각에 이 무명씨 친구가 가진 근본적인 문제는 간단하다. 약육강식의 현실 세계에서 글쓰기를 너무나도 소중하게 생각한다는 것이다. 이 위대하고 진실되며 순수한 글쓰기가 어떻게 '출판계'라고 하는 영혼 없는 기계의 진부한 약탈에 예속될 수 있느냐며 공허하게 성내는 사람들에게 무슨 말을 해야 할지 정말 모르겠다. 하지만 그건 아마 나와 뮤즈가 언제나 말하자면 실용적인 관계였기 때문이 아닌가 싶다. 사람들은 종종 내게 언제 작가가 되고 싶다는 걸 알았는지 물어본다. 나는 글쓰기가 정말 쉬웠고 다른 것(수학, 언어, 데이트)은 대부분 어렵다는 사실을 깨달은 고1 때였다고 보통 대답한다. 그래서 나는—분명히 기억한다—작가가 되는 것에 도움이 되는 일에만 초점을 맞추겠다고 의식적으로 결심했다. 글쓰기를 하면 진짜 일을 피할 수 있다는 뜻이었으니까.

글을 쓰겠다는 내 욕구는 처음부터 극히 실용적이었다고 할 수 있다. 좋은 작가가 된다는 것은 작가로 생계를 꾸려갈 수 있다는 의미였고, 하고 싶지 않은 일들(즉, 글쓰기 외의 빌어먹을 일 대부분)을 피할 수 있다는 뜻이었다. 그것이 내가 한 일이다. 지금까지는 꽤 잘 됐다. 지금의 상황이 별로 괴롭지 않다. 대부분 즐기며 산다.

현실의 출판 계약

(2004년 9월 8일)

최근에 노리아스콘 SF 박람회에 다녀왔다. 여러분이 내 박람회 스케치 기사 중 하나라도 읽었다면 박람회에서 대부분의 작가가 하는 일이라고는 술을 진탕 퍼마시고, 그런 다음 또 마시는 것뿐이라고 생각하게 되었을지도 모른다. 맞는 얘기다. 하지만 거기서 가치 있는 일은 아무것도 안 이루어진다는 생각은 하지 않았으면 좋겠다. 심지어 술을 마시는 중에 가치 있는 일이 이루어지기도 한다.

증거를 들겠다. 박람회에서 '현실의 출판 계약'이라는 강연이 있었다는 사실을 여러분에게 자랑스럽게 소개한다. 노리아스콘 4일차에 쉐라톤 호텔 로비에 있는 바에서 술에 좀 취한 일군의 작가들이 한 강연이었는데, 여기에는 스콧 웨스터펠드, 저스틴 라발레스티어, 켈리 링크, 제임스 패트릭 켈리, 로렌 맥로린, 엘리아니 토레스, 사라 졸, 그리고 보잘것없는 내가 포함된다. 몇 사람 더 있었다. 하지만 요점은 이것이 수십 년에 걸친

공통적인 글쓰기 경험에 기반한 집단 지성이라는 사실이다.

배경을 몇 가지 이야기하겠다. 출판계에서 가장 널리 읽히는 이메일 소식지는 '퍼블리셔스 런치Publisher's Lunch'다. 이 소식지에는 다양한 출판 계약이 발표되는데, 금액에 관해서는 일종의 완곡어법이 사용된다. 예컨대 작가에게 10만 달러 정도의 수입이 생기면 '괜찮은' 계약, 10만에서 25만은 '좋은' 계약, 그걸 넘어 100만 달러에 이르면 '대박' 계약이라고 한다. 그렇다. 그 정도면 당연히 대박이지. 젠장.

요점은 작가들 대부분(나 자신도 포함해서)에게 저 정도 액수들의 80퍼센트는 낯설다는 사실이다. 출판 계약의 절대다수는 '괜찮은' 계약에 들어간다. 하지만 작은 대학 출판사와 맺은 1천 달러 계약과 뉴욕의 대형 출판사와 체결한 9만 달러 계약에 모두 똑같은 형용사를 사용하는 건 확실히 터무니없다. 1천 달러 계약과 9만 달러 계약은 분명 다르다. 하나가 다른 하나보다 90배(세상에) 낫다. 완전 솔직하게 말하자면, 실제로 이루어진 계약과 그것으로 작가가 얻은 금전적 이익을 정확하게 반영하는 출판 계약 순위가 필요하다.

술이 한 순배 더 돌고 난 뒤에 우리는 다음과 같은 결론에 이르렀다.

0달러부터 3천 달러: 개똥 계약. 왜냐하면 사실이 그렇기 때문이다, 친구들. 개똥 계약보다 더 나쁜 건 아예 계약을 못 하는 것뿐이겠지. 아마.

3천부터 5천: 치사한 계약. 출판사가 여러분이 원하는 금액을 완전히 꿰뚫고 있고 그 액수가 낮을 때 하게 되는 계약.

5천부터 1만: '별로인meh' 계약. 보다시피 대단한 액수는 아니다. 하지만 청구서 일부는 지불할 수 있다. 이런 계약 몇 개를 따내고, 정기적인 수입이 있는 관대한 배우자가 있다면 본업을 때려치우는 것도 가능하다. 그럭저럭 1년은 버틴다.

1만에서 2만: 나쁘지 않은 계약. 여기서 '나쁘지 않다'는 말은 알아챌 수 있을 정도로 눈썹을 치켜뜨고 고개는 인정한다는 듯 약간 끄덕이면서 해야 한다. 작가도 일반인도 창피하지 않다고 보는 금액의 출발점이다. 이런 계약 몇 개만 있으면 작가를 본업으로 삼게 될 게 분명하다(어쨌든 나는 그랬다).

2만에서 10만: '좋겠다' 계약. 이 말은 친구가 백화점에서 30퍼센트 세일가로 산 멋진 신발을 보여 주었을 때 십 대 여자애가 부러워하며 존경하듯 말할 때의 음색, 또는 우리 작가 친구 중 하나가 이 범위의 계약을 적어도 둘 이상 땄다고 시인했을 때 짐 켈리가 (같은 생각을 낮은 음역대로) 했던 음색으로 말해야 한다. 이 정도의 돈이면 식비가 모자라서 강제 다이어트를 하는(건강에는 좋겠지만) 신세를 면하게 해 줄 배우자도 필요 없다. 하지만 다른 작가들이 여러분을 싫어하기 시작할 정도의 금액은 아니다.

10만 이상: '내가 쏜다' 계약. 이 수준의 돈을 번다면 테이블에 있는 작가들 모두에게 한턱낼 수 있다. 빌어먹을 맥주 좀 사라(역설적인 게, 사라 졸의 말에 따르면 이 계약은 바에서는 생각나지 않았고 다음 날 아침에야 떠올랐다).

이 순위가 사용되면 '퍼블리셔스 런치'가 얼마나 더 재미있고 유용해질지 생각해 보시라.

"'작가가 되고 싶은 조'의 『데뷔작이 제일 짜증스러워』. 특별히 흥미로운 점도 없고, 늘 축 처져 있고 쓰레기 같은 이모emo 음악(펑크록에서 파생된 음악 장르―옮긴이)이나 듣는다는 이유로 결국 여자친구에게도 차인 20대 대학원생의 성장기. '개나 소나 군소 출판사'와 개똥 계약 체결."

"'미드리스트 작가 수잔'의 『메리 수 임계질량』. 수많은 책벌레 여자들이 역사적으로 중요한 결정적인 사건에 자연스럽게 등장해 자신의 역할을 소극적/적극적으로 요구하면서 세상은 혼돈에 빠진다. '아주 별 볼 일 없지는 않은 장르 출판사'와 '별로인' 계약 체결."

"'인기 작가 넬'의 『현찰로 가득 찬 어둠의 우주』. 어느 날 일어났더니 유명해지고 부자가 되었지만 낯선 사람들이 시도 때도 없이 찾아와 친구가 되고 싶다면서 그들의 작품을 광고해 달라고 강요하는 것을 감당해야 하는 상황에 놓인 어떤 남자의 이야기. '엄청 존경받는 출판사'와 '내가 쏜다' 계약 체결."

보시라, 훨씬 낫지.

공식적으로 말하는데, 나이팅게일 북스는 훌륭한 소규모 출판사고 발행인 제레미 라슨은 좋은 친구다. 하지만 자기 의견은 주저 없이 내세우는지라(그에게 물어보시라!) 나도 여기서 주저 없이 한마디 한다. (다음 글로!)

개똥 계약은 왜 개똥 계약인가

(2004년 9월 14일)

제레미 라슨이라는 소규모 출판사 발행인(싹싹한 사람은 아닌 게 분명하다)이 내가 '현실의 출판 계약'에서 내린, 계약금 3천 달러짜리는 '개똥 계약'이라는 정의에 반론을 제기했다. 그리고 댓글을 남겼는데, 비속어를 과감하게 사용하는 것도 콘텐츠가 될 수 있다는 사실에 여러분이 감탄할 수 있게 여기 소개하겠다. 라슨은 작가들이 사실은 2만 달러 이상의 계약금을 원하지 않는다고 암시하려 했다. 이런 논리다.

3천 달러 계약금=10퍼센트 인세 기준 27달러짜리 양장본이 최소 1천 200부 판매가 기대되는 경우. 13.50달러짜리 (문고본 아닌) 일반 페이퍼 백으로는 2천400부다.

군소 출판사에서 초짜 소설가의 데뷔작을 낼 때, 이 금액은 꽤 괜찮은 액수다. 개똥이라는 건 개소리다. 아직 다 팔리지 않은 페이퍼백이 있 거나, 외국어로 된 책이거나, 영국에 판권이 있는 경우는 특히 그렇다.

2만 달러 계약금='나쁘지 않다'고? 엿이나 드시지. 2만 달러 계약금은 당신의 빌어먹을 작가 경력이 거의 끝장나기 직전이라는 의미일 수 있다. 양장본으로 7천500부, 일반 페이퍼백으로 1만 5천 부가 판매되지 않으면 그 금액을 벌 수 없다. 그렇게 되면 발행인은 당신 때문에 쫄딱 망하고 편집자는 머리끝까지 화가 날 것이다. 그 편집자는 당신이 얼마나 형편없는 투자 대상인지 동네방네 떠들고 다니겠지….

계약금을 5천 달러 받고 앞서 말한 부수의 절반(3천200부)이 판매되었다면, 당신의 책은 수익이 나서 약간의 돈을 벌어들일 것이고, 괜찮은 투자가 된 셈이다. 그리고 당신은 또 다른 계약을 딸 가능성이 있다.

계약금 5천 달러를 받은 후에 실제로 7천500부가 판매되었다면 승산 없는 경마에서 대박을 친 셈이다. 편집자는 천재로 보이겠고, 당신은 두 개의 출판 계약을 딸 수도 있다. 그리고… 당신은 첫 소설로 인세 포함 2만 달러를 벌겠지만 그게 마지막일 것이다.

현실을 자각하자. 책이 팔리면 돈을 번다. 책은 안 팔리는데 이미 거액의 계약금을 챙겼다면 그 출판사와는 다시는 계약하지 못할 것이다. 출판사 예상치 이상의 부수를 판매할 수 있다고 생각한다면 출판사에 책을 넘기지 말거나 자비 출판해야 한다. 그렇게 수요가 많다면 말이다.

좆같이 비현실적인 기대는 이 바닥이 가진 문제의 일부다. 제멋대로 예상하기 때문에 이런 빌어먹을 상황이 영원히 이어지는 것이다. 멋대로 '계약금'의 범위를 정하고 그게 좋은 계약이네 마네를 떠드는 것보다는 당신 계약의 경제적인 측면(계약금, 인세, 영업 할인, 도매상 할인, 반품, 인터넷 광고비 등등)을 이해하는 게 더 중요하다.

대부분의 작가들은 자신들이 몸담은 이 바닥에 대해 쥐뿔도 모르고, '퍼블리셔스 런치' 같은 쓰레기는 작가들이 이런 것들을 인식할 수 있게 돕는 데 관심이 없다. 그게 문제다.

작가들에게 가한 분명한 모욕(그는 작가들이 너무 어리석고/무지해서 기본적인 출판의 경제학도 이해하지 못한다고 생각하는 게 확실하다)은 둘째치고, 라슨은 '현실의 출판 계약'에서 언급한 목록에서 두 가지 결정적인 점을 놓치고 있다.

우선 그 글은 웃자고 풍자적으로(비록 웃기고/웃기거나 풍자적인 것들이 대부분 그러하듯, 그 안에는 약간의 진실이 담기긴 했지만) 썼다는 사실이다. 하지만 지금 쓰는 이 글의 목적을 위해 진지하게 논의를 이어가 보자.

그 계약 목록은 출판사가 아니라 작가의 시각에서 본 것이다. 바에서 죽치던 작가들이 했던 얘기다. 그리고 그 글에는 작가와 출판사 모두에게 적용되는 사실이 있다. 만일 다른 작가들과 하룻밤 마시고 즐기는 정도의 비용이 계약금에서 큰 비중을 차지하고 있다면, 액수가 얼마든 그건 개똥 같다.

마찬가지로, 만일 라슨이 3천 달러가 개똥 같은 계약금이 아니라고 생각한다면, 그 돈으로 한번 살아 보길 바란다. 인터넷 까는 비용이나 될지 모르겠네.

분명히 말하는데 이 글이나 그 목록에서 설명한 보잘것없는 계약금의 '개똥 같은' 측면은 한 가지와 관계가 있다. 바로 총액이다. 군소 출판사가 여러분의 책에 3천 달러 이하를 제안했다면 최대 가능 금액을 솔직하게 제안한 것일 수 있다. 마찬가지로, 작가도 그 약소한 금액에 여러 가지 이유로 크게 기뻐할 수 있다. 출판 계약에는 돈만 포함되는 게 아니다.

그렇기는 해도, 지금 시점에서 3천 달러는 개똥 같은 금액이다. 글쓰기에 들어간 노력의 대가라고 하기에는 개똥 같다. 그리고 현실에서 월세를 내고, 식료품을 사고, 전기요금을 내기에도 개똥 같은 금액이다. 3천 달러는 (6만 단어 이상을 썼다고 가정하면) 정말 푼돈이다. 그리고 뉴욕이나 샌프란시스코에 산다면 3천 달러는 작가가 한 달 '살아갈 돈'—즉, 생활비—밖에 안된다(작가들에게 한마디. 당장 뉴욕이나 샌프란시스코를 떠나라).

출판의 경제학에 관한 라슨의 너절한 경고가 아니더라도, 어떤 작가도 자기 작품으로 3천 달러도 못 버는 걸 바라지 않는다. 3천 달러는 '내가 회계사가 되기를 바랐던 부모님이 나에게 들인 돈을 갚지 못하고', '본업을 그만두는 게 영원히 불가능하며', '관대한 배우자가 있어서 다행인' 금액이다. 어떤 작가는 3천 달러(또는 그 이하)의 계약금을 받아들이고, 심지어 만족할 수도 있다. 하지만 실제로는 총액에 만족하지 않을 게 확실하다. 왜 그래야 하는가? 되풀이해 말한다. 3천 달러는 개똥 같은 금액이다.

(작가는 인세를 통해 뒷돈을 번다는 라슨의 암시에 넘어가지 말자. 대부분의 책은 심지어 계약금이 소액인 경우에도 수익을 내지 못한다. 문제의 책이 큰 성공을 거두지 않는 한, 인세는 더럽게 천천히 들어온다. 몇 년이 지나서야 인세 내역서를 받을 수도 있다. 내가 작가들에게 해 줄 수 있는 최고의 조언 중 하나는 계약금을 '책으로 벌 수 있는 돈 전부'로 생각하라는 것이다. 그래야 "Y가 들어오면 X를 해야지." 같은 돌려막기 사고방식에 빠지지 않는다. 그리고 인세가 들어올 때 더 기쁘다)

그건 그렇고, 2만 달러 계약금이 여러분의 경력을 망칠 수 있다는 라슨의 이야기는 완전 정신 나간 헛소리다. 그는 우리 작가들이 했던 것과 똑같은 식으로, 즉 뜬금없이 임의의 액수를 제시하고 그게 좋거나 나쁘다고 선언하며 우리를 비난한다. 공교롭게도 나는 첫 책(『온라인 금융 기본 안내서』)의 계약금으로 2만 달러를 받았다. 그 이후로 여섯 개의 계약을 따냈는데, 계약금은 2만 달러 이상이기도, 이하이기도 했다. 내 경우 2만 달러는 계약금으로 완전히 적정했다. 어떤 사람에게는 2만 달러가 너무 많을 수도 있지만 어떤 사람에게는 턱없이 부족하다.

그리고 『온라인 금융 기본 안내서』의 경우는 출판사와 저자가 계약금을 어떻게 보는가에 관한 좋은 사례다. 『온라인 금융 기본 안내서』의 출판 계약을 했을 때, 〈기본 안내서〉 시리즈의 '인터넷' 편이 이미 어마어마하게 판매된(100만 부 이상) 상황이었다. 그리고 내가 듣기로는 출판사 측에서는 『온라인 금융』도 그만큼의 판매를 예상하고 있었다. 그렇기 때문에 출판사가 올려 준 2만 달러는 안전한—와, 싸다!—베팅이었다. 하지만 공교롭게도 책이 나온 2000년 11월에 인터넷 버블이 터졌다. 책은 100만 부는커녕 수천 부 정도밖에 팔리지 않았고 수익은 나지 않았다. 씁쓸한 일이었다.

하지만 내 두 번째 책도 〈기본 안내서〉 시리즈였다(『우주 기본 안내서』). 내 첫 책의 수익이 실망스러웠는데도 왜 출판사는 다시 나와 〈기본 안내서〉 시리즈를 계약했을까? 이유야 많았을 것이다. 첫 번째, 그리고 중요한 이유는 작가가 계약금을 받기 위해 필요한 판매 부수와 출판사가 수익을 얻기 위해(최소한 손해는 보지 않기 위해) 필요한 판매 부수가 다르기 때문이다. 라슨은 이 점을 굳이 지적하지 않았다(꼭 그래야 할 필요는 없었지만). 내가 알기로 〈기본 안내서〉 시리즈는 사실상 손해를 보지 않았다. 그러니 다행이다. 둘째, 내 첫 책은 시장에서 성공하지 못했지만 출판사 사람들은 책의 내용과 작가로서의 나를 좋아했다. 그들은 나와 다시 일하는 것을 꺼리지 않았다. 셋째, 『우주 기본 안내서』는 그들의 시리즈 출간 공백을 메워 주었다. 그래서 그렇게 된 것이다.

출판사가 『우주』에 제시한 계약금은 『온라인 금융』보다 적었다. 나는 불평하지 않았다. 액수 차이는 크지 않았고, 『온라인 금융』에 비추어 보아도 그렇게 터무니없는 금액은 아니었다. 또 나는 정말 천문학에 대한 글을 쓰고 싶었다. 모든 사람이 계약에 만족했다. 『우주』는 잘 팔렸고 평가도 좋았다. 지금 나는 다른 〈기본 안내서〉 시리즈를 쓰고 있고, 계약금은 올라갔다.

여기서 윌리엄 골드먼의 말을 빌리자면, "세상일은 아무도 모른다." 훌륭한 책이 망할 수도, 형편없는 책이 성공할 수도 있다. 여러분의 계약금은 출판사에게 오늘은 횡재지만 내일은 덤터기일 수도, 그 반대일 수도 있다. 군소 출판사가 여러분의 책을 1천500달러에 계약했다가 크게 잃고는 다시는 여러분과 함께 일하지 않을 수 있다. 다른 책을 15만 달러에 계약한 대형 출판사 발행인이 엄청나게 싸게 계약했다는 생각에 버번위스키 한 잔을 마시며 조용히 싱긋 웃을 수도 있다. 하지만 작가는 쥐꼬리만 한 계약금에 만족해야 한다는 생각은 완전 헛소리다. 계약금의 액수가 자신의 가치에 합당하다고 보는 작가의 생각과 그 책의 판매가 괜찮을 것이라고 보는 출판사의 생각 사이에서 적절한 매개체가 될 때 작가는 그 계약금에 만족해야 한다. 그렇지 않은 계약금은 어느 한쪽이 엿을 먹는 것이다.

이것만은 사실이다. 작가의 관점에서 보는 출판의 경제학과 출판사 관점에서 보는 그것은 서로 관계는 있지만 동일하지는 않다. 출판사는 출판의 경제학을 도서 출간과 마케팅의 필요라는 관점에서 본다. 작가는 먹고살기의 관점으로 본다. 출판사의 비용은 어느 정도까지는 대체 가능하다(출간 부수, 광고할 매체, 지출할 홍보비 등의 조정). 반면 작가의 비용은 훨씬 좁은 범위에서만 대체할 수 있다(우윳값은 어디나 거의 같다). 경제학에 관한 출판사의 관점은 조직적이지만 작가의 그것은 개인적이다.

라슨은 작가들이 출판의 경제학에 관해 현실이라는 주사를 맞을 것을 다소 불쾌한 태도로 제안한다. 그의 장광설에 숨은 메시지는 분명하다. 출판의 경제학에 관해서는 출판사의 관점만이 옳다는 것이다. 당연히 이 말은 완전히 틀렸다. 우리 작가들은 출판의 경제학에 무지하지 않다. 오히려 아주 익숙하다. 우리의 관점은 중요하며 깊은 관련이 있다. 작가들이 없다면 출판사는 실제로 공급 문제를 겪게 되기 때문이다.

그렇기 때문에, 시끌벅적한 작가들 몇 명이 술에 약간 취한 상태에서 만장일치로 어떤 계약이 '개똥 같고', '치사하고', '별로' 등등이라고 선언한 것이다. 이러한 관점에서 보면 계약금과 그것이 우리에게 어떤 의미인지를 언급하는 건 공평하다. 나는 개똥을 1천 달러에 살 수 있다. 그러니 1천 달러 계약은 개똥이다. 2만 달러라면 1년분 대출금을 상환할 수 있다. 나쁘지 않다. 10만 달러짜리 계약을 하는 날에는 확실히 쏘겠다. 정말 이보다 더 명확할 수는 없을 것이다.

아마 라슨은 '개똥'이라고 언급된 액수를 계약금으로 지불하는 게 싫은(또는 지불할 생각이 없는) 것 같다. 연민은 가지만 딱 그 정도까지다. 출판의 경제학이 작가는 개똥 같거나 치사한 계약금만을 기대해야 하는 것이라면, 그렇지 않은 척해 봐야 소용없다. 누구든 작가가 되려는 사람은 최소한 자신들이 어떤 계약을 하는지는 알게 될 테니까.

소설가의 돈

(2004년 12월 24일)

엄청나고 대단한 영어덜트 소설을 조만간 출간할 저스틴 라 발레스티어가 작가 친구들에게 첫 소설에 어떤 종류의 계약금을 받았는지 물어왔다. 그녀 자신뿐만 아니라 구글 검색으로 그녀의 사이트를 방문하는 사람들이 하도 궁금해해서 그에 관한 글을 올려야 할 것 같아서라고 했다. 로맨스 전문 출판사들이 계약금으로 지급하는 액수에 대한 다소 광범위한 목록에 그녀의 개인적인 조사 결과를 더하면 다음과 같은 일반적인 사실이 나온다. 유명하지(또는 유명한 사람과 관계있지) 않은 작가가 데뷔작에서 많은 계약금을 받는 경우는 극히 드물며, 장르 소설 시장에서는 특히 그렇다. 이 바닥에 있었다면 이미 알고 있는 사실이다. 하지만 나는 이 문단이 가장 흥미로웠다.

내가 물어봤던 열여덟 명 중에 전업 작가는 일곱 명뿐이고(새뮤얼 딜레이니는 아니다. 대학 교수가 직업이다). 그중 두 명만이 잘나간다((뉴욕 타임스) 베스트셀러. 좋겠다! '내가 쏜다' 계약금을 받으니 좋네. 더 이상 카드 결제일이 두렵지 않아). 나머지는 그들의 말을 빌리면 '근근이' 또는 '넉넉하지 않게' 살아가고, 신용카드에 과도하게 의존한다. 존 스칼지는 예외다. 논픽션도 써서 돈을 벌 만큼 똑똑하다.

그렇다. 논픽션뿐 아니라 기업 일, 신문/잡지 글도 쓴다. 내 이름이 적힌 책에서 나오는 돈에만 의지한다면 한 해 동안 벌어들인 총액뿐 아니라 써야 하는 비용 모두에서 상황이 꽤 안 좋을 것이다. 책에서 나오는 돈과 달리 청구서는 주기적으로 날아든다. 책을 써서 벌어들이는 수입이 내 글쓰기 수입에서 차지하는 비중이 커지고는 있지만 결과로 보면 아직은 적다.

그리고 소설을 써서 얻는 수입—여기서는 계약금만을 말한다—은, 단도직입적으로 말하자면 아내 크리시(돈 관리를 전담한다. 다행이다)가 『안드로이드의 꿈』의 계약금을 아직 안 받았으니 토르 출판사를 들볶으라고 상기시켜 줄 때까지 까맣게 잊고 있을 정도였다. 소설 계약금은 내 수입의 실용적인 부분(청구서, 대출금 등의 지불)에 관해서는 고려의 대상이 아니다. 그리고 현재 내 소설 계약금은 그것이 정말로 내 실용적 수입의 일부를 차지하게 된다고 치면 매우 걱정해야 할 수준이다. 비용을 줄이고 수입을 늘려야 한다.

소설 계약금을 더 많이 받고 싶은가? 당연하다. 실제로도 그렇다. 예를 덜어 『유령 여단』의 경우에는 더 받았다(『안드로이드 의 꿈』은 『노인의 전쟁』과 같은 액수였다). 대박 작가가 되지 않는 한 (분명 그렇게 되긴 하겠지만), 눈이 튀어나올 정도로 거액의 계약 금을 받을 생각을 하는 건 비현실적이다. 아무튼 내 소설이 지 금보다 더 잘 팔릴지는 어느 정도 시간이 지나야 알 수 있을 것 이다. 달리 말하자면, 내가 소설을 계속 내게 되더라도(그러기를 바란다) 소설 계약금은 당분간 내 수입 파이에서 작은 부분만을 차지하리라는 게 현실적인 예상이다.

그리고 소설 계약금이 내 수입에서 계속 작은 부분만을 차지 하더라도 괜찮다. 돈을 의식하지 않으면(그리고 합리적이지 않으 면) 지금의 내 수입 수준에 이를 수 없다. 하지만 완전히 돈에만 움직이는 건 아니다. 소설을 쓰는 경우는 특히 그렇다. 『노인의 전쟁』을 처음에는 출판사에 팔기보다 내 웹사이트에 올렸던 사 실도 이 점을 뒷받침해 준다. 그렇다. 나는 소설로 돈을 벌고 싶 다. 하지만 내가 소설에서 정말 원하는 것은 정말 멋진 이야기 를 쓰는 것이다. 소설로 떼돈을 번다면 정말 좋겠지만 아무도 사지 않아서 여기 웹사이트에 올리는 바람에 한 푼도 못 건지 더라도 괜찮다. 지금의 경제적 수준으로 그렇게 할 수 있고, 소 설로 돈을 못 벌어도 개의치 않는다는 사실이 마음에 든다.

(출판사에 대한 공지: 이 이야기를 내가 낮은 계약금에도 만족하는 것 으로 받아들이면 안 된다. 내 에이전트가 그 오해를 바로잡아 줄 것이다)

관련 금액

(2005년 2월 9일)

댓글란에서 누군가 물었다.

『노인의 전쟁』 초판이 매진되면 계약금을 넘는 이익이 발생한 건가요?

그래서 꼼꼼하게 숫자를 따져 보았다. 답은 "그런 것 같다."이다. 초판은 3천800부를 찍었다. 그리고 계산해 보면 내 책의 손익분기점은 인세 비율에 따라 다르지만 2천700부 또는 3천400부다(계약서를 보면 인세 비율을 정확하게 알 수 있을 것이다. 그러려면 서류들을 뒤져야 하는데 그건 너무 귀찮다). 최악의 시나리오라도(감기약에 취해 정신이 없는 상태에서 6퍼센트 인세로 계약을 한다든가 하는 것) 4천500부가 판매되면 이익이 발생한다. 그러므로 이 지점에서 『노인의 전쟁』은 아직 양장본인 상태로 목표를 달성하게 될 것이다.

이것은 분명 좋은 일이다. 첫째, 페이퍼백의 인세가 내게 들어온다는 의미고, 수익 대부분이 거기서 발생할 것이다. 둘째, 양장본 상태에서 손익분기점을 넘기면 토르 출판사도 거의 확실하게 돈을 번다. 그리고 일반적으로 여러분은 출판사에게 돈을 벌어 주기를 바란다. 그래야 출판사가 여러분의 책을 또 출판할 것이고, 나도 그런 식으로 책을 다시 낸다.

내가 그렇게 상대적으로 적은 판매 부수로 수익을 발생시켰다는 사실을 보면서 여러분 중에 눈썰미 있는 사람은 무엇인가를 알아차려야 한다. 내 인세 비율이 비정상적으로 높거나 계약금이 매우 적다는 사실이다. 내 인세 비율은 그렇게 높지 않고 보통 정도다. 따라서 적은 계약금이 답이다. '현실의 계약금' 공식에 따르면 '별로인' 계약의 범위에 들어간다. 하지만 나는 만족하는데 그 이유는 이렇다.

작가 샘 립시트를 만나 보자. 내가 방금 읽은 기사의 주인공이다. 이 글을 읽으면 그가 두 번째 소설을 미국에서 출간하느라 얼마나 개고생을 했는지 알게 된다(여기 미국에서는 악평을 받을지도 몰라서 먼저 영국에서 출간했고, 열광적인 반응을 얻었다). 왜 그는 두 번째 소설을 판매하기가 그렇게 어려웠을까? 모든 상황을 볼 때, 아마 립시트는 문체에서 호불호가 갈리는 작가라 현재 시점에서 실패 확률이 적어도 50퍼센트이고, 또한 독특한 문체 때문에 독자를 일정 수준 이상으로 더 늘리는 마케팅을 하기 어렵기 때문일 것이다. 하지만 출판사가 그의 첫 소설 계약금으로 6만 달러를 안겨 줬는데 시장의 반응이 신통찮았던 게 이유일 가능성이 더 크다.

생각해보자. 6만 달러 계약금을 넘는 수익을 내려면 10퍼센트 인세 기준으로 2만 5천104부, 8퍼센트 기준으로는 3만 1천 413부가 판매되어야 한다. 판매 부수가 그 이하면 페이퍼백에서 보충해야 하는데, 페이퍼백의 가격(그리고 그에 따른 인세)은 낮다. 더 생각해 보자. (《뉴욕 타임스》 기사가 맞다면) 일반 소설에서 2만 5천 부면 베스트셀러로 간주된다.

데뷔작이 베스트셀러가 되는 것도 물론 가능하지만 그 확률은 극히 낮다. 리뷰어들이 여러분을 감히 쳐다볼 수도 없는 대가(예컨대 토머스 핀천)에 비교하고, 독자들에게 "이 책의 범상치 않은 등장인물들은 은근한 풍자적 경구와 언어학적 재담을 나눈다."고 알려 줄 가능성은 그보다도 훨씬 더 낮다. 립시트가 곤란을 겪은 이유는 기본적으로 출판사가 그의 책에서 예상되는 수익을 훨씬 넘는 금액을 계약금으로 사용했기 때문일 것이다. 실제로 수익을 내지 못했다. 그의 책은 5천 부가 팔렸다.

그래서 그의 다음 작품 『홈랜드』는 미국에서 첫 작품의 4분의 1인 1만 5천 달러에 팔렸다. 공교롭게도 그의 책은 내 책과 같은 날에 나왔는데, 모든 상황을 보면 판매 부수도 나와 크게 다르지 않다. 기사에 따르면 립시트의 책은 지금까지 2천 부가 팔렸는데, 나와 거의 같다. 그런데 들어보시라. 내가 5천 부를 판매하면 성공이다. 계약금을 넘는 수익을 내는 것을 최소한의 기준으로 하면 말이다. 반면 립시트는 5천 부가 팔려도 아직 손익분기점 이하다. (인세를 10퍼센트로 가정할 때) 그는 1만 1천500 부가 팔릴 때까지는 적자 상태다. 그 부수에 이르지 못하면 상업적으로는 연타석 실패고, 세 번째 책을 내기는 더더욱 어려워질 것이다.

이것이 립시트의 작가로서의 재능과는 아무 관련이 없다는 점에 주의해야 한다. 그의 작품은 대단할 수 있고, 더 많은 독자에게 읽힐 가치가 있을지도 모른다. 내 말은, 그와 나(둘 다 30대 중반의 작가고, 글쓰기 경력과 입지도 비교적 같다) 둘 다 예컨대 최근 작품이 1만 부 판매되었다면 출판사에게 나는 만족스러운 성공으로, 그는 (재능과 무관하게) 약간 실망스러운 결과로 보일 것이다. 그리고 우리 둘 사이의 유일한 실제 차이—상업적인 면에서의—는 계약금에서의 몇 천 달러뿐이다.

그러면 이런 의문이 생긴다. 왜 이 친구는 첫 소설에 계약금을 6만 달러 받고, 나는 그에 비해 비교적 소액을 받았을까? 그가 작가로서 나보다 몇 배는 더 뛰어나서? 아니면 그의 책이 나보다 몇 배는 더 팔릴 가능성이 있어서? 후자의 면에서 보면 전혀 아니다. 그리고 전자의 경우는 확실히 가능성이 있지만 관련이 없을 수도 있다. 나는 장르 문학을 쓰는데 립시트는 본격 문학을 쓴다는 차이만이 답일 가능성이 크다. 그리고 이야깃거리로 하는 말인데, 출판사들은 장르 문학보다 본격 문학에 돈을 더 내려고 하는 것 같다.

이 말이 사실이라면 그 이유가 궁금해질 수 있다. 누군가 장르 문학 작가와 본격 문학 작가의 판매 부수를 제시하고, 각각의 평균 및 중간값이 본격 문학 작가의 높은 계약금 또는 장르 소설 작가의 낮은 계약금을 정당화할 수 있는지 밝혀 줬으면 좋겠다. 본격 문학이 상업적 측면에서 장르 문학에 비해 과대평가되었다는 결과가 나올 것이라고 꽤 확신한다. 장르 문학에 대한 속물적 태도 말고는 다른 이유를 찾을 수 없기 때문이다 (본격 문학이 장르 문학보다 평균적으로 더 '문학성'이 높다는 주장은 수긍할 수 있을지도 모른다. 하지만 '문학성'은 '읽기'의 한 부분일 뿐이다. 그리고 알다시피 읽기가 거의 힘든 본격 문학 작품들은 수없이 많다. 그리고 우선 두 사람만 들자면 차이나 미에빌과 닐 게이먼의 작품은 누구 못지 않게 '문학성'이 높음에도 읽기 쉽다. 따라서 장르 문학에는 탁월한 문학성이 부족하다고 주장할 근거는 없다)

아무튼 내가 본격 문학 작가들이 받는 돈은 장르 문학 작가들이 받는 상당히 빈약한 수준으로 낮아져야 한다고 주장하고 싶은지는 확신할 수 없다. 그렇게 주장하면 친구들은 별로 안 생기겠지. 6만 달러 계약금 제안을 받아들였다고 립시트를 비난하는 것도 아니다. 나라도 덥석 받아들였을 것이다. 하지만 나는 출판사가 첫 작품을 내는 본격 문학 작가에게 회수할 가능성이 없는 금액을 안기는 호의를 베풀고는, 수익을 내지 못하면 그 불쌍한 친구에게 상업성이 없다는 딱지를 붙여서는 안 된다고 진심으로 생각한다. 피해자를 탓하는 짓이다. 본격 문학 편집자들이 돈에 대해 완전히 무지하거나, 아니면 개의치 않고 마음대로 어리석게 돈을 쓰기 때문이다. 어떤 경우든, 나라면 이런 편집자들을 자르고 장르 문학에서 잔뼈가 굵은 이들로 대체할 것이다. 이런 조치가 본격 문학계에 주는 충격이 사라지고 나면, 출판사의 모기업은 결산서에서 수익이 얼마간 증가했다는 사실을 발견하리라고 생각한다.

『노인의 전쟁』에서 내가 받은 계약금은 적었다. 하지만 결과적으로 그것은 내 생각보다 훨씬 큰 금액이었다. 단기적으로는 내 계약금을 넘는 만족스러운 수익을 올렸고, 상업적 가치가 있는 작가로 자리매김하기 시작하겠다는 장기적인 목표도 이뤘다. 다음에는 더 많은 계약금을 받고 싶냐고? 당연하다. 그리고 마침 『유령 여단』으로 그렇게 되었다. 나는 이런 방법이 통하리라 믿었고 지금까지는 효과가 있었다.

크리에이티브 커먼즈와 팬픽

(2005년 4월 11일)

(크리에이티브 커먼즈: 저작물의 이용 조건을 미리 알리고 사용자가 저작권자의 이용 허락이 없어도 자유롭게 저작물을 이용하자는 운동-옮긴이)

Whatever의 연례 질의응답 주간에 오신 걸 환영한다. 독자들이 제안한 주제에 내가 썰을 푸는 주간이다. 관련성이 높은 두 개의 문제를 함께 시작해 보자. Chris라는 독자가 물었다.

지적재산권-작품의 정당한 이용/예술가가 작품에서 얻는 이익 사이의 논쟁에 대한 공평한 해결책은 무엇일까요? 특히 작가님의 작품과 관련하여 CCL을 어떻게 보십니까? (코리 닥터로우는 자신의 소설 몇 편을 온라인에 공개하는 동시에 종이책으로 펴냈습니다. 반면 오슨 스콧 카드는 〈섀도우〉 시리즈가 종이책으로 출간되기 몇 달 전에 처음 몇 장을 온라인에 공개하는 데 동의했습니다. 이와 비슷한 활동을 하실 계획이 있으신가요?)

여기에 Night Dog라는 독자의 관련 질문을 추가하겠다.

팬픽에 대한 작가님의 생각이 궁금합니다. 팬픽을 상상력의 적법한 행사라고 보십니까, 아니면 저작권을 짓밟는 행위라고 생각하십니까?

내 생각에(그리고 공교롭게 미국 헌법에서도 어느 정도 언급하고 있다) 저작권의 취지는 두 가지다. 첫째, 창작자가 자신의 생각에서 나온 이익을 보유할 수 있게 하는 것이다. 둘째로는 (결과적으로) 창작자의 작품으로 공공 영역이 풍요로워지게 하려는 것이다. 문제는 극단적인 상황에서 발생한다. 예컨대 대중이 음원 공유 다운로드 사이트인 KaZaa에서 서양 문명의 모든 음악을 다운로드받고서도 그것이 잘못된 행위라고 지적하면 분개하거나, 디즈니가 미국 의회를 사주해 미키마우스의 저작권이 영원히 소멸하지 않게 만들었다고 가정해 보자. 그 결과 저작권이라는 용어의 본래 취지는 완전히 무색해지고 (더욱 중요한 사실은) 대중에게 손해가 될 것이다.

내가 생각하는 완벽한 저작권 세계관에서 저작권의 구조는 단일하고 간단하다. 개인이 보유한 저작권은 50년, 또는 (배우자와 상속인의 이익을 위해) 그 개인의 종신 및 사망 후 25년까지 두 기간 중 더 긴 기간 동안 인정된다. 단체가 소유한 저작권은 75년 후 소멸한다. 하지만 나는 처음의 저작권 소멸 후, 저작권 보유자는 저작권을 유효기간 동안 총 2의 X제곱의 연장 수수료를 내고 매년 저작권을 갱신할 수 있다. 여기에서 X는 최초 저작권 소멸 후 현재까지 경과한 햇수이며, 그로 인한 수입은 (적어도 처음에는) 미국의 재정 적자를 감축할 수 있는 수준이 될 것이다.

예를 들어 〈증기선 윌리〉(1928년 디즈니가 제작한 미키마우스 세 번째 애니메이션-옮긴이)의 저작권이 오늘 만료될 예정이고, 디즈니는 저작권이 1년 연장될 때마다 2달러를 지불한다고 가정하자. 2015년이 되면 그 액수는 1,024달러, 2025년에는 1,048,576달러, 2035년에는 1,073,741,824달러가 될 것이다. 그때쯤 되면 디즈니는 결국 〈증기선 윌리〉를 공용으로 풀 수밖에 없을 것이다. 디즈니 한 회사가 매년 보호해야 하는 저작권의 숫자를 생각해 보자. 첫째, 회사는 저작권을 원래의 기간보다 더 오래 유지해야 할 작품들을 고른 뒤 나머지는 그보다 더 빨리 풀고, 둘째, 이런 구조에 따르면—증세하지 않고도!—재정 적자를 빠르게 감축할 수 있어 지적 재산권의 공유 이용 없이도 공공 영역에 이익이 된다. 그러니 여러분의 지역구 의원에게 이 사실을 바로 알리고, 무슨 일이 있더라도 '스칼지 저작권 강화법 2005'를 가능한 한 빨리 발의하라고 요구해야 한다.

저작권의 기간은 어느 정도가 되어야 하는가, 그리고 저작권 보유자와 공공 사이의 균형은 어떻게 찾을 것인가에 대한 철학적인 문제를 논했으니 이제 저작권 보유 문제로 넘어가자. 저작권 보유자로서 나는 당연히 저작권이 완전하게 보호되길 바란다. 누군가가 허락 없이 내 작품을 가져가서 돈을 번다면 혼쭐을 내주겠다. 내가 승인하지 않은 방법으로 작품을 배포한다면 (돈이 들더라도) 법적인 수단을 동원해 막을 것이다. 젠장, 그건 내 작품이다. 나는 내 작품을 관리할 권리가 있어야 하고 그 권리는 법적으로 인정된다.

동시에 나는 저작권이란 녀석 자체에는 어떠한 가치도 없다고 생각한다. 창작자가 아닌 회계사는 단기적으로는 돈 낭비로 보이는 많은 일이 저작권이라는 면에서 보면 장기적으로는 돈벌이가 된다는 사실을 이해하지 못한다. 돈이 되는 이유는 여러분의 다음 창작물을 적극적으로 찾아보는 팬이 생기기 때문이다. 그리고 팬들 대부분은 자신이 여러분과 개인적으로 연결되어 있다고 느끼기 때문에 그다음 작품에 기꺼이 돈을 낼 것이다.

확실히 나는 무엇보다 내 개인 글쓰기 사이트인 Whatever의 덕을 보고 있다. Whatever에 6년 동안 소설 전체를 포함해 작품을 발표해 오고 있는데, 부분적으로는 그 결과로 내 첫 소설이 현재 4판을 찍고 있다. 『에이전트 투 더 스타스』의 방명록 댓글을 보면, "책 내용을 무료로 살펴볼 수 있게 해 주셔서 고맙습니다-종이책으로 사 볼게요."의 다양한 변주를 확인할 수 있다 (『에이전트』와 『노인의 전쟁』 모두 온라인으로 공개한 덕분에 실제 출판으로 이어졌다는 사실을 잊지 말자. 여기에는 의심의 여지가 없다). 나는 내가 쓴 작품을 계속해서 적극적으로 관리해야 한다는 사실을 굳게 믿고 있다. 하지만 그 작품을 내가 선택한 사람들과 자유롭게 공유하는 것 또한 그 관리권의 일부라는 사실도 믿는다.

그것은 내게도, 다른 사람에게도 도움이 된다. 코리 닥터로우의 소설은 전부 온라인에서도 무료로 볼 수 있고, 그는 그것이 책의 판매에 도움이 된다고 확신한다. 오슨 스콧 카드는 한때 한 장뿐만 아니라 소설 전체를 온라인에 공개하기도 했지만(내가 그의 AOL 포럼에서 〈칠드런 오브 더 마인드Children of the Mind〉를 다운로드했기 때문에 안다) 출판사가 말렸다(재미있게도 그 출판사는 코리 닥터로우가 작품을 온라인에 공개하는 걸 허락했다. 하지만 오슨 스콧 카드의 경우는 몇 년 전 일이고, 시대가 크게 달라졌다). 바엔 북스 출판사는 수많은 책을 보유한 무료 도서관Free Library으로 유명하며, 그것이 이 도서관에 있는 책들의 판매에도 큰 도움이 된다고 주장한다. 여러분의 작품을 공개하는 것을 꺼릴 필요가 없다.

(하지만 공개 후에 판매량이 하락한다면? 출판사가 난리 칠 것이라는 점은 빼고라도 재미있는 질문이다. 예를 들어, 내가 소설 전체를 온라인에만 공개한 것은 오로지 이익만 되었다. 무엇보다 나는 완전 무명이었고, 심지어 『노인의 전쟁』이 4판을 찍을 때도 종이책 판매 부수는 1만 부를 밑돌았다. 코리는 어쨌든 나보다는 훨씬 유명하고, 그의 사이트 Boing Boing의 독자도 더 많다. 저작권 분야에서도 전문가고 나보다 책을 낸 경력도 길다. 하지만 이 점[판매 관련]에서는 그도 일종의 미드리스트 작가다[베스

트셀러 작가는 아니다]. 다시 말하지만, 공개는 오로지 이익만 된다. 하지만 오슨 스콧 카드처럼 매년 수십만 부가 팔리고, 작품이 서점의 SF 서가에 항상 꽂혀 있는 작가의 경우에는 어떤가? 그 정도의 베스트셀러 작가에게 코리나 내가 이용한 것 같은 방법이 똑같이 효과가 있을까? 아니면 판매에 손해만 될 뿐일까? 이 문제에 관한 토르 출판사의 관점에 대해 내가 전혀 모른다는 걸 감안하고 얘기하자. 나는 출판사들이 자신들의 주요 작가가 작품을 온라인에 무료로 공개함으로써 홍보에 도움이 된다면 신인 작가와 미드리스트 작가들의 작품 공개 정도는 기꺼이 허용하리라고 생각한다. 음악도 마찬가지다. 라디오에 소개될 기회가 없었던 인디 뮤지션들은 그들의 노래를 공짜로 다운로드할 수 있게 허용해도 이익이 되면 되지 잃을 게 없다. 수백만 달러에 이르는 스튜디오 사용료를 회수해야 하는 메이저 레이블 아티스트나 그 사용료를 선지급하고 마스터테이프 소유권을 보유한 레이블은 아마 다르게 생각할 것이다. 모두가 판매량 변화를 주시하고, 들어간 돈이 많을수록 판매량은 더 중요해진다)

크리에이티브 커먼즈에 관련해서라면, 나는 어떠한 중요한 작품도 CC용으로 쓰거나 풀지는 않을 것 같다. CC의 목적에 공감하지 않아서가 아니다. 이성적으로 말하자면 사람들에게 작품을 재활용할 수 있는 일련의 권리를 전면적으로 허용한다는 개념 자체는 좋다. 그리고 그게 여러분이 원하는 바라면, 그렇게 해도 된다. 사람들이 내가 쓰거나 창작한 것을 손보는 게 싫다는 얘기도 아니다. 그래 준다면 기쁘겠다. 내 말은 사람들이 내 작품으로 무엇인가를 할 때는 내가 미리 알고 싶다는 의미다. 말하자면 『에이전트 투 더 스타스』를 '리믹스' 하고 싶은 사람이라면 내게 먼저 이메일을 보내 허락을 구하는 게 그리 부담되는 일은 아닐 것이다. 나는 그런 의사소통이 불가능할 정도로 꽉 막힌 사람이 아니다.

하지만 앞서 말한 공식과는 반대로, 나는 내가 창작한 작품을 종종 무료로 공개한다. 하지만 그 선택은 내가 한다. 나는 그런 선택을 수동적이 아니라 능동적으로 하는 걸 선호한다.

이 모든 것은 흥미롭게도 '팬픽(SF광이 아닌 사람들을 위해 설명하자면, 인기작에서 이미 창조된 등장인물과 상황을 빌려와 창작하는 것을 말한다)'의 개념에 딱 들어맞는다. 〈스타 트렉〉은 팬픽의 조상신으로 유명하다. 하지만 두어 명이 모여서 TV, 영화, 음악, 비디오 게임에 대한 광적인 애정을 공유하는 것만으로도 충분하다. 따라서 그것도 팬픽이라고 할 수 있다. 팬픽은 물론 저작권을 크게 침해하는 것이다. 스팍과 커크 선장(또는 다스베이더와 요다, 버피와 윌로우[드라마 〈버피와 뱀파이어〉의 등장인물-옮긴이], 아니면 해리 포터와 헤르미온느, 또는 마리오와 루이지)이 느닷없이 방송에 나오지 않았던 행동을 하는 것은 결코 작품의 의도가 아니고, 당연히 저작권 전문 변호사들이 들고일어날 일이다.

하지만 솔직히 말해 내가 SF 또는 판타지 미디어 재산권의 창작자(단순한 책 저자와는 반대되는 개념)인데 온라인에서 팬픽을 찾아볼 수 없다면 아주 걱정할 것 같다. 사람들은 자신들이 미처 생각해 내지 못했는데 여러분은 이미 창조해 낸 세계에 너무나 중독되어서 여러분의 그 (순수한 의미에서의) 달콤한 미디어 재산권 헤로인에 대한 치료제를 스스로 만들어야겠다는 생각이 들어야만 팬픽을 쓴다. 팬픽 작가는 여러분의 미디어 관련 제품을 구매하고, 전시회에 가고, DVD를 사고, 비록 여러분보다 수준은 떨어지더라도 작품의 평균 수명을 훨씬 오랜 기간 꾸준하고 여유롭게 늘려 준다. 이미 완전히 빠져 버렸기 때문이다. 만일 그들이 슬래시(섹스가 들어간 팬픽!)를 쓴다면, 여러분이 그들의 생활비(월세, 식비, 고양이용품)를 빨아들일 가능성은 어마어마하게 커진다. 조스 웨던((버피와 뱀파이어)의 작가 겸 감독-옮긴이)이 보트(나 그 밖에 부를 과시하기 위해서 사는 바보 같은 것들)를 사는 돈은 버피 슬래시 작가들에게서 나온다.

따라서 창작자로서 나는 내가 쓴 작품에 기초한 팬픽이 있다는 걸 알게 되면 기뻐 어쩔 줄 모르며 벤츠를 계약하러 갈 것이다. 이제 그럴 형편이 되기 때문이다. 그러니 여러분은, 제발 되도록 많이 가서 『노인의 전쟁』 팬픽을 써 주기 바란다! 진지하게 말하는데, 창작자로서 나는 팬픽을 막을 생각이 없다. 본질적으로 무해하고 실제로 경제적 위협도 되지 않기 때문이다. 만일 누군가가 팬픽을 판매하고 있다는 사실을 알게 되면, 나는 변호사를 통해 그/그녀에게 그럴 권리가 없음을 상기시키고 중지하라는 경고장을 보낼 것이다. 단, 그 팬픽이 정말 훌륭하다면 내가 사들여서 마케팅할 수도 있다. 비디오 게임 제작사들은 자기가 좋아하는 게임의 '모드mod(기존 게임 요소를 변형해 만든 2차 창작 콘텐츠-옮긴이)'를 만들기 시작했던 프로그래머를 고용한다. 그러니 나도 그렇게 하지 못할 이유가 없다.

나는 작가로서도 팬픽에 반대하지 않는다. 팬픽을 쓰는 많은 작가가 그 특정한 팬픽을 제외하고는 작가가 되려는 실제 야심은 없다는 걸 이해한다. 팬픽을 쓰는 것은 인형 놀이의 약간 지적인 버전이며, 따라서 그 자체가 목적이고 수준은 사실 중요하지 않다. 내 생각에 정말로 작가가 되고 싶어 하는 팬픽 작가에게는 장단점이 있다.

장점은 이미 확립된 세계관 안에서 확립된 등장인물에 대해 쓰고 있으며, 그 인물들의 우수성과 결점을 잘 알고 있다는 것이다. 팬픽 작가는 그들을 어떤 상황 안에 집어넣고 그 변화를 보여 주기만 하면 된다. 이는 무엇인가를 완전히 새로 만들어 내는 것보다 쉬우며, 따라서 글쓰기도 훨씬 쉽다. 이야기가 부분적으로 만들어져 있기 때문이다. 보조 바퀴가 달린 글쓰기인 셈이다.

단점도 마찬가지다. 타인의 세계관 안에서 쓰는 것이기 때문에 딱 거기까지밖에 갈 수 없다.

결국에는 신 공화국 연방(《스타워즈》의 무대-옮긴이)이나 버피의 안전한 보호 구역을 떠나야 한다. 나는 팬픽을 쓰지 않기 때문에 그게 얼마나 힘든지 모른다. 아주 드문 경우를 제외하고는 (저작권상 문제가 될 게 분명하므로) 아무도 팬픽을 사려 하지 않기 때문에, 팬픽의 세계에서 활동하는 작가들은 작가의 진화에 필수적인 단계를 스스로 버리는 것이다. 그 단계란 편집자와의 작업을 말한다.

나는 그저 재미를 위해 팬픽을 쓰는 건 별로 문제없다고 생각한다(저작권 변호사는 다르게 말하겠지만). 더 나은 작가가 되기 위해 팬픽을 쓴다면 이제 다른 글을 써야 한다. 그래야만 책을 낼 수 있기 때문이다. 그리고 역설적이게도 일단 자신의 책을 내면 미디어에서 파생된 소설을 쓸 기회가 꽤 생긴다. 이것이 팬픽의 순환이고, 우리 모두를 변화시킨다.

불법 복제 우려의 어리석음

(2005년 5월 13일)

내가 소속된 '미국 SF/판타지 작가 협회'에서 회원들에게 메일을 보내 아마존의 '책 미리보기' 코너에 대해 조사했다. 이 코너에 대한 생각, 아마존 브라우저가 그들의 책을 온라인에서 살펴볼 수 있게 허용할 것인지, 그리고 책을 어느 정도까지 사람들이 볼 수 있게 할 것인지를 묻는 내용이었다. 아주 적절한 설문이었고, 나는 그 결정은 작가나 출판사가 해야 한다고 생각한다. 하지만 그 설문을 작성한 사람이 누구든(내 생각에는 앤드루 버트 같다. 그의 사이트에 올라온 조사였기 때문이다), 불법복제에 대해 지나치게 편집증을 보이는 것 같았다. 설문 조사 자체에 아마존발發 불법 복제를 경고하는 논평이 추가되어 있었기 때문이다.

예컨대, 아마존을 통해 접근 가능한 작품 분량은 어느 정도여야 하는가를 묻는 설문의 문장은 이렇게 되어 있다. "불법 복제를 방지하기 위해서는 책의 몇 퍼센트 이상은 접근을 차단해야 한다고 생각하십니까?" 나는 여론 조사 전문가는 아니지만 특정한 의도를 가진 설문은 보자마자 알 수 있고, 협회로부터 그런 설문을 받는 것은 정당으로부터 받는 것보다 더 마음에 들지 않는다.

그건 그렇고, 그 조사에 대한 내 응답은 아마존 이용자들이 내 책 내용을 '전부' 볼 수 있기를 바란다는 것이었다. 이유는 많다. 최소한 그것은 서점에서 책을 사는 경험과 거의 동등하기 때문이다. 사람들은 서점의 서가에 가서 책을 펼쳐 들고, 살 만한지 보기 위해 원하는 만큼 읽는다. 공교롭게도 나는 온라인으로는 책을 그렇게 많이는 사지 않는다. 책을 펼쳐서 문장을 읽어볼 수 없기 때문이다. 신인 작가의 작품은 특히 그렇다. 나는 책 내용을 확인하기 전에는 책을 사지 않을 것이다.

이제 이 사실을 뒤집어 보자. 나는 신인 작가고 내 소설이 온라인에서 판매되는 비율이 상당하다는 사실을 알고 있다. 『노인의 전쟁』은 블로거들이 소개해 준 덕분에 많이 팔렸고 여러 가지 이유로 오프라인 서점의 서가에서는 찾아보기가 더럽게 힘들기 때문이다(예를 들면 내가 사는 동네 서점에서도 한 번도 못 봤다). 그러니 내가 왜 내 책을 독자들이 원하는 만큼 온라인으로 미리 보지 못하게 함으로써 내 무덤을 파겠는가? 철물점에 가더라도 원하는 만큼 물건을 살펴볼 수 있는데 말이다.

불법 복제에 대해 우려하는 사람은 이에 대해 재빨리 이렇게 응수할 게 뻔하다. 철물점에서는 누군가 책을 화면 캡처해서 소프트웨어를 통해 읽을 수 있는 문서 파일로 변환한 다음, 공유 사이트에 올려 그의 치사한 친구들이 공짜로 볼 수 있게 만드는 게 불가능하다고. 그에 대한 답은 이렇다. 맙소사. 그건 도서관에서 내 책을 대출받아 스캔하는 거나 마찬가지 아닌가. 아마존에서 책을 한 페이지씩 화면 캡처하는 건 종이책을 페이지마다 스캔하는 것보다 절대 쉽지 않을 게 확실하다.

사람들이 아마존에서 내 책을 읽지 못하게 한다고 해서, 내 책을 불법 복제하겠다고 단단히 마음먹고 책의 모든 페이지를 스캔하려는 사람을 막지는 못한다(굳게 결심하면 어떻게든 해낸다). 또 아마존의 별로 사용자 친화적이지 않은 미리보기 뷰어로 내 책 전체를 읽으려면 보통 결심으로는 안 된다. 대부분의 사람들은 그렇게 하지 않는다. 그리고 그렇게 하는 사람들은 어차피 내 책을 안 산다. 나는 내 책을 사지도 않을 사람들을 굳이 혼내 주고 싶은 생각은 없다. 책을 살 사람들이 잠시나마 불편할 수도 있기 때문이다. 그건 어리석은 짓이다. 그러니 나는 아마존이 내 책 전체를 공개하게 허용할 것이다. 나에게 별 손해는 없고 여러 면에서 도움이 되리라는 걸 알기 때문이다.

이 말이 내가 불법 복제의 위험을 감수한다는 뜻이냐고? 확실히 그렇다. 하지만 일단 찬물 샤워를 하고 문제를 논리적으로 살펴보자.

물어보자. 불법 복제자는 어떤 사람들인가? 물건에 제값을 치르려 하지 않거나(다시 말해 개자식들), 치를 수 없는(예컨대 돈에 쪼들리는 대학생) 사람들이다. 개자식들은 늘 존재했다. 그놈들은 돈이 있더라도 제값을 치르려 하지 않는다. 그놈들은 걱정하지 않는다. 버려진 우물에 빠지면서 다리가 부러지는 바람에 고통과 탈수로 끔찍하게 며칠 동안 끔찍하게 괴로워하다가 부러진 다리가 썩으면서 죽고, 죽은 다음에는 쥐들이 골수를 파먹고 텅 빈 뼈에 똥이나 싸길 바란다. 그래도 싸다.

대가를 치를 수 없는 사람들에 관해 이야기해 보자. 나는 집이 가난했기 때문에 라디오 방송을 녹음해 음악 테이프를 만들었다. 열한 살부터 열네 살까지의 내 음악 컬렉션은 첫 10초는 사라지고 마지막 10초에는 DJ의 멘트가 들어간 노래들이 녹음된 테이프들로 구성되어 있다. 열네 살부터 열여덟 살까지는 친구들 테이프를 빌려서 녹음했다. 열여덟부터 스물두 살까지는 음악 리뷰를 했기 때문에 공짜로 테이프를 얻을 수 있었다. 그 이후로는 돈을 벌게 되면서 제값을 주고 음악을 샀다. 살 능력이 됐기 때문이다. 책의 경우, 십 대와 대학생 때는 중고 페이퍼백을 샀다. 이제는 양장본을 산다. 다시 말하지만, 살 능력이 있기 때문이다. 여러분은 내가 지금 작가이기 때문에 창작물에 제값을 치르는 것에 대해 보통 사람들보다 더 관심이 있다고 주장할 수도 있다. 하지만 솔직히 말하건대 나는 누가 책이나 CD나 DVD 등에 제값을 치를 수 있는지 없는지에 대해 거의 모른다.

나는 제값을 치를 수 없는 사람들을 불법 복제자로 보지 않는다. 능력이 되면 제값을 낼 사람들로 본다. 그때까지는 대출해 줬다고 생각한다. 이는 독자—책을 합법적인 형태의 즐길 거리로 생각하는 사람—를 개발하는 것이라 전적으로 이타적인 행위도 아니고, 나는 죽을 때까지 글을 쓰고 싶기 때문에 좋은 투자이기도 한 셈이다. 좀 더 구체적으로 말하자면, 나는 '내' 독자를 개발하는 것이다. 장래에 언젠가는 서가에서 내 책을 보고, "스칼지네! 난 이 친구가 정말 좋아."라고 말하며 책을 빼 들고 계산대로 가져가는 사람 말이다.

물론 투자에는 위험이 따른다. 돈에 쪼들리던 독자가 못 말리는 개자식이 될 수도 있다(여러분은 내가 이런 개자식들이 어떻게 되기를 바라는지 이미 알고 있다). 하지만 나는 그 위험을 감수할 생각이다.

내가 위험을 감수하려는 건 기본적으로 사람들이 도둑질이나 하는 개자식이 아니라고 믿기 때문이다. 그들은 여러분의 글이 마음에 들면 여러분의 경력을 뒷받침해 주려 할 것이다. 독자들을 못 믿을 사람 취급하면 그들도 못 믿을 행동을 하게 된다. 여러분의 계속되는 성공에는 독자들이 큰 부분을 차지하고 있다는 사실을 밝히면 그들은 여러분이 그 성공을 이어갈 수 있게 도울 것이다. 그들을 인간답게 대해야 한다.

내가 불법 복제를 걱정하지 않는 이유가 하나 더 있다. 사이트(Whatever)에서 글을 읽는 독자들은 대부분 알겠지만, 최근에 나와 토르 출판사는 아프가니스탄과 이라크에 주둔하는 군인들에게 『노인의 전쟁』 전자책을 무료로 제공하겠다고 발표했다. 최소한의 예방 조치로 나는 '.mil'로 끝나는 이메일 주소를 통해 요청한 파병 군인들에게만 책을 제공하고, 그 외에 '현지'에 있지 않은 사람들은 요청하지 말아 달라고 부탁했다.

효과가 있었다. 파병 군인인 척하면서 공짜로 책을 요청한 사람도 없었고, '무료 제공' 판본이 인터넷에 돌아다니지도 않았다. 사람들을 존중받을 만한 어른으로 대한 게 지금까지는 효과가 있었다. 더 이상 효과가 없다는 게 확실해지기 전까지는 계속할 생각이다. 협회가 아마존에서 불법 복제와의 부풀려진 전쟁을 벌이느라 시간을 계속 낭비한다면 나는 빠지겠다. 내가 보기에는 싸울 가치가 없는 전쟁이니까.

책을 지금 팔기

(2005년 5월 17일)

'불법 복제 우려의 어리석음' 글에 대한 흥미로운 논평을 발견했다. 분명 이것은 사람들이 특히 그 장기적인 영향에 대해 생각하고 있는 주제이고, 상당 부분은 이렇게 요약된다.

온라인 불법 복제에 대해 우려하지 않아도 되는 것은 2005년 현재에 한하는 현상일 수 있다. 사람들이 아직 '책'이라고 하는 우스꽝스러운 구닥다리 유물을 들고 다니기 때문이다. 하지만 몇 년 후에 책의 '아이팟'에 해당하는 제품이 시장을 강타하고 종이책이 과거의 유물이 되어 책이 모두 디지털의 형태로만 존재하는 상황에서 어떤 불법 복제자가 당신의 책을 전부 P2P 네트워크에 올려놓으면 어떻게 될 것인가? 그러면 당신은 어떻게 돈을 벌 생각인가? 그때가 되면 당신도 불법 복제에 대해 그렇게 너그럽지 않을 텐데? 당신은 어떻게 할 생각인가, '불법 복제 걱정 안 해' 멍청이 씨? 응? 응? 응?

알다시피 이 모두는 정말 흥미롭기 짝이 없는 질문이다. 다음번 세계SF작가회의Worldcon나 기타 내가 패널로 참석하는 회의에서 다른 작가들과 꼭 논의해 보려 한다. 우리는 관심을 가지고 진지하게 토론할 생각이다. 혹시 아는가? 우리가 말하는 모든 게 전부 쓰레기는 아닐지. 하지만 나는 이 문제에 대해 아주 분명하게 말하고 싶다. 그러니 핵심을 밝히기 위해 비속어를 쓰더라도 양해해 주기 바란다. 실제로, 그리고 기본적으로 나는 좆도 개의치 않는다. 2005년 현재 나는 한 권의 SF를 출간했고, 1년 안에 두 권이 더 나올 예정이다. 그리고 내가 우선 생각하는 것은 바로 지금 여기서 책을 파는 문제이다. 오늘도 나는 내 글을 사람들 앞에 선보이고, 이 좋은 사람들이 그 글을 사게 설득할 방법을 찾고 있다.

다음의 데이터를 살펴보자.

『노인의 전쟁』 출간 후 여섯 달이 지났다. 무명 작가의 첫 작품치고는 판매가 괜찮다는 얘기를 들었지만, 우리 동네 서점에서는 한 번도 본 적이 없다. 우리 동네 서점의 SF/판타지 서가는 서점 구석, 고객의 주요 동선에서 한참 떨어진 곳에 처박혀 있고, 서가도 한 개 반뿐인 데다, 그 서가 하나의 4분의 3은 『스타워즈』, 『스타트렉』, 톨킨이 차지하고 있다. 동네에는 서점이 하나뿐이고, 동네는 남북의 직선으로 뻗어 있다. 따라서 내 책은 사실상 우리 집에서 반경 50킬로미터 내에서는 (내가 한 부 기증한 동네 도서관을 빼면) 구할 수 없다. 그래, 나는 촌구석에 산다. 하지만 그 반경 50킬로미터 이내가 전부 촌구석은 아니다.

나는 내 책을 서점에서 찾기 힘들다는 얘기를 한동안 들었다. 부분적으로는 책이 잘 팔려서 그럴 수도 있지만(다시 말해, 서점에 들어오기는 하는데 바로 나간다), 부분적으로는 (내 생각에) 토르 출판사의 발행 전략의 영향인 것 같다. 토르 출판사는 비교적 적은 부수만 발행하는데(초판은 최대가 3천800부다), 이는 검증되지 않은 신인 작가의 책을 지나치게 많이 찍는 상황을 막아준다. (『노인의 전쟁』 양장본을 재고 할인 판매 코너에서 보게 되리라는 기대는 하지 말라는 뜻이다. 미안) 토르 출판사의 논리를 여기서 탓할 수 없고, 그렇게 하지도 않는다. 신인 작가인 나는 출판사가 예상 판매량보다 더 많은 책을 찍기를 바랄 수 없다. 하지만 서점의 서가에 없는 책을 독자들이 살 수는 없다는 게 이 전략의 유감스러운 부작용이다.

우리 집 가까이 있는 크로거 슈퍼마켓의 (상당히 넓은) 도서 판매 코너는 동네에서 사실상 서점의 역할을 한다. 그런데 여기에는 내 책은 고사하고 아예 SF가 한 권도 없다. 그리고 〈해리 포터〉 시리즈와 『에라곤』(대단하다, 크리스토퍼 파올리니!)을 빼면 판타지도 없다. 내 책이 없는 건 놀랄 일도 아니지만(기억하자. 무명 작가의 SF 데뷔작 양장본이다), SF나 판타지가 하나도 없다? 이런 거지 같은 경우가 있을까? 이에 비해 로맨스, 현대 스릴러, 서부극은 폭넓게 들여놓았다. 그렇다, 서부극이다. 이미 죽었다고 생각했던 장르다. 놀라지 마시라. 우리 집 근처의 월마트와 마이어 할인마트도 보유 패턴이 거의 비슷하다.

이러한 데이터는 무엇을 말해 주는가? 사람들이 전통적인 방법으로 내 책을 발견해 주리라고 기대하면 안 된다는 것이다. 책이 거기 없기 때문이다. 책이 페이퍼백으로 나오는 경우에는 이 문제가 전부 또는 일부 완화될 수 있다. 전에도 말했지만 토르 출판사가 내 책을 산 이유는 '슈퍼마켓에는 SF가 없다' 장벽을 뚫을 수 있는 종류의 책이라고 생각해서였다. 왜냐하면 ─우리끼리라서 인정할 수 있는 얘기지만─『노인의 전쟁』은 모험물이지만 하인라인 스타일의 무시무시한 신랄함이 없어서 톰 클랜시나 존 그리샴의 책 옆에 끼어서 판매할 수 있기 때문이다. 자동차로 치면 쉐보레인 셈이다. 그리고 나는 크로거 슈퍼마켓 주차장에서 쉐보레를 아주 많이 봤다. 두고 보면 알겠지. 하지만 그건 나중 일이고, 중요한 건 지금이다.

홍보에 관해 말해 보자. 나는 『노인의 전쟁』을 옛날 방식으로 홍보하는 걸 좋아한다. 나는 속물도 아니고 어리석지도 않다. '올드 미디어'에는 어마어마한 홍보 효과가 있다. 전에 토르 출판사의 내 편집자를 처음 만났을 때, 그는 내 책을 꼭 홍보하고 싶은 매체가 있는지 물어왔다. 내가 제일 먼저 제안한 매체가 어디인지 아는가? 미국 은퇴자 협회지 AARP Magazine였다. 『노인의 전쟁』의 주인공은 미국 노인이었고, 협회지는 2천100만 명의 노인 구독자를 보유하고 있었다. AARP 협회지보다 더 많은 노인 독자를 확보할 수 있는 매체는 없었고, 나는 이런 독자군 앞에 내 책을 선보일 기회를 마다할 멍청이가 아니었다. 나는 정말 그러길 원했고, 토르 출판사의 홍보부에 계속 넌지시 알렸다. 하지만 반복하건대 나는 SF를 쓰는 초짜 작가였다. 너무나 운좋게 〈워싱턴 포스트〉, 〈클리블랜드 플레인 딜러〉, 〈엔터테인먼트 위클리〉에 내 책의 리뷰가 실렸고, 그건 (토르 출판사 홍보부 사람들이 엎어 버리는 바람에 AARP 협회지에 홍보를 못 했는데도) 내게 일어난 작은 기적이었다. 대부분의 SF 작가들, 심지어 이미 확고하게 자리를 잡은—그리고 입지가 완전히 굳건한 작가들—은 거기에 만족할 것이다. 그래서 지금은 구식 방법의 존재를 인정하고 함께 일해야 한다.

새로운 방식에 관해서는 몇 가지 선택지가 있다. 나는 이 웹사이트를 운영하는데 방문자 수가 꽤 된다. AOL 저널도 있는데 이와 비슷하다. 유명 블로거들의 평가를 받은 적도 있다. 그들의 추천은 실제 판매에 빠르게 반영되었다. 블로그 독자들이 그 추천을 신뢰하기 때문이다. 현재는 아마존에 방문해서 사이트의 허용 범위 내에서 원하는 만큼 책을 읽게 하더라도 아무런 손해가 없다. 어쨌든 그들은 아마존에 머물러 있고, 사람들이 아마존에 가는 건 보통 뭔가를 사기 위해서이다. 책 판매로

이어질 가능성이 상당히 큰데, 종이책 판매를 예측하기 힘든 현실에서 이것은 차선책이 된다. 『에이전트 투 더 스타스』에서 그랬듯, 소설 한 권 분량의 글을 내 웹사이트에 무료로 공개하는 것에는 손해가 전혀 없다. 사람들이 내 작품 스타일이 어떤지 느껴 보는 것이니까. 『에이전트』를 좋아했다면 『노인의 전쟁』을 좋아할 가능성도 상당히 크다. 둘은 설정과 이야기가 다르지만 다 내 작품이다. 그리고 좋든 싫든 나는 이렇게 쓴다.

이 방법이 장래에도 통할까? 모르겠다. 그리 개의치 않는다. 이 방법이 지금은 통하고 있고 난 바로 지금 책을 팔아야 하기 때문이다. 10여 년이 지나면 내 책을 독자들에게 선보일 때—그리고 그것으로 돈을 벌 때—지금과는 다른 게 필요하고 다른 방법을 써야 할 게 분명하다. 무엇보다도 지금 내가 내 책을 홍보하는 방법은 이전에는 존재하지 않았기 때문이다. 하지만 2017년이 되어도 통하기를 기대하는 게 몇 가지 있다. 사람들이 여전히 창작물에 매료되기를, 그리고 그들 중 좀 더 진취적인 이들이 즐거움을 원하는 대중들로부터 돈을 받아낼 수 있는 새롭고 흥미진진한 방법을 찾아내기를 바란다. 지금부터 2017년 사이에 죽거나 심각한 정신 장애를 겪지 않는 한, 나는 그 진취적인 무리 중 하나가 되고 싶다. 우리는 분명 방법을 찾아낼 것이다. 그동안에는 지금 통하는 방법으로 기꺼이 일하겠다.

불법 복제 시대의 글쓰기

(2005년 5월 19일)

　최근에 어떤 작가의 의견을 우연히 보았다. 어떤 작가이고 어디서 보았는지는 말하지 않겠다. 여러 이유로 금방 드러날 것이기 때문이다. 이 의견은 인간의 본성, 출판 산업, 불법 복제와 관련이 있었다. 바꿔 말하면, 그 작가는 대중을 상대로 하는 종이책 출판 패러다임은 온라인 세상 때문에 명을 다했다고 생각한다. 그는 온라인 세상에서는 소비자의 99퍼센트(그의 추정을 바꾸지 않고 그대로 썼다)는 짠돌이라서 가능하면 불법 복제를 하려고 하며, 미래에는 극히 일부만이 온라인에서 돈을 벌 것이라고 한다. 따라서 그의 목표는 전통적인 출판 패러다임을 가능한 한 오래 지키기 위해 뭐든지 하려는 것이다.

　그 주장에 대한 내 생각은?

　놀고 있네!

　그 작가의 글을 비유적으로 말하면 이렇다.

출판은 침몰하는 배다. 그 배에 있었던 승객들은 도주 본능에 굴복해 배를 조각조각 해체하고 있다. 남은 승무원들은 수면 위에 남은 배의 얼마 남지 않은 곳으로 점점 내몰리고 있다. 마침내 배는 전부 파도 사이로 사라지고 승무원들은 물고기 밥이 된다. 승무원들은 배에서 탈출한다는 생각은 전혀 떠올리지 않는 게 분명하다. 오히려 그들은 그저 죽기 전까지 버티려고만 한다.

헛소리다. 죽으면 죽으라지. 그 '침몰하는 배'에 대해 한마디 하겠다. 설사 배가 침몰하고 있다고 인정하고(나는 인정하지 않는다) 승객들이 짠돌이 불법 복제자라고 해도(나는 그렇지 않다고 생각한다) 배는 고작 1.5미터 정도 가라앉았고, 해안까지는 겨우 50미터 남았다. 그런데도 해안까지 배를 끌고 갈 지혜가 없다면 죽어도 싸다.

출판이 산업으로 생존할 수 있는가의 문제는 지금은 제쳐 두자. 나는 여러 이유로 생존 가능하다고 생각한다. 그중 가장 중요한 이유는 내가 만난 출판계 사람들은 매우 열렬한 자본주의자라서 자신들이 패스트푸드점 아르바이트나 하는 신세가 될 때까지 두 손 놓고 있지는 않으리라는 사실이다. 또 나는 대부분의 사람들이 도둑질이나 하는 개자식이라고도 생각하지 않는다(사실은 그 반대라고 설득하려는 사람들이 요즘·많아지고 있지만). 하지만 논의를 위해 극단적 상황을 가정해 보자. 디지털 불법 복제가 건잡을 수 없이 횡행해서 책을 판매하는 게 불가능해졌다. 출판 산업 전체가 거리에 나앉았다. 편집자들은 "편집으로 어떻게 먹고 살란 말인가!"라는 푯말을 들고 길모퉁이에 서 있다. 아트 디렉터들은 나무상자 위에 앉아서 통행인들을 모래언덕의 작은 벌레로 묘사한 캐리커처를 그리고 있다. 발행인들은 길모퉁이 사무실 창문에서 몸을 던져서 자신들을 보도 위에 흩뿌려진 시신의 한정판으로 만들어 출간하고 있다. 작가들은 어디 있느냐고? 눈치가 빠르면 돈을 꽤 벌고 있을 것이다.

내 생각은 이렇다. 작가들은 출판 산업의 일원이 아니다. 출판 산업은 작가들의 생산물을 관리하고 그 생산물을 효율적이고 되도록 수익이 날 수 있는 방식으로 유통하기 위해 존재한다. 하지만 출판 산업이 반드시 작가의 유일한 선택지라는 얘기는 아니다. 특히 지금은 그렇다. 책이 유일한 선택지가 아니라는 말과 똑같다. 나는 책을 쓴다. 하지만 나는 책만 쓰는 작가가 아니다. 뮤지션이 LP 뮤지션이나 MP3 뮤지션이 아닌 것과 마찬가지다. 책은 그릇일 뿐이다. 운명이 아니다.

그리고 이 개념을 받아들일 것인지에 관해 작가들 사이에 견해가 갈린다. 받아들이지 않는 사람은 어쨌든 죽은 것이나 마찬가지다. 글에 대한 그들의 공헌에 감사하고, 썩어가는 그들의 시신에 눈물을 한 방울 흘려 주자(썩는 냄새 때문에 흘리는 것만은 아니다). 아직도 버티고 있는 우리를 대표해 여러분의 다음 비즈니스 모델을 소개하겠다.

페니 아케이드 사이트를 만나 보자(penny-arcade.com). 물론 여러분은 이미 알고 있을 것이다. 모르는 사람을 위해 소개하겠다. 두 작가가 비디오 게임에 관한 만화를 그리는데, (심지어 비디오 게임을 좋아하지 않는 사람에게도) 무지 재미있다. 이들은 그 만화로 얼마를 벌까? 내가 알기로는 한푼도 없다. 하지만 그 만화는 사이트에 수십만의 방문자를 끌어들이고, 사이트는 광고로 떼돈을 번다. 그들은 상품을 파는데, 티셔츠에서 한정판 아트워크에 이르기까지 다양하다(최근에는 아트셀[투명지에 그린 캐리커처 스케치 초안-옮긴이] 500점을 개당 80달러에 팔았는데, 뜨자마자 열두 시간도 안 되어 매진되었다. 열두 시간에 4만 달러 수입이면 나쁘지 않다). 그들은 자체 박람회도 개최한다. 심지어 '어린이의 놀이 Child's Play'라는 자선 단체도 설립했다. 이 단체는 2년 만에 전국의 아동 병원을 위해 50만 달러를 현금과 물품으로 모금했다. 우리가 논의하는 내용과 관련해서 더욱 중요한 점은 만화가 그들의 본업이라는 사실이다. 그들은 만화로 자신과 가족을 부양하고, 그들 같은 창작자 유형이 손대기 싫어하는 일을 맡아 줄 전문 경영인까지 고용한다.

이건 만화 얘기다. 지금부터는 글쓰기에 관해 말하겠으니 잘 들어주기를 바란다. 여기서 요점은 만화에 있지 않다. 만화가 무엇에 사용되는가에 있다. 만화는 다양한 수입원을 만들어 내는 기초이고, 그 수입은 창작자 본인에게 고스란히 흘러 들어 간다. 만화가 불법 복제된다면? 그런 일은 거의 없을 것이다. 애초부터 무료로 배포되기 때문이다. 최악의 경우에도 불법 복제가 공짜 광고의 역할을 해 사람들을 사이트로 불러 모을 것이다. 사람들은 사이트를 방문해 즐긴 다음 돌아간다. 사이트는 광고를 판매할 수 있다. 방문자 중 일부는 팬이 된다. 사이트는 상품을 팔 수 있게 된다. 어떤 사람들에게는 생활의 일부가 된다. 그러면 페니 아케이드는 박람회를 개최하고 자선기금을 모금할 수 있다. 이러한 사업 모델의 핵심의 어디에 불법 복제 방지 콘텐츠가 있는가. 무료 콘텐츠는 훔칠 수 없다. 그리고 페니 아케이드가 팔고 있는 것은 훔치기 힘들다.

작가들도 같은 일을 할 수 있을까? 불법 복제가 전통적인 출판 산업을 죽이는 세상에서는 이런 아이디어에 (지금까지는 그러지 못했지만) 앞으로는 익숙해지는 게 훨씬 좋을 것이다.

개인적으로 나는 이 공식에는 논란의 여지가 없다고 생각한다. 내가 지금 하는 일의 대다수가 여기 해당하기 때문이다. 나는 지난 4년 동안 내 웹사이트에 글을 쓴 결과 직간접적으로 얻은 수입이 얼마인지 구체적으로는 말하지 않겠다. 여섯 자리고 제일 왼쪽의 숫자가 1이 아니라는 정도만 밝히겠다. 그리고 그 수입의 거의 대부분은 책 판매에서 나오지 않았다. 과장이 아니다(과장할 생각도 없다). 의욕적인 작가라면 비상업적인 수단을 통해서도 쏠쏠한 수입을 얻을 수 있다는 게 요점이다. 내 경우 이 웹사이트의 콘텐츠는 페니 아케이드의 경우와 마찬가지로 불법 복제가 필요 없다. 나는 어떤 법적 조치도 취하지 않을 것이고, 아무에게나 배포해도 개의치 않는다. 하지만 그 콘텐츠는 매일 수천 명의 사람을 끌어모으고, 그들 중 일부는 아마도 스칼지 상품에 돈을 쓸 것이다. 말하자면 (어떤 형식으로 출판되든) 장편 소설 같은 것에.

장편 소설이 아닐 수도 있다. 중편 소설은 어떤가? 중편 소설 시장은 현재 매우 협소하다. 대부분의 출판사가 선호하지 않기 때문이다. 중편 소설은 대중 출판 패러다임에 잘 들어맞지 않는다. 하지만 내가 출판사의 수지타산을 걱정할 필요가 없다면 중편 소설을 판매할 수 있을지도 모른다. 아니면 꼭 판매하지 않아도 된다. 유료 광고를 붙여서 사이트에 공개해도 된다. 내 사이트의 일일 방문자는 8천에서 1만 명에 이른다. 중편 소설 연재 기간에 10만 달러의 광고비를 투자하려는 사람이 있지 않을까?

불법 복제의 시대에 나는 오히려 글쓰기로 아주 쏠쏠하게 수입을 얻을 수 있는 좋은 기회를 잡고 있다고 생각한다. 아직 불법 복제의 시대는 오지 않았다고 보기 때문에 내게는 오히려 더 좋은 뉴스일 수 있다. 전통적인 방법으로도, 이 새로운 방법으로도 작가로서의 수입을 창출할 수 있는 이점이 있기 때문이다. 다양한 수입원은 작가의 친구다. 이 점을 밝혀 두자. 나는 특별히 영리하지도 않고, 더럽게 게으르다. 이런 내가 할 수 있다면 다른 작가도 할 수 있다. 독자군을 만들어 내는 데는 시간과 노력이 든다(Whatever의 경우는 7년이었다). 이것이 오늘날의 출판과 다른 점이 있다면 말해 주기를 바란다.

내가 틀렸다면? 정말 그렇다면? 새로운 글쓰기 수입원을 창출하기 위한 이 새 공식이 아직은 이론상으로만 존재하는 불법 복제의 시대에도 적합할 것임은 자명하다. 작가는 창조적인 사람들이다. 그리고 먹는 것도 좋아한다. 나는 여기서 잠재적인 사업 모델을 하나 제안한 것이다. 내게 익숙하고 내게(그리고 페니 아케이드에게도) 통했다는 걸 알기 때문이다. 마음에 들지 않는다면 자신만의 사업 모델을 만들기 바란다. 그렇지 못하면 물고기 밥이 될 것이다. 걱정해야 할 작가가 하나 줄겠지.

물론 이 새로운 사업 모델이 모든 사람에게 통하지는 않을 것이다. 생각해 보자. 현재의 출판 모델도 모든 사람에게 통하는 건 아니지 않은가. 다른 것도 생각해 보자. '불법 복제에 돈을 버는 작가들 모임'은 '출판의 시대에 돈을 버는 작가들 모임'과는 다를 것이다. 왜냐고? 어떤 사람들은 할 수 없고, 어떤 사람들은 하려 하지 않을 것이기 때문이다. 이에 더하여, 어떤 사람들은 불법 복제의 이 새로운 시대에 돈을 더 못 벌게 될 것이다. 하지만 또 무엇을 생각해야 할까?

어떤 사람들은 더 많이 벌 것이다. 1인당 수입은 더 높아질까? 의심스럽다. 이 불법 복제 시대 모델은 과거 출판의 시대에서는 비웃음과 함께 문전박대당할 글을 쓰던 사람들도 그들의 작품으로 돈을 벌려고 덤벼들게 부추길 것이기 때문이다. 언제까지 1인당 수입이나 걱정하고 있을 것인가? 여러분 자신의 수입을 걱정해야 한다.

전혀 가능성이 없는 이 불법 복제의 시대에도 다른 작가들을 도와야 하는가? 당연하다. 인과응보는 좋은 것이다. 바로 지금 다른 작가들을 도와야 한다. 하지만 어떤 작가가 좋았던 과거 타령이나 하면서 독자들을 마치 자기를 죽이고 잡아먹으려 하는 존재처럼 보고 있다면 뭘 할 수 있겠는가? 어떤 작가가 자신이 접싯물에 빠져 죽고 있다고 생각한다면 여러분이 할 수 있는 일이라고는 그에게 일어나라고 말한 다음, 해안 방향을 가리키는 게 전부다. 행동은 본인이 해야 한다.

다른 길은 언제나 있다

(2006년 1월 16일)

나는 중요한 기념일은 다소 강박적으로 챙기는데, 바로 요즘 그중 하나가 찾아왔다. 10년 전 나는 아메리카 온라인에서 스카우트 제안을 받았고, 활자 매체를 떠나 온라인 세상으로 들어섰다. 그리고 그와 함께 온라인 세상이 어떻게 돌아가는지에 대해 중요한 사실을 알게 되었다.

AOL에 들어가기 전에 일했던 프레스노 비를 떠날 생각은 해 보지도 않았다는 사실을 기억하자. 나는 신문사에서 일하는 게 정말 즐거웠다. 그렇지 않을 이유가 없었다. 나는—미국 최연소—영화 평론가였다. 영화를 보고 독창적인 의견을 말한다. 그러곤 종종 LA로 가서 나보다 더 잘생기고 부자인 사람들과 인터뷰하며 최근작에 대한 그들의 이야기를 듣기도 한다. 그게 내 일이었다. 게다가 원하기만 하면 뭐든 마음껏 쓸 수 있는 신문 고정 칼럼도 있었다. 잘나가는 인생이었다. 친구에게 내 일에 만족해서 몇 년은 계속할 수 있겠다고 말했던 게 기억난다.

그리고 당연히 마치 영화에서처럼, 잘나가는 인생이라고 말하는 순간 무엇인가가 찾아와서 삶을 깔아뭉갠다. 내 경우는 신문사의 정기 조직 개편이었다. 새로 온 편집국장이 단지 지면을 개편할 목적으로 충분한 이유도 없이 부서를 재조정했다. 그리고 그들이 재조정하는 대상은 직원이다. 이런 걸 편집자의 풍수지리라고 하자. 편집국에서 불러서 갔더니 담당 부서 편집자 두 명이 조직 재편의 일부로 내 칼럼은 폐지하고 영화 리뷰의 수도 크게 줄이며, 보도 업무를 더 많이 하게 될 것이라고 말했다. 간단히 말해 그들은 내가 사랑하는 일을 빼앗아 가고, 내 적성에 맞지 않을 것 같은 일을 하라고 요구했다.

악의가 있어서였냐고? 당연히 아니다. 문제의 편집자들은 좋은 사람이었다. 그리고 내 생각에 그들은 내가 가지고 있을지도 모르는 작가로서의 날것의 재능을 다른 형식의 기사 작성을 통해 다듬을 수 있다고 본 것 같다. 당시에 회사는 직원들에게 더 많은 일을 시키려고 했고, 내가 하던 일을 소모품—영화 리뷰를 통신판매로 주문하는 물건처럼 생각했다는 뜻은 아니다—으로 보았다. 그리고 그들은 나를 다른 일을 하는 자원으로 쓸 수 있었다. 이제 내가 편집자가 되니(그리고 기업 관련 일을 더 많이 하다 보니), 그들이 그런 결정을 내린 논리, 그리고 당시 편집자들이 그 조치가 작가로서의 내게 큰 혜택이라고 진심으로 믿었다는 사실을 너무나도 잘 이해할 수 있다.

그렇기는 해도 당시에는 배에 크게 한 방 맞은 느낌이었다. 그리고 문제가 무엇이든, 그 조치를 한 이유가 무엇이든, 내가 할 수 있는 일이 거의 없다는 사실을 편집자들이 알고 있다고 꽤 확신했다(어쨌든 그렇게 생각했다). 지금과 마찬가지로 10년 전에는 신문사 일자리가 그 자리를 놓고 경쟁하는 사람들 수에 비해 훨씬 적었다. 내 일처럼 좋은 자리는 더욱 그랬다. 바로 그만두지 않는 한—그들은 당연히 내가 그렇게 하지 않으리라고 생각했다—정말로 내가 할 수 있는 일이 없었다. 다른 신문사로 이직을 한다고 해도 몇 달 몇 년이 걸릴지 모를 일이었다.

내 편집자들이 몰랐던 건—공평하게 말하자면, 대부분의 신문사 편집자들이 당시에는 몰랐다—활자 매체가 사람들이 글 쓰기로 돈을 벌 수 있는 유일한 길이 더 이상 아니라는 것이었다. 1996년 초에 나는 이미 몇 년 동안 온라인 활동을 하고 있었고(내 첫 번째 웹페이지는 94년까지 거슬러 올라간다. 페이지를 업로드하려면 html을 편집하고 유닉스 명령어를 배워야 했던 시절이다), 온라인에서 프리랜서 글쓰기 일거리를 찾기 시작하기에 충분한 시간이었다. 그중 하나는 AOL의 재테크 페이지에 매주 재테크와 유머 칼럼을 쓰는 일이었다(페이지 담당자가 내가 온라인에 쓴 글을 재미있다고 생각했던 게 결정적 계기였다). 그 칼럼을 쓰기 시작하고 몇 달이 지나자 나는 AOL 사람들을 아주 잘 알게 되었고, 그들이 날 꽤 쓸 만한 인재로 보고 있다는 사실도 알 수 있었다.

그래서 그날 밤 집으로 운전해 가면서, 단단히 미친 짓을 하기로 결심했다. 먼저 AOL에 접속해 부사장 중 한 명(회사 웹 프로그래밍 담당)에게 이메일을 보내 AOL이 내 유머칼럼을 살 생각이 있는지 물었다. (말했듯이) 프레스노 비는 내 칼럼을 폐지했고, 나는 이제 그 칼럼을 게재할 수 있는 곳을 마음대로 찾을 수 있었다. 이메일을 발송한 다음, 부사장이 칼럼 전체를 보자는 메시지를 보내오길 기다렸다. 5분 뒤에 답이 왔다(당시라면 여러분도 AOL 부사장에게서 5분 만에 메시지를 받을 수 있었다. 우와).

이 일이 있고 몇 분 뒤 크리시가 퇴근해 침실로 들어왔다. 그녀는 내가 무서울 정도로 집중해서 컴퓨터를 응시하고 있는 모습을 보았다.

"당신 지금 뭐 해?" 그녀가 물었다.

"기다리고 있어." 나는 컴퓨터에서 눈을 떼지 않고 말했다.

"뭘 기다리는데?" 그녀가 물었다. 그 순간, 마침 때맞춰 AOL 부사장이 비공식적으로 일자리를 제안했다.

"이거." 내가 말했다. 그리고는 크리시 쪽으로 몸을 돌렸다. "워싱턴으로 이사 가는 거 어떻게 생각해?"

간단히 말하자면 프레스노 비가 내 업무를 변경한다는 얘기를 들은 지 한 시간도 되지 않아 다른 일자리를 찾은 것이다. 다음 날 출근하자 담당 편집자가 나를 한쪽으로 불러 새 업무를 맡아도 괜찮은지 진심으로 걱정하며 물었다. 나는 내 문제를 처리했으며 앞으로 나갈 준비가 되었다고 솔직하게 말했다.

3주 후 공식적으로 일자리 제의를 받았다(AOL의 최첨단 업무 처리 방식에 발맞추기 위해 문자 메시지로 수락했다). 그리고 편집자들과 회의실에서 만나 퇴사하겠다고 말했다. 그들은 나를 잡을 방법이 있는지 물어왔다. 없을 것 같다고 대답했다. 그들은 앞으로 뭘 할 생각인지 알려 줄 수 있겠느냐고 물었다. 말해 주었다. 그들은 둘 다 눈을 깜빡였다. 깜빡였다는 말로는 부족하다. 내 생각에 그들은 온라인 세상이라는 것과 처음으로 만난 것 같았다. 그리고 그들의 일에 커다란 변화가 다가오리라는 것을 처음 깨닫는 것 같기도 했다.

활자 매체에서 온라인으로, 캘리포니아에서 버지니아로 옮긴 것은 여러 면에서 나에게 엄청나게 중요했다. 새로운 일에 도전하고 좌절했으며, 새 친구들(대부분 나에게 정말 잘해주었다)이 생겼고, 처음으로 온라인 매체에만 전념하게 되었다. 나는 아직도 온라인 매체에 많은 시간을 보낸다(심지어—파트타임이기는 하지만—지금도 AOL에서 일한다). 신문사에서 일하던 시절, 프레스노 비에서 함께 일하던 동료들이 그립다(원래는 신문사를 그만둘 생각이 없었다는 걸 기억하자). 거기서 일하는 동안 즐거웠다. 하지만 다시 그 상황으로 돌아가더라도 같은 행동을 할 것이다. 나는 지금 내가 하는 일이 좋고, 그러려면 내 첫 직장이라는 '둥지'를 떠나야 했다.

이 과정에서 나는 가장 중요한 것을 배웠다. 간단히 말하자면, '다른 길은 언제나 있다'이다. 외부로부터의 변화에 맞서고 부딪히면 그것은 내부로부터의 변화가 된다. 내가 하던 일이 무너져 내리고 있었다. 나는 그것을 받아들이거나 아니면 다른 길을 찾아야 했다. 나는 다른 길을 찾아서 그 길로 갔다. 편집자들은 내게 변화를 강요했다. 나는 상황을 반전시켜서 내 방식대로의 변화로 만들었다. 이 특별한 경우에서 나는 운이 좋았다. 그동안 하던 일이 곧 새 길을 준비하는 과정이기도 했던 덕분에 빠르게 옮겨갈 수 있었기 때문이다. 하지만 맨땅에서 시작했더라도 적절한 시기에 새로운 길이 나타났을 것이다.

이것이 내가 알게 된 가장 중요한 사실이었고, 지난 10년 동안 한 번 이상 기억해야 했던 내용이었다. 1998년에 AOL에서 해고되고 크리시와 내가 그 문제를 해결할 방법을 찾아야 할 때 특히 그랬다. 우리는 후퇴보다는 전진을 택했고 길을 찾았다. 그로 인해 당시에 모든 게 달라졌고 지금도 그렇다.

다른 길은 언제나 있다. 변화와 도전이 찾아와서 여러분을 곤경에 빠뜨리려 할 때 이 말을 기억하길 바란다. 변화와 도전이 여러분을 곤경에 빠뜨리겠지만 거기서 얼마나 널브러져 있는가는 여러분 자신에게 달려 있다. 이것이 10년 전에 내가 알게 된 사실이다. 이 사실을 이제 여러분과 나눌 수 있게 되어 기쁘다.

3장

인간 본성 깊은 곳에는 샤덴프로이데^{Schadenfreude} 라는 바늘이 자리하고 있다: 작가들에 관해.

(샤덴프로이데: 타인의 불행을 고소해하는 마음—옮긴이)

그렇다. 이 장은 매우 심술궂다. 물어볼 필요도 없다.

이 장의 모든 글이 놀랍도록 어리석은 짓을 한 작가들을 까는 건 아니다. 적어도 몇 개의 글에서 그저 재미있는 얘기를 했는데 거기에 작가가 포함되었을 뿐이다. 하지만 삽질을 한 작가들에 대해 얘기하는 것은 언제나 재미있다. 그 삽질을 쉽게 피할 수 있었던(또는 피해야 했던) 경우에는 특히 그렇다. 작가들이 모두 비난과 웃음의 대상이 되는 건 아니다. 천운과 일반 상식이 없었다면 누구라도—솔직히 여러분도 포함된다—저지를 만한 일이다. 그러니 지나치게 자만하지 않는 게 좋다. 일반 상식이라는 게 사실 전부 일반적이지는 않은데, 작가들에게는 특히 그렇다.

여기 등장하는 모든 작가들을 그저 비난만 한다는 딱지를 피하기 위해 말하는데, 대부분의 사례에는 명심해야 할 간단하고 순수하며 사실적인 교훈이 있다. 예를 들면 "사람들이 자기소개서에 거짓말을 쓰도록 부추기면 안 된다. 특히 여러분이 영문학 교수라면"이나 "〈살롱〉 웹사이트의 지면을 통해 문학적 복수를 하는 건 멍청이처럼 보인다". 이 장에 실린 에세이들을 작가들이 과거 출연했던 〈애프터눈 스페셜Afternoon Special〉(1997년에 방송되었던 시트콤-옮긴이) 정도로 보아주었으면 한다. 머리는 까치집에 본드를 붙거나 성병 혹은 제 딴엔 심각한 병에 걸린 십 대들 자리에 이 못 말리는 작가들을 집어넣으면 된다. 그러면 수요일 오후에 〈원 라이프 투 리브One Life to Live〉(1960년대부터 장기간 방송되었던 드라마-옮긴이) 대신 볼 만한 가치는 있을 것이다.

맞다. 여기 나오는 이름들이 딱 그렇다. 그리고 여러분이 거기에 크리스티 맥니콜이나 스코트 바이오(드라마 〈사랑의 유람선〉의 남녀 주인공 배우-옮긴이)가 나온다고 상상한다면 더 좋다.

이제 시작해 보자.

원숭이 낚시꾼의 공격

(2001년 6월 26일)

이런. 웹진 〈슬레이트〉는 '원숭이 낚시'라는 수상쩍은 스포츠에 대한 작가 제이 포먼의 기사(기사에서 포먼은 사과를 미끼로 쓰고 아주 강한 낚싯줄을 사용한 낚싯대에 살아 있는 원숭이가 걸려 있는 걸 목격했다고 주장했다)를 방어하는 데 거의 일주일을 허비하고 나서, 다소 겸연쩍어하는 투로 기사의 관련 사실(즉 원숭이 낚시를 가는 여정과 그 이후의 야비한 세부 내용들)이 조작임을 시인하고 사건 전체에 대해 사과했다. 어쨌든 그 기사를 만들어 내는 과정에서 어떤 동물도 피해를 겪지는 않은 것 같다.

나는 그 사과문에 조금 놀랐다. 〈슬레이트〉는 마이크로소프트의 한 부문이고, 마이크로소프트의 방식은 (독점 관행과 비참할 정도로 조잡한 1.0버전 제품들부터 몇 년 전의 그 골칫덩어리인 '밥Bob'[마이크로소프트에서 1995년 개발한 소프트웨어. 최악의 제품이라는 혹평을 받았음-옮긴이]이라는 것에 이르기까지) 어떤 일에도 사과하지 않는 것이어서가 아니었다(마이크로소프트의 대단한 점은, 불안하게 떠 있는 눈알을 가진 종이 클립 모양의 짜증 나는 '도우미봇'인 클리피Clippy의 문제점을 공개적으로 부인하는 데 전심전력을 다한다는 사실이다). 내가 놀란 건 '원숭이 낚시' 기사가 처음부터 허구였다고 생각한 사람이 아무도 없었다는 사실을 믿을 수 없었기 때문이다.

'원숭이 낚시'는 포면이 〈슬레이트〉에 '죄Vice'라는 제목을 달고 연재한 일련의 기사 중 하나였다. 다른 기사들(그런데 그중 하나 이상의 기사가 세부 사항이 날조되거나 부정확하다)에 따르면 포면은 만취 상태에서 총을 쏜 적 있고, 포르노 업계에서 일했으며, 〈펜트하우스 포럼〉에 에로틱한 '편집자에게 보내는 편지'를 썼다. 이 기사들은 엄청나게 재미있었고, 따라서 〈슬레이트〉는 최소한 자신들의 거짓말쟁이가 돈값은 했다고 말할 수 있다. 이 기사들은 또한 〈슬레이트〉의 분위기와도 한참 동떨어져 있었다. 〈슬레이트〉의 편집 논조에는 〈살롱〉을 유명하게 만들었던 것과 비슷한 종류의 거칠고 숨 막히는 날카로움이 부족했다. 게다가 포면의 칼럼은 분명히 〈살롱〉 스타일이었다(〈살롱〉에 있는 누군가가 귀띔해 줬을 수도 있다).

하지만 포면의 사생활을 읽는 것은 너무나도 재미있었다는 사실 또한 분명하다. 물론 우리 중 누구라도 만취한 상태에서 총을 쏘거나, 거시기를 불끈 서게 만드는 글을 쓰거나, 힘센 붉은털원숭이를 그물 안으로 밀어 넣을 수 있다. 논란의 여지가 있는 예외인 작가 헌터 톰슨(취재 대상을 직접 체험하고 주관을 바탕으로 한 공격적인 기사를 씀-옮긴이)을 빼면, 우리 중 누구도 평생 이 일들을 전부 할 수는 없다. 업보가 너무 커서 감당할 수 없다. 우리는 죽지 않을 정도로만 위험 안으로 들어갔다가 제일 먼저 돌아오게 된다. 포먼의 글은 주어진 상황에 비해 지나치게 관찰력이 뛰어나다. 독한 술에 취한 상태에서도 총쏘기에 대해 극히 정교한 묘사를 한 것을 예로 들 수 있다. 그 정도로 술을 마시면 눈이 제일 먼저 풀리는데도 그의 글을 보면 만취했다기에는 세부적인 시야가 지나치게 또렷하다.

이 시리즈 중 첫 번째 기사(술 마시고 총을 쏜 것)를 읽고 난 뒤에 내가 한 솔직한 생각은 이렇다. 포먼이 해고당한 이유는 르포 작성 능력 때문이 아니라, 별로 그럴싸하지도 않은 소설을 써서 〈슬레이트〉의 독자들을 열받게 하고 논쟁을 유발하며, 독자들이 그 기사를 비슷하게 도덕적인 친구들에게 보여 주게 만들었기(논란을 부풀리는 고전적인 방법) 때문이었다. '원숭이 낚시' 기사는 이러한 형식의 감탄할 만한 예다. 자유주의자들이 분노할 만한 개념으로 시작해(영장류를 낚는다! 맙소사, 그들은 거의 인간이나 마찬가지인데!), 그럴싸한 세부 묘사(예컨대 '원숭이가 어쩌다 플로리다의 늪지대에 있게 되었는가? 방치된 과학 실험 때문이다')로 이른바 떡밥을 던진다. 그런 다음에는 실제 체험담을 풀어내며 이야기에 활력을 불어넣는다. 여기에 인류애 한 조각('잡았다 풀어 주는' 아이디어)을 곁들이며 매끄럽게 글을 마무리한다.

젠장, 이건 조너선 스위프트의『겸손한 제안A Modest Proposal』과 판박이다. 하지만 스위프트는 영국의 압제하에 있는 아일랜드의 심각한 경제적, 사회적 불평등을 맹비난한 데 비해, 포먼은 낚싯줄로 원숭이를 조롱하는 것은 그다지 멋지지 않으며, 표적으로 삼기에는 질이 떨어진다고(각자가 알아서 자신만의 표적을 만들 수 있다고) 소심하게 주장한다는 점에서 다르다. 두 글 모두에서 미국인이 어린아이를 잡아먹는다든가 미국인이 원숭이를 사냥한다든가 하는 세부 묘사는 중요하지 않다. 독자를 불편하게 하고 몰입하게 만드는 게 핵심이다. 포먼은 스위프트가 아니지만(걸린 걸 보면 그렇게 민첩[swift와 조너선 스위프트의 성이 같은 단어인 것 이용한 말장난-옮긴이]하지도 않다), 평론가 H. L. 맨켄의 화려하면서도 이 경우에는 적절했던 문장들을 이용함으로써 사람들을 분개시킨다는 목적은 분명히 달성했다.

〈슬레이트〉의 독자들이 이 선정적인 모험담을 진짜로 믿었다는 사실을 알고 나는 조금 슬프고 혼란스러웠다. 낚시에 걸린 원숭이의 이야기를 선보이는 것과 여러분이 그 원숭이의 친척이라는 사실을 아는 것은 별개의 문제다. 다른 한편, 나는 포먼이 다음번에 '죄Vice' 칼럼에 쓸 수 있는 주제에 관해 좋은 아이디어가 있다. 〈슬레이트〉 독자들이 그에게 다시 글을 쓸 기회를 준다고 가정하면 말이다. 물론 주지 않겠지만.

포먼의 조작은 대부분의 사람들을 믿을 수 없을 정도의 멍청이로 만들었다. 결과적으로 여기에는 몇 남지 않은 온라인 사이트 중 하나에 중규직semi-regular gig(정규직과 비정규직의 중간-옮긴이)을 가진 사람이 하나 있었다. 그 사이트는 첫째, 실제로 원고료를 주고, 둘째, 벤처캐피털(이들은 마이크로소프트 제국의 일부가 되기 위해 돈을 낸다) 투자를 받지 못하면 사라질 위험 같은 건 없다. 그런데 그는 쓰레기 같은 글을 써서 그 사이트를 망쳐 버렸다. 그뿐만 아니라 자신의 장래 글쓰기 경력도 망해 버렸다. 제정신이 박힌 편집자라면 그를 자기 회사 근처에 얼씬도 하지 못하게 할 것이기 때문이다. 따라서 문제는 이것이다. 다른 면에서는 완전히 정상인(그렇다고 치자) 인간이 왜 굴러온 복을 스스로 차 버리는가? 몇 가지 생각이 있다.

첫 번째, 자포자기. 솔직하게 말하자. 어떤 출판물의 '사악한 Vice(포먼의 칼럼명을 비꼬는 것-옮긴이)' 칼럼니스트가 되는 건 절대 쉬운 일이 아니다. 그렇게 되려면 전염병, 경범죄로 인한 체포, 간 손상, 법원 명령에 따른 중독 치료소 강제 수용 같은 큰 위험을 감수하는 생활을 해야 하기 때문이다. 그리고 대부분의 사람들은 평범하다. 나가서 나쁜 짓을 하려면 죽도록 노력해야 한다. 나는 포먼이 그저 그 칼럼에서 요구하는 생활을 따라잡지 못하는 바람에, 상황을 조작해서라도 편집자를 계속 만족시키려 했다고 생각한다. 그가 받게 될 종류의 편집자 메모가 상상이 간다.

제이에게: 이 기사는 괜찮아 보여. 하지만 동성애가 한 방 들어가면 제대로 먹힐 것 같아. 그걸 집어넣자고. 귀여운 남자가 하나 있는데… 난 괜찮아.

맙소사, 누가 여기에 맞출 수 있을까? 누가 그러고 싶을까?

두 번째, 지나친 자신감. 성공한 작가들은 거짓말의 예술가들이다. 나는 비록 지금까지 누구라도 눈치챌 수 있을 만큼 이야기를 완전히 날조한 적은 없지만, 이런 평가에 기꺼이 나 자신을 포함시키겠다. 문제는 여러분 자신의 거짓말을 믿고 그것을 내놓을 수 있다고 믿기 시작할 때 생긴다. 아마 포먼은 원숭이 낚시 기사를 쓸 때 자기 글이 정말 재미있고 대박 나겠다고 생각하며 킬킬거렸을 것이다. 이야기의 진실이 밝혀지는 게 자기가 예상한 것보다 훨씬 더 쉬운 일이라는 사실은 생각하지 않았던 것 같다. 거짓말을 할 때는 위험을 감수해야 한다. 거짓말을 오래 안고 갈수록 반드시 더 큰 위험을 감수해야 한다.

교훈: 작가들이여, 거짓말은 넣어 둬야 한다. 아주 조금만 써야 한다. 그리고 거대한 삽질을 해 놓고 모면할 수 있다고 생각하면 안 된다. 거짓말에는 악취가 난다. 크면 클수록 모두가 그 냄새를 맡을 수 있다.

세 번째, 게으름/어리석음. 인터넷 시대가 작가들에게 가르쳐 준 절대적인 사실 하나가 있다면, 더 이상 게으름이나 어리석음이 용납되지 않는다는 것이다. 다른 사람의 칼럼에서 한두 단락을 빼내 여러분의 글에 집어넣거나, 사실인 것 같지만 실제로는 아닌 이야기를 조작하면 누군가가 MediaNews.org에 편지를 보내 폭로할 것이고, 여러분은 퇴출당한다. 언론인들은 속이 꼬인 사람들이라서 옹졸하고 복수심이 강하며, 돈이 생기거나 재미있는 일에 그 공허한 저널리즘 윤리를 들이대는 걸 좋아한다. 언론인들은 조사하는 훈련을 받았고 스스로 조사하는 걸 좋아하기 때문에 반드시 잡아낸다. 그리고 거의 실패가 없다. 어리석음은 우리 모두에게 아무 도움이 되지 않는다.

네 번째, 창작물의 변비 현상. 여기서 얘기해 보자. 정正: 더 이상 진정한 소설 시장은 없다. 〈뉴요커〉와 〈플레이보이〉를 빼면, 판매 부수당 원고료를 주는 영세 문학 잡지에서나 여러분의 소설을 내야 한다. 반反: 모든 작가는 내부에서 썩어가는 장편이나 단편들을 가지고 있다(믿어도 된다). 합合: 자생력 있는 소설 시장이 부족하기 때문에, 몇몇 작가들은 논픽션에 지나치게 창의력을 발휘하게 된다. 이런 말을 하면 미쳤다고 하겠지. 하지만 작가로서 가끔은 이야기를 지어내고 싶을 뿐이다. 그리고 돈도 받는다.

제이 포먼이 〈슬레이트〉에 여전히 글을 쓴다면, 지면 구석에 짧은 소설이나 겨우 팔 수 있을 것이다. 별난 원숭이 낚시 체험

담일까? 알 수는 없겠지만 찾아볼 가치는 있다고 생각한다. 〈슬레이트〉가 가끔 의도적으로 소설을 싣기 시작할지도 모를 일이니까.

악취가 진동하는 치즈

(2002년 9월 20일)

요전 날 밤에 크리시가 『누가 내 치즈를 옮겼을까?』를 들고
퇴근했다. 새로 옮긴 직장의 관리자 중 한 명이 억지로 읽게 한
책이었다. 그는 신입사원들이 이 책을 읽을 것을 적극 권장한
다고 했다(여기서 중서부 지방 특유의 쩐돌이 정신을 볼 수 있다. 신입사
원이 들어올 때마다 정가 20달러짜리 책을 새로 사서 주는 게 아니라, 같
은 책 하나를 돌려가며 빌려준다). 내가 알기로 이 책은 일의 동기
부여 관련 서적 중 시장에서 제일 잘나가고 있다. 나도 일을 하
고 있는지라 동기를 부여하고 싶어서 읽었다. 다 읽고 나니 이
렇게 말할 수 있다. 사람들이 미국의 회사에서 스스로에게 동
기부여를 하기 위해 읽는 게 이 책이라면, 주가 지수가 지금 이
꼴인 게 당연하다. 내가 읽은 중에서 단연코 가장 어리석은 책
이다.

이 책의 동기부여 항목은 세 살배기 아이에게 읽어 주기 적
당한 우화의 형태를 하고 있다. 실험용 미로에 사는 네 생물체

가 등장하는데, 둘은 생쥐고 둘은 생쥐 크기의 꼬마 인간이다. 이 넷은 미로의 특정 장소에 놓인 치즈를 먹으며 산다. 치즈의 양이 점점 줄어들더니 마침내 사라진다. 치즈가 줄어드는 걸 알아차린 생쥐는 치즈를 찾기 위해 그 자리를 떠나 미로 안으로 들어간다. 반면 꼬마 인간들은 치즈가 없어진 것을 불평하며 치즈가 잔뜩 있었던 시절을 추억한다. 마침내 꼬마 인간 중 하나는 자리에서 일어나 치즈를 찾으러 출발한다. 그리고 그렇게 함으로써 매 단계마다 동기부여에 대한 통찰을 얻고, 그 통찰은 그가 미로의 벽을 기어 올라가게 만든다.

마침내 그는 생쥐들과 마찬가지로 미로 속에서 더 많은 치즈를 발견한다. 생쥐들은 새로운 음식 창고 덕분에 살이 찌고 행복해졌다. 꼬마 인간은 친구에게 돌아가려다가, 친구도 미로를 통과할 자신만의 방법을 반드시 찾아야 한다고 생각하고 그만둔다. 그는 오랜 친구가 굶주리게 내버려 두었고(실제로 그 아둔하고 고집 센 친구는 쫄쫄 굶는다), 새로운 치즈를 찾으면서 빛나고 중요한 것들을 깨닫는다.

우화는 전부 친구 몇 명의 대화 형식을 하고 있다. 그들 중 하나는 우화를 얘기하고, 나머지는 치즈 얘기를 듣지 않았다면 그들의 직장 생활과 사생활을 어떻게 해 나갈지 몰랐을 것이라고 하면서 뒷이야기를 한다(재미있는 수사학적 속임수다. 작가는 이 책의 철학에서 도움을 받은 등장인물들을 창조하여 그 유용함을 보여 주

려 한다. 하지만 그런 철학은 현실에서 존재하지 않는다. 아인 랜드[극단
적 개인주의를 강조한 미국의 철학자—옮긴이]식 철학이다)

변화는 불가피한 것이니 여러분이 똑똑하다면 변화가 닥쳤
을 때 마음에 들지 않는다고 불평하느라 시간을 낭비하지 말고
그 변화에 적응해 살아가야 한다는 게 이 책의 전반적인 논지
다. '치즈'는 여러분이 의존하게 될 모든 것을 대표한다. 여러분
이 20달러를 절약할 수 있게 이 책의 교훈을 정확히 다섯 단어
로 요약해 주겠다. "엿 같은 일이 일어난다. 대처해라."

이 책은 다른 교훈도 몇 가지 던져 주는데, 저자가 의도한 게
아니길 바란다.

인생은 미로이며 미로는 여러분이 통제나 동의 여부와 관계
없이 주어진다. 여러분은 그 안을 달려 여러분을 행복하게 해
줄 수 있는 것으로 가는 게 최선이다.

여러분은 여러분을 행복하게 해 주는 것을 통제할 수 없다.
그 양과 질은 외부의 힘이 전적으로 통제한다. 여러분은 그 외
부의 힘과 소통할 수 없고 그 외부의 힘은 여러분의 필요에 아
무 관심이 없다.

우화에 등장하는 생쥐들은 '치즈'가 줄어들고 있다는 사실
은 이해하지만 꼬마 인간에게 알려 주지도 않고, 치즈가 사라
진 뒤에도 그들을 돕는 데 관심을 보이지 않는 것 같다. 생쥐는
'타인'을 상징한다. '타인'은 믿을 수 없다. 여러분과 같은 종種

에 붙어 있어야 한다(달리 말하면, 생쥐는 상황의 진실을 아는 경영진을 상징한다. 꼬마 인간들은 경영진이 의도적으로 어둠 속에 집어넣은 일반 직원들이다. 두 경우 다 믿을 게 못 된다).

꼬마 인간 중 하나는 치즈를 더 발견했지만 친구에게 돌아가지 않기로 한다. 그러면서 길을 찾는 건 친구에게 달렸다고 합리화한다. 교훈: 일단 자기 걸 얻은 뒤에는 나눌 필요가 없다. 여러분은 알게 된 사실을 타인과 나눌 책임이 없다. 심지어 그 알게 된 사실을 나누는 비용이 소소하고, 사실을 나누면 그들의 삶이 헤아릴 수 없이 좋아지게 되는 경우라도 그렇다(이 책의 경우라면, 그 다른 꼬마 인간을 굶어 죽게 내버려 둬라).

다른 말로 하자면 이 책에서 말하는 공식은 혼란스럽고 메마른 세계를 가정하고 있다. 그 세계에서는 우리를 행복하게 만들 수 있는 것들은 모두 우리 외부에 존재하고, 성공하기 위한 궁극적인 자질은 이기심과 피해망상이다. 이 책이 회계 부정으로 파산한 엔론과 글로벌 크로싱에서 얼마나 인기가 있었을지 짐작이 간다.

만일 여러분의 '치즈'가 줄어드는 걸 발견했다면, 미친 듯이 허둥대며 미로 안을 헤맬 게 아니라 치즈를 대체할 다른 것을 찾아야 한다. 그냥 치즈 만드는 법을 배워야 한다. 말하자면 여러분의 행복을 외부에서 주어지는 것에 의존하고 그것이 사라질까 두려워하며 사는 대신, 내부에서 만들어 내야 한다. 그렇게 하면 거대한 힘이 치즈를 가져가더라도 여러분은 그 힘을 올려다보며 "당신이나 당신이 만든 악취 나는 미로나 다 엿이나 먹어. 난 가고 싶을 때 갈 거야."라고 말할 수 있다.

더 좋은 점은, 여러분이 치즈를 놓고 다른 사람과 경쟁할 필요가 없다는 것이다. 결국 여러분은 여분의 치즈를 가지게 되고, 배고픈 친구에게 나눠 줄 수 있다. 치즈 만드는 방법도 가르쳐 줄 수 있다. 어떤 사람에게 치즈를 한 조각 주면 그는 하루를 버틸 치즈 토스트를 가지게 된다. 치즈 만드는 법을 가르쳐 주면, 평생 퐁뒤 파티를 함께 할 친구가 생긴다.

음, 퐁뒤라. 미로 안을 무턱대고 달리는 것보다 훨씬 낫다. 그게 싫으면, 무턱대고 달리는 것이야말로 여러분이 인생에서 해야 할 일이라고 깔보듯 말하는 책을 20달러 주고 사면 된다.

전자책 작가

(2001년 1월 31일)

작가 MJ 로즈가 '전자책 작가'로 알려지는 것에 대해 어제 아주 재미있는 기사를 썼다. 로즈는 첫 소설을 온라인 자비 출판했는데, 종이책 출판사의 눈에 띌 정도로 상당한 반응을 얻었다. 그다음에 쓴 책 두 권은 전통적인 종이책 출판사에서 나왔다. 하지만 그 책들은(그리고 그녀의 소설가 경력은) 모두 뒷전으로 밀리고 그녀는 계속 '전자책 쓰는 여성'으로만 알려져 있다. 이러한 상황은 종이책을 낸 다른 작가들이 그녀를 작가 지망생들의 관심을 끄는 대상 정도로 경시하게 만든다. 전자책을 낸 작가는 아무것도 내지 못한 작가 지망생들보다 (어쨌든 작가라는 면에서) 현재 한 단계 위에 있기 때문이다. 간단히 말해 로즈는 그녀가 쓴 책의 내용보다 형식으로 더 알려졌고, 이는 작가가 원하는 바가 아니다.

어떤 의미에서 나는 로즈의 생각을 이해한다. 나는 책 한 권을 종이책으로, 소설 한 편을(그녀처럼) 내 웹사이트에서 자비 출판했기 때문이다. 하지만 그녀와는 달리 나는 내가 쓴 글에 대해 묻는 다른 작가들이나 사람들을 만나면 종이책으로 이야기를 시작하고, 소설은 언급하지 않는다(하더라도 거의 드물게 한다). 소설은 웹에만 존재하고 양장본으로 나오지 않았기 때문이다. 로즈가 기사에서 언급했듯, 누군가에게 웹으로 책을 냈다고 말하면 말한 사람 머리 위에는 곧바로 '진짜 작가는 아님'이라는 화려한 분홍색 네온사인이 깜빡인다. 아예 얘기를 꺼내지 않는 게 낫다. 물론 소설에게는 슬픈 일이다. 읽을 가치가 충분하고, 웹에 올라간 건 부분적으로는 내 게으름 때문이었다(몇 해에 걸쳐 여러 SF 출판사에 파는 것보다는 웹에 올리는 게 훨씬 쉽다). 하지만 나는 이 사실을 출판계의 현실로 받아들인다.

로즈가 전자책 작가라고 불리며 존중받지 못하고, 내가 내 소설 이야기를 꺼내지 않는 이유는 간단히 말해 이것이다. 웹에 올라와 있는 '책'은 대부분 그리고 정말로 쓰레기이기 때문이다. 물론 자비 출판된 '책'들도 전체 웹 쓰레기들의 일부인 게 보통인데, 너무나 허접해서 심지어 전자책 전문 출판사도 손대지 않으려 할 것이다. 가끔 나는 웹에 올라온 자비 출판된 소설들을 살펴본다. 첫 페이지를 넘기는 경우도 드물고, 가끔은 첫 문단을 넘어가기도 힘든데, 엄청난 양의 무종지문無終止文, run-on sentence(두 개 이상의 문장이나 독립된 절을 접속사 없이 연결한 것-옮긴이)인 경우가 대부분이다. 그렇다. 제임스 조이스의 『율리시즈』

에는 하나의 긴 무종지문으로 된 하나의 장이 있다. 하지만 어떤 출판사가 조이스에게서 『율리시즈』를 샀고, 웹에 있는 이 사람들은 조이스가 아니다.

자비 출판 쓰레기들 너머에 전자책 전문 출판사가 있는데, 이들도 엄청나게 많은 쓰레기들을 펴낸다. 하지만 전적으로 그들의 탓만은 아니다. 간단히 말하면 전자책 전문 출판사는 좋은 작품의 첫 선택을 받지 못한다. 쓸 만한 작가는 종이책 출판사에 먼저 연락한다(에이전트는 꼭 그래야 하는 경우가 아닌 한, 죽어도 자신의 고객을 전자책 전문 출판사에 소개하려 하지 않는다. 전자책 전문 출판사로서는 불행한 일이다). 작품이 전자책 전문 출판사까지 내려올 때는 다른 곳에 팔 수 없었기 때문인 경우가 보통이다. 배우가 B급 영화에 출연하는 건 자기가 원해서가 아니라 다른 기회가 없기 때문인 것과 비슷하다. 전자책 출판은 문학계의 비디오 가게 직행 영화다.

(이 지점에서 명확히 밝혀 두자. 그렇다. 종이책 출판사도 어마어마한 양의 쓰레기를 배출한다. 어떤 종류든 장르 소설을 읽으려고 하는 사람은 이 말이 사실이라는 것을 알고 있다. 하지만 종이책으로 출판된 쓰레기는 전자책으로 나온 것보다 좀 나은 등급의 쓰레기인 게 보통이고, 웹에 자비 출판된 쓰레기보다는 확실히 어마어마하게 낫다)

물론 전자책으로 나온 모든 작품이 쓰레기인 건 아니다. 아주 좋은 작품도 몇 있다(이 글을 읽는 여러분이 전자책 작가라면, 여러분의 작품은 분명 최고일 것이라고 확신한다). 핵심은 그게 아니다. 요점은, 전자책으로 나온 책과 소설 중 최고 작품들의 수준과 는 관계없이 전자책 작품의 일반적인 수준, 그리고 전자책은 언제나 출판에서 '차선'의 선택지라는 사실 때문에 이 매체를 통해 책을 낸 사람은 늘 폄하된다는 것이다. 전자책 출판과 종이책 출판 사이의 모든 실질적인 차이가 없어질 정도로 기술이 발전하지 않는 한 이 사실이 변할 것 같지는 않다. 이렇게 되려 면 전자책 리더기로 읽는 게 종이책을 읽는 것만큼 쉬워지고, 리더기를 종이책처럼 함부로 굴려도 될 만큼 내구성이 좋아지 고, 잃어버려서 다시 살 때 지갑이 얇아져서 움츠러들지는 않 을 만큼 저렴해져야 한다. 기술의 발전은 놀랍지만 아직 갈 길 이 멀다.

(다른 선택지로는 전자책 전문 출판사가 최고의 작가들에게 어마어마 한 거액을 지불하고 그들의 오리지널 작품을 바로 디지털 형식으로 출판 하는 것이 있다. 하지만 글쎄, 그런 날이 곧 올 것 같지는 않다. 현대 작가 의 고전을 전자책으로 재출간하는 전자책 전문 출판사들이 있지만 나는 전망을 부정적으로 본다. 페이퍼백이 있기 때문이다)

그건 그렇고, 로즈의 문제에 대한 해답은 간단하다. 그녀가 '전자책 작가'로 알려지지 않고 싶다면 그것에 관해 말하고 쓰 는 걸 그만둬야 한다. 그녀는 이제 종이책을 낸 작가다. 자기를 좀 깔보는 작가들을 쳐다보며 "웃기시네. 난 종이책을 세 권이

나 냈어."라고 말할 수 있다. 그 성공에는 반박하기 힘들다.

물론 책의 내용에 관심이 있는 잡지, 신문, 또는 TV 프로그램은 극소수라는 어두운 면이 있다. MJ 로즈는 그녀의 책이 가진 형식 덕분이기는 해도 어쨌든 알려졌다. 어떤 종류든 그건 명성이다. 그리고 그 명성을 버리기는 어렵다.

힐러리 클린턴의 책에 대한 금주의 가장 어리석은 비평

(2003년 6월 12일)

ESPN2의 칼럼니스트이며 〈뉴 리퍼블릭〉의 선임 편집자인 그레그 이스터브룩이 칼럼에서 힐러리 클린턴과 그녀의 글쓰기 능력을 공격하며, 그녀가 '거짓말쟁이'라는 흥미로운 증거 몇 개를 제시했다.

"『살아있는 역사』는 562페이지의 책이다. 이 정도 분량의 책을 보통 작가가 쓰려면 적어도 4년은 걸릴 것이다. 글쓰기에 아주 능숙한 작가가 전업으로 매달리면 2년 걸릴 것이다. 클린턴은 2년 전에 책을 '쓰기로' 계약했다. 같은 시기에 그녀는 상원의원이 되었다. 클린턴은 헌법을 수호하고 뉴욕 시민에게 봉사하겠다고 선서했다. 그렇다면 지난 2년 동안 클린턴은 『살아있는 역사』의 진짜 작가가 되기 위해 상원의원의 의무를 등한시했거나(이는 선서 위반이다), 다른 사람의 작품을 자기 것이라고 주장하고 있다. 자신의 책을 열정적으로 '쓰던' 기간 동안 거의 매일 공개석상에 등장했던 사실을 고려하면, 둘 중에 어떤 경우일지 대충 짐작이 간다."

이스터브룩이 궁극적으로 내리려는 결론은 클린턴이 책의 일부 또는 전부에 대해 대필 작가를 고용했을 가능성이 매우 큰데도 자기가 다 쓴 척한다는 것이다. 글쎄, 이것은 어리석은 논쟁이다. 나는 정치인이나 유명인이 그들의 책에 대필 작가를 고용한다는 사실에 사람들이 크게 놀랄 것이라고는 생각하지 않는다. 이스터브룩이 이 분노를 상원의원 전체에게까지 돌릴 것 같지는 않다. 책을 낸 상원의원은 거의 모두 대필 작가를 고용했기 때문이다.

그리고 만일 이스터브룩이 클린턴을 괴롭히고 싶다면, JFK도 그냥 두면 안 된다. 퓰리처 상을 받은 『용기 있는 사람들 Profiles in Courage』은 시어도어 소렌슨(케네디의 연설문 담당 보좌관을 지낸 작가-옮긴이)이 썼을 것이다. 그리고 소문에 따르면, 로널드 레이건은 자신의 자서전에 대해 아주 대단한 책이라고 들었다며 언제 한번 읽어 보겠다고 말했다고 한다.

정치인이 하는 말은 언제나 대필 작가가 쓴다는 건 공인된 사실이다. 대통령이 연두교서를 발표할 때, 제정신을 가진 사람이라면 대통령이 직접 그 연두교서를 썼다고 믿지 않는다(지금 백악관에 사는 양반의 경우는 특히 그렇다). 하지만 기자가 "오늘 밤 부시 대통령은 연설 담당 보좌관 데이비드 프럼이 쓴 전면적인 세금 계획안을 발표했습니다."라고 보도하지는 않는다. 그 발언은 부시의 말이 된다. 정치인이 신문과 잡지에 기고하는 칼럼과 기사도 마찬가지다. 우리는 그것을 정치인의 말로 받아들인다. 미국 국민들이 이 명백한 도용에 이의를 제기할 것 같지는 않다. 공인된 사실로 받아들인다.

대필 작가들이 대필 계약 때문에 괴로움을 당하지도 않는다. 유명인과 정치인의 대필 작가는 거액의 집필료를 선금으로 받고 인세도 일부 챙긴다. 출판사는 대필 작가에 대해 알고 있다. 덕분에 대필 작가는 다음번 대필 작업, 또는 자기 작품을 쓸 때 유리하다. 만일 클린턴이 대필 작가를 썼다고 해도 그 대필 작가가 대필 계약에 불만을 제기했다는 소리를 들을 수는 없을 것이다. 전체적으로 작가에게 좋은 계약이기 때문이다.

(클린턴의 『집 밖에서 더 잘 크는 아이들It Takes a Village』의 경우 대필 작가는 자기 이름을 넣는 문제와 관련해 클린턴과 분쟁이 있었고 미디어에 이를 제보했다. 만일 이번 책에 대필 작가를 썼다면 클린턴과 출판사는 그 문제를 미리 명확하게 처리해 두었을 것이다)

정치인과 유명인의 대필 작품을 대하는 가장 좋은 자세는 그 책들을 뮤지션들의 '솔로' 앨범처럼 보는 것이다. 솔로 앨범에는 작곡가, 프로듀서, 엔지니어, 기타 다른 뮤지션들의 수고가 더해진다. 유명인(보통은 배우)들의 솔로 앨범을 생각해 보면 '솔로'라는 말은 정확하지 않다. 프린스가 아닌 한, 가수 혼자 앨범의 모든 작업을 다 해내리라고는 아무도 기대하지 않는다.

그 사람들은 앨범에서 적어도 '노래는 부른다'고 말할 수도 있다. 하지만 클린턴(대필 작가를 썼다고 가정할 경우)은 이 경우에 전혀 해당하지 않는다. 우선 이 책은 그녀의 이야기다. 이 책의 일부를 그녀가 쓰지 않았더라도 여전히 그 글을 직접 감수했다. 이 책의 어떤 부분도 그녀의 승인 없이는 출판되지 않았을 것이다. 클린턴이 이 책의 모든 단어 하나하나를 직접 쓰지 않았을 수도 있다. 하지만, 이 책은 그녀가 말하고 싶은 것을 이야기하고 있다. 의심할 바 없이 그녀의 책이다. 그녀는 프로듀서다. 그러니 내 생각에 이 책은 앨런 파슨스 프로젝트(명 프로듀서 앨런 파슨스가 앨범 전체의 콘셉트를 잡고, 그에 적합한 아티스트들과 협업해 프로듀싱을 하는 방식으로 활동함-옮긴이) 앨범의 문학 버전이라고 봐도 될 것이다.

그래서 나는 클린턴이 표지에 자기 이름만 표시하고 자기 책으로 냈다고 해서 특별히 부정직하다고는 보지 않는다. 이스터브룩은 클린턴을 공격할 생각에 정치인들이 책을 내는 방식에 대해서는 의도적으로 눈을 감은 것뿐이다. 이스터브룩은 어떤 정치인들은 대필 작가의 이름을 표지에 함께 올린다고 말했다. 물론이다. 그리고 어떤 정치인들은 그렇게 하지 않는다. 대필 작가의 이름을 올리지 않은 정치인이 클린턴이 처음도 아니고 마지막도 아닐 것이다. 그리고 클린턴이 갑자기 나와서 "네, 나는 이 책의 단어 하나하나를 직접 썼고, 누구의 도움도 받지 않았습니다."라고 하지 않는 한(그런 말을 한 적은 없는 걸로 안다), 그녀는 거짓말을 하는 게 아니다.

이스터브룩의 글에서 멍청한 부분을 지적해 보자. 보통 작가라면 562페이지 분량의 책을 쓰는 데 4년이 걸린다는 그의 주장은 완전히 헛소리다. 나는 4년 동안(1999년부터 2002년까지) 내 이름으로 세 권의 책을 썼고(각각 9만 단어 또는 대략 300페이지다), 다른 세 권의 책에 공동 저자로 참여하면서 무려 6만 단어 또는 200페이지를 썼다. 지금은 책 두 권을 더 쓰고 있는데, 하나는 9월에, 다른 하나는 10월에 나온다. 역시 둘 다 각각 약 9만 단어 또는 300페이지지다.

그러므로 나는 5년 동안 내 이름으로 다섯 권의 책을 내고 세 권의 다른 책에 공동 저자로 참여하면서 총계 약 51만 단어와 약 1천700페이지를 썼다. 신문과 잡지 칼럼과 기사, 기업의 글쓰기 용역, 그리고 이 사이트에 쓴 수많은 단어의 글들을 제외한 숫자다. 간단히 말해 내가 4년 동안 겨우 560페이지의 글밖에 못 썼다면 굶어 죽었을 것이다. '보통' 작가가 겨우 그 정도밖에 쓸 수 없다니 기쁘다. 내 일거리가 많아진다는 뜻이니까. 하지만 사실 '보통' 작가는 이스터브룩(그 자신도 세 권의 책을 낸 작가다)이 주장하는 것보다 훨씬 많은 글을 쓸 수 있다. 따라서 현직 상원의원도 마음만 먹으면 그만큼 쓸 수 있다.

어떤 식으로 보든, 클린턴의 책에 대한 이스터브룩의 도덕적 분노는 상당 부분 가짜다. 출판이 어떻게 돌아가는지에 대해 둔감하거나 자신이 아는 사실을 왜곡한 것이다. 나는 전자라고 생각할 것이다. 이스터브룩의 정직성에 문제가 있다고 생각하기는 싫다.

부러움

(2003년 7월 22일)

작가 조너선 프랜즌의 전 여자친구가 쓴 흥미로운 기사가 있다. 조너선 프랜즌은 『인생 수정』으로 유명하며, 나는 읽어 보지 않았지만 다른 작품들도 아주 좋다고 한다(오프라 윈프리가 그렇게 생각한다고 해서 그런 것만은 아니다). 기사는 대부분 전 남자친구의 문학적 명성을 관찰하는 그녀 자신에 관한 내용이다. 그녀 자신도 작가이기 때문에 이것은 개인적 이입의 문제이다. 간단히 말하자면, 자기와 같은 일을, 그것도 자기보다 더 잘하는(돈과 명성 면에서) 사람과 함께하는 것은 보통은 그다지 좋지 않다. 작가들의 경우는 특히 그렇다. 삶 대부분을 내면적으로 살기 때문에 마음을 졸이고, 부러워하고, 계획하고, 고를 시간(그리고 표현할 능력)이 더 많아서이다.

이러한 것들을 절대로 일반화해서는 안 된다. 하지만 두 작가가 사귀다가 고통받게 되는 상황에 대한 현실적이고 충분한 레시피라고 개인적으로는 생각한다. 동의하지 않는 사람도 있을 것이다. 그런 사람들은 배우자가 작가면 상대방의 상황을 이해하고, 통찰력과 지침과 도움, 그 밖에 온갖 행복한 쓰레기를 줄 수 있다고 말할 것이다. 그러한 것들이 소중하기는 하지만 그보다 훨씬 더 해로운 역학 관계가 있다. 상대방이 자신과 완전히 다른 분야의 글을 쓰지 않는 한—말하자면 한 사람은 소설을 쓰고 다른 사람은 과학 교과서를 쓰며, 둘 다 상대방의 분야에 손대려는 야심이 없는 경우—한 지붕 아래 사는 두 작가는 기발한 대사, 판매 부수, 재능을 두고 항상 경쟁한다.

여기에 더해, 행복한 커플은 사생활의 세세한 부분을 소화해 페이지 위에 토해 놓는 매체에서 서로 경쟁한다. 두 작가는 조만간 서로에게 소재를 제공하게 되는데, 만일 그 소재가 비슷하거나 반복적인 게 아니라면 한쪽이 다른 쪽보다 더 성공하고 다른 쪽은 그것을 증오하게 된다. 모두가 그런 건 아니다. 어떤 작가들은 자기 일에 대한 신념이 확고하기(또는 자신의 독립성을 즐기기) 때문에 배우자나 애인의 성공을 자기 작품에 대한 부정적인 평가로 보지 않는다. 심지어 나는 그런 커플을 알고 있다. 하지만 말하자면 그들은 불안한 유형들로 가득한 바닥에서 특이하게 안정적인 사람들이다.

내가 결혼생활에서 항상 안심하는 것 중 하나는 크리시와 내가 프로 수준에서 경쟁할 이유가 없다는 것이다. 크리시는 먹고살기 위해 글을 쓰겠다는 야심이 없고 나는 그녀가 하는 일을 하고 싶은 욕심이 없다. 그래서 우리 둘은 아무 부러움이나 불만 없이 상대방을 진심으로 지지해 줄 수 있다. 나는 아내가, 아내는 내가 크게 성공하길 바란다. 그녀가 언젠가 부회장이나 회장이 된다고 해도 나는 내 직장에서 저 지위에 오를 수 있을까 생각하지 않을 것이다. 내가 언젠가 베스트셀러 작가가 된다고 해도 아내는 왜 자기 단편집은 할인 판매 코너 신세인데 나는 왜 저렇게 잘나가나 생각하지 않을 것이다. 결혼생활은 자신의 성공을 배우자와 비교하지 않아도 충분히 잘 돌아간다.

어쨌든 성공은 특히 창작자 유형에게는 재미있는 일이다. 여러분은 다른 사람의 성공을 시기하지 않게 스스로를 단련시켜야 할 뿐만 아니라 다른 사람들이 여러분의 분야에서 성공하기를 바라야 한다. 작가들은 극도로 소극적-적극적이다(다시 말하지만, 이들은 모두 본질적으로 머릿속의 생각에 너무나 많은 시간을 보낸다). 그리고 다른 사람의 성공이 여러분 자신에게, 또는 여러분이 성공하지 못한 것에 어떤 의미가 되는지를 궁금해하지 않으려고 노력해야 한다. 결국 여러분은 성공이 제로섬 게임이 아니라는 사실을 깨달아야 한다(사실 기술적으로는 제로섬 게임이 맞다. 출판사와 출판사가 쓸 자원의 수는 제한적이고, 매년 출간되는 책의 수도 한계가 있다. 하지만 그 숫자는 개별 작가에게는 충분하므로 고려할 필요가 없다). 여러분이 어떻게 생각하든, 타인의 성공은 여러분에 대한 평가가 아니다.

결국 여러분은 타인의 성공에 긍정적인 가치가 있다는 사실을 깨닫게 된다. 그 타인을 알고 있거나 어떤 식으로든 연결되어 있을 때는 특히 그렇다. 나는 친구 파멜라 리번의 책이 날개 돋친 듯 팔릴 때, 그리고 친구 나오미 크리처의 판타지 시리즈가 좋은 반응을 얻었을 때 정말 기뻤다. 나는 코리 닥터로우와는 '분리의 6단계 이론' 중에 단체 포옹group hug의 단계에 해당하는 블로그 세상에서의 친분밖에 없지만, 그의 소설이 잘 팔리자 뭔가 수지맞은 기분이 들었다. 작품을 온라인에 올려도 사람들이 여전히 전통적인 방식의 책을 사는 데 돈을 쓴다는 증거이기 때문이다. 성공한 사람은 성공이 가능하다는 것을 보여준다. 성공한 사람은 친구들도 성공하기를 바라는 게 보통이라는 사실도 알게 되었다. 내 마음에도 '다음번'에는 꼭 성공했으면 하는 작가들이 있다. 그들이 지금의 나와 같은 클럽에 들어오기를 바란다. 친구들과 함께 있는 게 좋기 때문이다.

하지만 나는 이들 중 누구와도 결혼하지 않았다는 말도 해야겠다. 나는 다른 작가의 성공에 흔들리지 않는 게 좋다. 그들의 성공이 우리의 대출금과 아이들에게 어떤 영향을 미칠까 걱정해야 하는 처지가 아닌 것도 기쁘다. 말했듯이, 사귀는 관계는 그 자체로 복잡하다. 여러분이 사랑하는 사람의 성공을 부러워하게 될 가능성이 그 관계의 일부가 되어서는 안 된다. 내 경우는 그렇지 않아서 다행이다.

워크숍 전쟁

(2003년 7월 26일)

재미있는 일이 있었다. 유명한 판타지 작가 진 울프가 이달 초에 '오디세이 판타지 작가 워크숍'을 주관했다. 울프가 비평을 시작하자 워크숍 참가자 중 몇 명이 그의 직설적인 스타일에 놀랐다고 한다. 그리고 며칠 후, 참가자 중 한 명이 울프에게 그의 스타일에 불만을 표시하는 편지를 보냈다. 그 편지에 대한 울프의 반응은 짐을 싸서 떠나는 것이었다. 몇몇 참가자가 이 일을 온라인에 공개했는데, 여기에는 울프도 포함되었다. 워크숍의 형태를 한 라쇼몽(영화 〈라쇼몽〉에서 유래한 것으로 같은 사건을 두고 서로의 입장에 따라 다른 해석을 하는 형태-옮긴이) 같았다.

사건에 대한 이러한 해석은 워크숍이라는 개념 자체에 대한 내 개인적인 혐오감이 칠해진 것이다. 다시 말해 다른 작가들과 둘러앉아 자신의 글 이야기를 하는 것의 상대적인 가치보다는 내 개인의 특성과 더 관계가 있다. 어떤 사람에게는 워크숍이 효과가 있다. 내 경우를 보면—여기서도 내 지독한 자기중심주의가 나온다―내 작품을 읽어 달라고 돈을 내느니, 그걸 사려고 돈을 낼 사람에게 작품을 보여 주는 데 시간을 쏟는 게 낫다고 생각한다. '더 나은(그 의미가 무엇이든)' 작가가 되는 문제에서 워크숍이 가지는 가치를 이야기할 수는 있다. 하지만 나는 생계형 작가다. 팔리는 작가가 되는 것에 더 관심이 있고, 아직 책을 내지 못한 작가들 한 무리가 내 글에 붙이는 해석은 불행히도 그 문제에는 별 도움이 되지 않는다. 더 나은 작가가 되는 것은 별로 고려할 가치가 없다. 여러분이 어느 정도 팔리는 작가가 아니라면 여러분의 글이 좋은지 아닌지 알게 될 사람은 극소수이기 때문이다.

물론 워크숍은 다른 식으로 도움이 된다. 하지만 내가 아직 책을 내지 못한 작가라면, 다른 작가에 대해 내가 제시한 의견의 쓸모는 의심스럽다. 책을 내는 것과 관련된 경험이 미미할 것이기 때문이다. 독자로서의 내 의견을 제시할 수는 있다. 하지만 그건 글을 읽을 수 있는 사람이면 누구나 할 수 있다. 따라서 다시 워크숍 문제로 돌아가서 말하면, 나는 큰돈을 내며 한 무리의 독자들에게 내 글을 읽게 하는 것에 어떤 가치가 있는지 모르겠다. 그건 공짜로도 할 수 있다(여러분이 지금 그렇게 하고 있다).

지금 시점에서는 워크숍과 비슷한 모임에 참가할 생각이 있다. 반대의 처지에 있기 때문이다. 나는 경력 12년의 프로 작가이고, 수많은 책을 출판(또는 출판할 예정)했으며, 작가들이 투고한 원고를 사고 편집할 책임이 있는 편집자로도 일하고 있다. 바꿔 말하면 지금 나는 상당한 경험을 쌓은 상태다. 어떤 작가의 작품에 대해 내가 의견을 내거나 제안하면 그것은 일정한 실용적, 현실적 가치가 있다는 뜻이다. 작가 지망생에게 내가 생각하는 작품의 장단점을 이야기한다고 해서 내가 완전 개자식이라고는 느끼지 않을 것이다. 이것은 일에 대한 프로의 자부심이다. 이제는 이런 경험이 어느 정도 있다. 내가 무슨 말을 하는지 알고 있다. 대부분은.

그러니 간단히 말하자면, 프로들과 그들의 의견을 듣는 것이라면 워크숍에 참가할 것이다. 그 밖의 것들은 모두 자기 확신을 위한 단체 포옹이다.

오디세이 워크숍의 참가자들이 안타깝다. 그들 다수는 프로 작가가 그들의 작품을 읽고 의견을 말해 주고, 프로 작가가 작품에 어떻게 접근하고 프로의 세계에서는 어떻게 글쓰기를 하는가도 알 수 있는 유용한 기회를 활용하려 하기보다는, 자기 확신을 위한 단체 포옹을 받으려고 워크숍에 간 것 같다. 사라 토튼이라는 워크숍 참가자의 의견이 가장 재미있고 인상적이었다. 그녀는 울프와 그의 비평 스타일을 처음으로 보고 난 뒤, 자신의 저널에 이렇게 썼다. "언제부터 글쓰기가 경쟁하는 스포츠가 되었는가? 우리는 여기서 잔인한 우월감이 아니라 포용적 동지애를 기대했다."

프로의 글쓰기가 경쟁이 아니라고 믿는 사람은 유명 출판사를 직접 방문해서 투고 원고 더미들을 오랫동안 쳐다봐야 한다. 프로의 글쓰기는 무한 경쟁이다. 내가 좋아하는 개인적 사례를 하나 들겠다. 오래전 내가 AOL의 유머 코너를 편집할 때, 투고된 글 중 한 달에 스무 편을 실을 수 있었다. 한 달에 투고되는 글이 평균 1천 편이었다. 내가 한 편을 채택할 때마다 49편을 거절해야 하며, (내 변변찮은 계산이 맞는다면) 거절률이 98퍼센트라는 뜻이다. 그리고 처음 몇 달이 지나면 자리의 절반 이상은 전에 나와 일해 봤고 수준 있는 글을 쓸 수 있다는 걸 아는 사람들에게 돌아가기 때문에, 전혀 모르는 사람이 보내온 원고가 거절당할 실제 확률은 99퍼센트 이상이다. 내게 보낸 작품이 채택되는 것보다는 하버드에 들어가기가 훨씬 쉬울 정도였다.

사실 스포츠는 출판(특히 책 출판)에 관해서라면 흥미로울 정도로 비슷한 비유다. 대형 출판사들은 메이저리그 야구팀과 같다. 매년 등록할 수 있는 선수의 수가 정해져 있고, 거기에 쓸 돈도 정해져 있다. 올스타급 선수들은 드물고 대부분의 돈이 그들에게 간다. 나머지 자리는 다른 생계 수단을 찾아다니는 것보다는 그저 팀에 남아만 있어도 만족하는 유틸리티 플레이어들로 채워진다(나는 어느 쪽이냐고? 농담하시나? 내가 계약금으로 얼마를 받는지 알고 있을 텐데? 현재 나는 만능 유틸리티 내야수다. 그저 팀에 도움이 되기만 바랄 뿐이다. 그리고 하늘이 돕는다면 모든 게 잘 되겠지).

매년 놀랄 만한 가능성이 있는 신인 선수들이 뽑히고, 성적이 부진한 고참 선수들이 방출된다. 어떤 선수들은 명예의 전당급 경력을 쌓는다. 몇몇 선수들은 원래 직업으로 돌아가며 그래도 자기 이름이 비디오 야구 게임 '더 쇼The Show'에 나온다고 좋아한다. 글쓰기는 다른 일과 마찬가지로 비즈니스다. 그리고 프로가 되려면 성과를 보여야 한다. 성과를 보여 주지 못하면 다른 누군가가 그 자리를 대신할 준비가 되어 있다. 경쟁은 상수다. 공정하지 않을 수는 있겠지만 현실은 모든 선수가 공을 맞힐 수 있는 티볼과는 다르다.

동지애는 아주 좋은 개념이라고 생각한다. 나는 다른 작가들을 알고 좋아하며, 내가 아는 작가들이 성공하는 모습을 보는 게 기쁘다. 하지만 결국 그것은 프로의 글쓰기와는 무관하다. 두터운 더그아웃 동지애가 프로야구단의 핵심이 아닌 것과 마찬가지다. 디트로이트 타이거스는 메이저리그 팀 중에서 더그아웃 분위기가 가장 좋다. 하지만 팬들은 선수들이 서로 싫어하고 팀은 100승 이상 올리기를 바랄 것이다. 독자는 책의 내용에 관심을 가진다. 그리고 프로 작가의 일은 독자가 관심을 가질 이유를 주는 것이다(그리고 작가들의 지갑과 신용카드에도 관심을 가져 주기를 바란다). 여러분의 글 그 자체가 팔리지 않는다면 단체 포옹을 아무리 많이 해 봐야 소용없다.

미스 링컨은 울프의 비평에 대한 그녀의 반응을 설명하며 이렇게 썼다.

"울프의 비평이 준 것은 다른 수업 참가자들도 줄 수 있는 것이었다. 요령이 더 좋을 뿐이었다."

미스 링컨의 동료 참가자들을 무시하는 건 아니지만, 이 문제는 그녀가 틀린 것 같다. 울프는 40년에 걸쳐 스무 편이 넘는 장편 소설을, 그보다 더 오랜 세월 동안 수많은 단편을 썼으며, 그들 중 많은 작품이 다수의 유명 SF/판타지 문학상 후보에 올랐다(그리고 수상도 몇 차례 했다). 그가 전반적인 글쓰기 능력과 상업적 수완을 탁월하게 결합하고 있다는 의미다. 두 가지 모두에 정통하지 않으면 40년 넘게 계속해서 책을 낼 수 없다.

하지만 글쓰기 실력이 뛰어나다고 해서 가르치는 능력이 반드시 좋은 건 아니다. 그러나 울프는 클라리온 이스트와 웨스트 워크숍, 플로리다 애틀랜틱 대학의 워크숍에 참여하고 있으며 컬럼비아 대학에서 창작 강의를 하고 있다. 따라서 모든 면에서 울프에게는 유용한 비평을 할 수 있는 개인적, 직업적 경험이 있다. 워크숍의 다른 참가자들에게는 불가능한 일이다(그게 가능하다면 워크숍에 안 왔겠지).

내가 보기에 울프의 잘못은 워크숍 참가자들이 호감을 얻지 못하는 방식으로 비평을 한 데 있다. 이 점에 관해 프로 작가이자 프로 비평가인 나로서는 묻지 않을 수 없다. 그래서? 호감을 얻는 것과 유용한 정보를 제공하는 것 중 어느 것이 강사의 일인가? 고등학생 시절 어떤 선생님께 수업 수준을 학생 수준보다 좀 더 높이면 더 성공적일 것 같다고 말씀드린 게 기억난다.

선생님은 다음날 그렇게 하셨다. 나를 조롱하려고 그런 건지, 아니면 그저 진심으로 해 보려 했던 것인지는 모르겠다. 하지만 선생님께 가장 어울리지 않는 게 분명한 일을 제안했다는 점에서 학생 시절의 가장 당혹스러운 경험이었다. 또한 선생님이 학생들이 원하는 방식으로 가르치지 않는다고 해서 나쁜 선생님이 아니라는 것을 처음으로 깨닫기도 했다. 선생님이 가르치는 방식 자체가 교훈일 수 있다. 내가 그 수업에서 더 나은 학생이 되었는지는 모르겠다. 하지만 선생님이 가르치는 방식에 더 관심을 많이 기울였던 건 알고 있다.

울프도 아마 그런 경우였을 것이다. 사람들의 말에 따르면 울프의 비평 스타일은 대립과 비교를 일삼고 매우 주관적이다. 나는 이렇게 말하겠다. 비평은 그런 것이다.

건설적 비평은 '다정할' 필요가 없다. 퉁명스럽고 공격적일 수 있다. 비평은 여러분에게 충격을 주어 자기만족에서 벗어나게 하고, 세상은 사실 워크숍 동료들의 친밀한 모임이 아니라는 사실을 일깨워 준다. 나는 울프가 아니므로 그의 생각을 알

수는 없다. 하지만 실제 글쓰기 세계는 대립과(거절이 소극적인 행위라고 생각하지 않는다면), 비교를(편집자들은 언제나 여러분의 작품을 대체할 원고들을 가지고 있다) 일삼고, 극히 주관적이다(편집자들은 어떤 글을 다른 글보다 더 좋아한다).

워크숍에 참가했던 작가들은 이러한 관점을 처음 대해 봤을 것이다. 하지만 프로 작가가 되려고 한다면 이런 일이 마지막이 아닐 것이라고 장담할 수 있다. 울프는 그 작가들이 앞으로 몇 십 년 동안 무엇을 해야 할 것인지에 대한 아이디어를 얻기를 바랐을 수 있다. 그들의 글에 대해 울프가 눈앞에서 말한 내용을 감당할 수 없는 사람은 장래 계획을 다시 생각해 봐야 할 수도 있다. 어느 쪽이든 자기만족에서 일찍 빠져나올 수 있게 해 준 것에 대해 울프에게 감사해야 할 수도 있다.

내가 울프였다면 그만두지 않았을 것이다. 강의실에 들어가서 참가자들(들을 생각이 있는 사람들)에게 만일 울프의 말이 거칠다고 생각했다면, 리뷰를 받을 날 같은 건 영원히 오지 않는다고 말했을 것이다. 프로의 글쓰기는 지지가 필요한 사람들을 위한 게 아니다. 좋은 시절에도 98퍼센트는 거절당한다.

작가는 혹평받을 때 버티는 방법도 배워야 한다. 혹평에 대한 반응이 도망가서 비평가가 불공정하다고 징징대는 편지를 쓰는 것이라면 길을 잘못 택한 것이다. 자기 작품을 믿는다면 최선을 다해 반격해야 한다. 싸우는 이유는 비평가에게 비평의 근거를 제시하게 하기 위해서이다. 비평가의 지적이 일리가 있어서 받아들이면 여러분은 발전한다. 하지만 여러분이 옳다고 생각하면 이기든 지든 끝까지 논쟁하고 싸워야 한다.

울프는 작가들 중 누군가가 반격하는지 보려고 그랬을 수도 있다. 미스 링컨은 그녀의 글에서 자신이 악평 세례를 받았지만 쿨함을 잃지 않았다고 자랑스럽게 말했다. 나는 그녀가 완전히 잘못했다고 생각한다. 맞받아쳐서 울프가 핵심을 설명하게 했어야 했다. 경험이 풍부하기는 하지만 결국 그도 인간이지 불타는 가시덤불(성경의 출애굽기에서 신이 모세 앞에 불타는 가시덤불의 모양으로 나타난 것을 비유함-옮긴이)이 아니다. 울프의 말이 법은 아니다. 경험이 많아도 쓰레기일 수 있다. 물론 나는 울프 편을 들 생각은 없다. 하지만 내가 기껏 비평을 했는데 응답이 겨우 좀스럽게 소극적이고 공격적으로 불평하는 편지나 쓰는 것이라면, 차라리 그만두는 게 나을 것도 같다. 나라면 그만두지는 않겠지만 생각은 해 볼 것 같다.

울프는 이렇게 썼다. "소문이 어떻든 전적으로 내 탓이다. 학생들과 소통하는 게 내 일이다. 노력했지만 잘되지 않았다." 그는 어깨에 지나치게 많은 짐을 짊어지고 있다. 내 고등학교 시절 선생님처럼, 울프는 자기가 알고 있는 내용을 자기 나름의 효과적인 방식으로 가르쳤지만 그 방식이 학생들에게는 불편했다. 학생들은 수동적인 그릇이 아니다. 강사와 중간 지점에서 만나야 한다. 이 학생들은 노력을 많이 하지 않은 것 같다. 이 것이 그들의 워크숍이라면 그들은 현실 세계의 글쓰기—그리고 자기의 글에 대한 방어—라는 무거운 짐을 지기보다는, 앉아서 간식이나 까먹으며 듣기 좋은 이야기나 하는 걸 선호하는 것 같다.

징징대는 작가들

(2004년 3월 22일)

지난 며칠 동안 '작가스러운' 것들과 관련된 글을 쓴 김에 오늘자 〈살롱〉의 머리기사에 대해 의견을 말해도 양해 바란다. 이 기사에서는 어떤 작가가 출판계가 얼마나 자신의 마음을 상하게 했으며, 그래서—각오하시라—다른 일자리를 찾게 되었는지를 자세히 쓰고 있다.

친애하는 작가님.

그 입 좀 다무시지.

아마 내가 처음 접한 소설 시장이 장르 시장(즉, 돈이 그렇게 많이 돌지는 않는 시장)이었기 때문이거나, 아니면 내가 출판계에 알려진 게 정보성 논픽션(앞의 글들 참조)이어서 그랬을 수도 있다. 그것도 아니면 모르겠다. 만일 내가 글쓰기 수입이라는 달걀을 전부 한 바구니에 담았다면 미쳐 버렸을 것이다. 나는 책을 써서 얻는 수입만으로 먹고살 수 있으리라고 기대해 본 적이 없었다는 게 요점이다. 정말이다.

나는 책(소설과 논픽션 둘 다)을 쓰는 걸 좋아하고 평생 쓰고 싶다. 하지만 지금까지 책으로 벌어들인 액수를 고려하면—나는 여섯 권의 책을 냈다. 따라서 공식적으로는 더 이상 신인 작가가 아니다. 책을 낸 때가 내 경력에서 여전히 상당히 초기임에도 그렇다(그러길 바란다)—내가 가진 정규직에 가까운 다양한 글쓰기 일자리(즉 본업)을 포기하는 건 바보짓이다. 그 일자리들은 좀 더 꾸준한 수입을 안겨 주기 때문이다. 그 수입 덕분에 대출금과 청구서를 처리하고, 다음 책이 계약되지 않으면 어떡해야 하나 걱정하지 않아도 된다. 다음 책이 계약되지 않더라도 여전히 식비와 전기요금을 낼 수 있다. 나쁘지 않다.

그 기사는 작가 무리 몇몇이 소중하게 간직한 생각을 드러내고 있다. 그들이 생각하는 '일'에는 책을 쓰는 게 포함되지 않는다. 이 작가는 본업을 실패의 상징으로 보는 게 분명하다. 이러한 생각은 자신을 어느 정도 성공한 작가라고 생각하지만 아직 본업을 유지해야 하는 수천 명의 작가에게는 모욕에 가까운 충격이다. 그렇다. 작가는 투잡을 뛰어야 할 수도 있다는 생각이 싫을 수 있다. 하지만 나는 그런 종류의 어리석은 생각을 하고 있을 시간이 없다. 내가 어렸을 때 어머니는 항상 정말 힘든 투잡을 뛰셨다. 하나는 다른 사람의 집을 청소하는 일이었고 다른 하나는 시간과 상황에 따라 다양했지만 대부분 더럽게 힘든 일이었다. 그리고 투잡을 뛰어서 주말에 얻는 건 몇 봉지의 식료품, 그리고 다시 한 주 동안 아이들을 먹이고 입힐 수 있다는 사실뿐이었다. 작가의 수입이 책에서 나오는 게 전부라면 그 정도로 가난해질 수 있다는 사실은 생각만 해도 끔찍하다.

이런 기사를 보면 나는 정말 화가 나고 내 종족들이 허세(이리저리 부는 바람에 흔들리는)로 가득한 풍선 같은 머리의 멍청이들로 이루어졌다는 생각이 든다. 작가는 세상과 동떨어진 집단인가? 내 개인적 경험에 따르면 그렇지 않다. 그러나 다시 말하지만 내가 아는 작가들 대부분은 장르 작가들이다. 이들은 환상적인 주제를 다루지만 출판의 경제적 현실은 문제가 있는 것 같다. 나는 이 작가가 SF나 로맨스를 쓰는 게 아닌가 생각한다.

이 기사가 〈살롱〉에 실린 것도 당연하다. 〈살롱〉은 정상적인 상황이라면 능력 부족으로 퇴출당했어야 했을 텐데도 퇴출당하지 않은, 불가사의할 정도의 특권을 받은 작가들의 '불운'을 연대기적으로 기록해 온 역사가 있는 잡지다. 이 기사는 그 잡지에 딱 맞는다. 널리 퍼진 이야기에 따르면, 〈살롱〉의 직원과 기고자 중 다수는 배불뚝이 리버럴 멍청이들이다. 이들은 똑똑한 사람들이 특별히 충분한 이유도 없이 쥐꼬리만 한 돈을 받고 있다는 1999년식 사고방식으로 살고 있으며, 그들이 장난감처럼 가지고 놀 수 있다고 생각했던 세상이 사실은 끊임없이 급격하게 변화하고 있다는 관점을 들으면 기절초풍한다.

나는 이 작가가 안됐다고 느낀다. 하지만 보통 생각하는 그런 식은 아니다. 나는 이 작가의 진심 어린 호소가, 왜 세상이 자신을 사랑하지 않고 자신에게 돈과 명성을 안겨 주지 않는지 이해하지 못하는 한탄이 된 게 짜증이 난다. 이런 한탄이 이 작가의 의도는 아니라고 확신한다. 이 작가가 후배 작가들에게 자신이 했던 실수, 즉 세상이 아직 글쓰기의 가치를 높이 평가하고 있으며, 글쓰기 업계(말하자면 출판계 자체)가 여전히 작가들을 지지하고 있다고 가정하는 실수를 범하지 말 것을 경고하고 있다고 진심으로 믿는다. 나는 이 두 가지 가정 중 첫 번째에는 동의하지 않는다. 사람들은 여전히 글을 읽는 것을 좋아한다. 그리고 두 번째 가정에는 중립이다. 나는 책에서 얻는 수입만으로 나와 가족을 부양할 수 있었으면 좋겠다. 그렇게 해 준다면 어떤 출판사라도 환영이다. 하지만 그런 일은 결코 일어나지 않을 것이다.

역설적이게도 이러한 현실이 나를 옭아매지는 않는다. 오히려 나는 자유롭게 원하는 글을 쓰고, 글쓰기 외의 어떤 것도 걱정하지 않는다. 다른 식으로 말해 보자. 돈 걱정을 지나치게 하지 않는 덕분에 천문학에 관한 대중서(지금 재판을 찍었다. 야호!)를 쓸 수 있었다. 천문학 책은 인생의 목표였다. 천문학을 사랑하고, 다른 사람들도 나만큼 천문학을 사랑하게 돕고 싶었기 때문이다. 또한 정말 쓰고 싶었던 내용의 소설도 두 편 썼다. 좋을 수도, 나쁠 수도 있겠지만(두고봐야겠지), 내가 읽고 싶은 책을 쓰는 것 외에는 아무것도 걱정할 필요가 없다.

이것이 작가가 가지는 자유이다. 무엇과도 바꿀 수 없는.

자기소개서

(2004년 5월 19일)

편집자 테레사 닐슨 헤이든이 무자비한 '편집자의 망치'를 꺼내 토드 제임스 피어스(작가, 영문학 교수)를 내리쳤다. 헤이든의 생각에(그리고 우연히 내 생각에도) 피어스는 자기소개서에 관해 극히 나쁜 조언을 했다. 그중에 가장 나쁜 조언은 이것이다.

글쓰기 경력에 관해 거짓말을 해야 한다. 투고할 때 전화도 같이 해야 한다.

여러분이 작가거나 작가 지망생이라면, 이 조언의 정말 어리석은 점을 전부 분석한 헤이든의 글을 추천한다(nielsenhayden. com/makinglight/archives/005212.html). 이 문제에 관해 피어스가 아니라 헤이든을 믿어야 하는 이유는 간단하다. 헤이든은 자기소개서를 가장 많이 받는 사람 중 하나이기 때문이다. 그녀의 남편 패트릭도 피어스의 조언이 나쁘다는 점에 동의한다(이런 불멸의 표현을 남겼다. "이 조언은 어리석다. 어리석음이 내 몸 전체를 덮치고 있다."). 패트릭도 토르 출판사의 선임 편집자이기 때문에, 현업의 최전방에서 자기소개서를 읽는 두 베테랑과 다소 착각에 빠진 자기소개서 작가 한 사람이 대결하는 셈이다.

헤이든의 분석은 충분히 완벽하기 때문에 내가 여기서 반복하지는 않겠다. 하지만 내가 보기에 범죄에 가까울 정도로 형편없는 피어스의 '조언' 중 하나를 소환하고 싶다. 이하에서 발췌한다.

네 번째 팁: 아직 걱정되는가? 책을 낸 적이 없는가? 살짝 거짓말을 해야 한다. 그렇다. 거짓말. 자기소개서는 단 한 가지 목적을 위해 설계된 설득용 문서다. 편집자나 에이전트를 꼬여서 여러분의 글을 읽게 하는 것이다. 이 목적을 달성하기 위해서는 적당한 범위 내에서 뭐든 해야 한다.

오, 이건 아니지.

첫 번째 이유(헤이든도 지적했다). 구글이라는 게 있다. 구글을 이용하면 30초 안에 팩트체크가 가능하다. 이제 피어스가 구글에 대해 들어보지 못했을 거라는 게 이해가 간다. 이 대단한 인터넷 도구는 최신 유행품이니까. 하지만 여러분이 속이려고 하는 편집자는 모두 이 도구를 가지고 있다.

두 번째 이유. 이 조언은 편집자들을 모지리라고 가정한다. 하지만—놀랐지!—대체로 그렇지 않다. 편집자가 자신들의 장르에 존재하는 모든 주요 문학상과 대부분의 군소 문학상 수상작을 꿰고 있을 리 없다고 생각한다면 여러분은 바보다. 만일 내가 SF 전문 출판사에 투고하면서 자기소개서에 내가 (실제로는 존재하지 않는) 유명한 '윌리엄 부스 SF 문학상' 수상자라고 쓴다면 어떤 일이 일어날까? 먼저 편집자는 "그런 상은 모르겠는데요."라고 말할 것이다. 그리고는 재빠르게 구글을 검색해 윌리엄 부스 문학상이 내가 날조한 상이라는 사실을 확인할 것이다. 그다음에는 내 원고가 집어던져지는 소리가 들릴 것이다. 편집자는 처음부터 거짓말로 일관하는 사람과 일할 이유가 없기 때문이다.

세 번째 이유. 모욕적이다. 특히 이 경우, 편집자에게 "당신은 여기에 넘어갈 만큼 바보다.", 반대로 하면 "나는 걸리지 않을 만큼 똑똑하다."라고 말하는 셈이다. 아마 생각대로 되지 않을 것이다. 설사 생각대로 되더라도 영원히 속이지는 못한다. 헤이든의 글들을 보면 그런 유형의 사람들이 칼을 뽑는 데 별 주저함이 없다는 사실을 알게 될 것이다. 그리고 헤이든의 글 8번 항목을 보면 사람들은 자신들을 모욕한 자들을 결코 잊지 않는다. 편집자에게 거짓말을 하면 그들이 평생 여러분의 이름을 떠올릴 때마다 그 이름에는 메모가 단단하게 붙어서 따라온다.

그중 하나는 '엄청난 거짓말쟁이'이다. 또한 출판계는 좁은 바닥이다. 소문은 금방 돈다.

"전화를 해야 한다."와 관련해서 여러분에게 해 줄 얘기가 하나 있다. 나는 편집자였을 때 전화번호를 명시하지 않았다. 그래서 드문 경우지만 누가 투고 후에 전화까지 하면 나는 사근사근하게 통화를 할 것이다. 그리고 전화를 끊은 다음에는 그들의 투고작을 찾아서 읽지도 않고 회신용 봉투에 넣어 반송할 것이다. 불합격이기 때문이다. 지시사항은 준수해야 한다. 그래서 '지시'인 것이다. 나를 비롯해 대부분의 편집자에게는 지시사항을 준수한 사람들의 원고가 수백 편 들어온다. 그들 모두는 지시사항을 따를 수 없거나 따를 생각이 없는 사람들보다는 더 나은 대접을 받을 가치가 있다.

'조언'에 대한 이러한 사례들은 피어스의 조언이 왜 그토록 헛소리인지를 확실하게 보여 준다. 그것은 사실 조언이 아니다. 시스템을 기만하기 위해—속여서 넘어가려고—설계된 속임수의 목록이다. 작가로서 투고 시스템에 대해 알아야 할 사실이 하나 있다. 시스템은 여러분을 위해 설계되지 않았다. 편집자들이 일을 쉽게 할 수 있게 설계된 것이다. 그게 공정하냐고? 아니다. 그래서 어쩌라고? 편집자들은 돈과 출판의 관문이다. 그들의 공이고, 배트고, 구장이다. 그들이 규칙을 정한다. 경기에 뛰고 싶다면 그들이 정한 규칙에 따라야 한다. 간단하다.

시스템을 기만하려는 시도는 편집자의 일을 더 힘들게 만든다. 동서고금을 막론하고 자기 일을 더 힘들게 만드는 자들과 함께 일하고 싶어 하는 사람은 없었다. 보상이 막대하다면 가끔 그렇게 할 수도 있다. 하지만 글쓰기의 경우에는 이 사실을 기억해야 한다. 출판은 구매자의 시장이다. 물론 여러분은 똑똑하다. 하지만 여기에는 똑똑하지만 편집자의 일을 더 힘들게 만들지 않는 사람이 있다. 편집자가 누구와 함께 일할 것인지는 뻔하다.

나라면 원고의 자기소개서를 이렇게 쓰겠다. 주소와 연락처를 꼭 첨부한다. 그리고 편집자의 이름과 투고 지시사항을 찾아본다(이 예에서는 원고 전부를 보내야 하는 것으로 가정한다).

친애하는 ***(이름) 편집자님

안녕하세요. 저는 존 스칼지입니다. 동봉한 것은 소설 『제목』의 원고입니다. 약 9만 8천 단어 분량입니다. 각 장의 개요도 첨부합니다.

저는 전업 작가이고 소설과 논픽션을 냈습니다. 가장 최근에 출간한 소설은 『노인의 전쟁』(토르, 2005)과 『안드로이드의 꿈』(토르, 2006)입니다.

편집자님의 의견을 듣기 위한 반송용 봉투도 동봉합니다. 원고는 마음대로 재활용하셔도 됩니다. 감사합니다.

존 스칼지

이게 전부다. 나는 자기소개서는 최소한의 사실 정보만을 표시하기 위해 존재하며, 실제 원고에 대해 독자에게 선입견을 주어서는 안 된다고 굳게 믿는다. 자기소개, 보낸 원고의 내용, 관련 경력, 연락처만 있으면 된다. 필요한 건 그게 다다.

이전에 책을 낸 적이 없으면? 나라면 "이 작품이 제 첫 소설입니다."라고 쓰고 끝낼 것이다. 거짓말은 아무런 도움이 되지 못한다(앞 내용 참고). 그리고 첫 작품이지만 출판할 만큼 충분히 훌륭하다면, 데뷔 타석에서 홈런을 날리는 영예를 누리는 게 되지 않겠는가? 신인이라고 인정한다고 해서 부끄러워할 이유는 없다.

거짓말을 하면 안 된다. 잔머리 굴리면 안 된다. 편집자의 일을 더 힘들게 만들면 절대 안 된다. 여러분의 글은 그 자체로 장점이 있다고 확신해야 한다. 자기소개서에 거짓말한다는 것은 결국 여러분이 쓴 글이 그 자체로는 사실 별 볼 일 없다는 얘기가 된다. 편집자에게 보내기에는 부적절한 메시지다. 여러분 자신에게 보내기에도 부적절하다.

약간의 명예훼손

(2004년 6월 24일)

나는 지난달에 클렘슨 대학 교수인 토드 피어스에 대해 글을 썼다. 작가들에게 극히 형편없는 조언을 했던 피어스가 또 헛소리를 했는데 이번에는 그 방식이 재미있었다. 서론을 말하자면, 토르 출판사의 편집자 테레사 닐슨 헤이든이 그녀의 개인 사이트에서 피어스의 '조언', 특히 신인 작가들은 자기소개서에서 자신의 프로 경력에 대해 거짓말을 하라는 조언(피어스는 나중에 그 내용을 수정했다. 하지만 수정 전 버전이 구글 캐시로 온라인에 남아 있다)를 사정없이 깠다. 그리고 별개의 글에서 혹시 피어스 본인도 프로 경력에 관한 자신의 조언을 따른 건 아닌지 의심스럽다고 말했다. 헤이든의 열성 팬들이 그 주장에 동조하면서 댓글란에서 피어스를 조롱했다.

댓글란은 그 뒤로 한 달 정도 잠잠했다. 그런데 어제 피어스가 나타나서 그동안 쌓인 댓글을 읽고는 모든 사람들이 자신에게 못되게 군다고 기겁했고, 곧바로 헤이든에게 명예훼손 소송을 제기하겠다고 위협했다. 이후에 벌어진 일은 별로 아름답지 않았다. (나를 포함해서) 대부분의 사람들이 피어스에게 사람들이 그에게 심한 말을 한 것은 미국에서는 실제 명예훼손에 해당하지 않는다는 사실—명예훼손은 그놈의 성가신 수정헌법 1조와 관련된 이유 때문에 그 입증이 곤란한 것으로 유명하다 —을 설명하려고 했다. 그리고 어떤 사람이 자신의 글쓰기 경력이 공개적으로 의심받기를 바라지 않는다면, 다른 사람들에게 그에 관해 거짓말을 하라는 글을 쓰지 말았어야 했다고 암시했다. 나는 사람들에게 글쓰기에 관한 조언을 할 때 과거에 나에게 효과가 있었던 사실에 기초해서 조언하며, 대부분의 다른 작가들도 그러리라고 생각한다.

나는 피어스가 우리 얘기를 듣고 명예훼손 소송을 제기하려는 생각을 포기할 수도 있다고 생각한다. 하지만 댓글란에 그가 남긴 글을 보면 아직도 자신이 피해자라는 주장을 사람들이 지지해 주지 않는 이유를 확실하게 모르는 것 같다. 물론 이것은 그의 업보고 어떤 면에서는 동정이 가기도 한다. 피어스는 어떤 블로그의 열성 팬들이 블로거 뒤에 줄지어 서서 엄청난 댓글로 그를 공격하는 사태를 처음으로 겪은 건 아니었을까 생각하는 사람도 있다. 그리고 헤이든의 열성 팬들은 보통 블로거의 팬들보다 더 똑똑하고 더 못됐다. 하지만 다른 면에 대해서는 전혀 동정하지 않는다. 근본적으로 그는 일거리를 얻으려면 경력을 날조하라는 자신의 제안에 왜 현직 작가들과 편집자들이 분개하고 기겁하는지 이해하지 못하는 것 같다. 피어스의 관점에서는 사람들이 분노하는 근본 원인(즉 자기가 작가들에게 한 정말 형편없는 '조언')을 살펴보기보다는, 피어스 자신의 경력을 망가뜨리려고 하는 악의 무리가 존재한다고 가정하는 게 훨씬 마음 편할 수도 있다. 하지만 결국은 전자의 행동을 하는 게 나을 것이다.

또한 순전히 수사학적인 관점에서 보더라도 피어스의 논지는 빈약하다. 그는 몇몇 사실에 대해 쉽게 논파 당할 서술을 했고, 다른 사실들도 완벽하게 파악하지 못하는 듯하며(예를 들면 비방과 명예훼손을 혼동하고 있다. 개념을 혼동하고 있으면 이 둘 중 어느 한쪽을 근거로 소송을 제기할 때 불리하다), 자신이 사실이라고 느끼는 것들을 뒷받침하기 위해 감정적으로 호소하려고 한다(예를 들어 그는 헤이든이 자신에게 한 일은 잘못이며 따라서 그녀가 명예훼손을 범한 게 분명하다고 주장한다). 다시 말하지만 피어스가 안됐다고 느끼기는 쉽다. 하지만 또다시 말하건대, 그는 처음으로 키보드 배틀에 뛰어든 열다섯 살짜리 게시판 죽돌이가 아니라 명문 대학의 영문학 교수다. 명료하게 논쟁할 수 있어야 했고, 비방과 명예훼손의 차이를 알았어야 했다. 이제 피어스의 공격과는 별개로 흥미로운 문제가 제기된다. 어떤 경우에 명예훼손을 당했다고 주장할 수 있는가? 피어스는 자신이 명예훼손(또는 비방. 피어스는 둘을 같은 것으로 보는 듯하다)을 당했다고 진심으로 믿고 있다. 그의 경우는 그렇지 않다. 그렇다면 언제 명예훼손 주장이 가능할까?

내가 변호사는 아니라는 사실은 염두에 두자. 하지만 여러 해 동안 신문과 잡지에 글을 썼고, 편집자로 일할 때는 명예훼손이 될 수도 있는 글에 주의를 기울여야 했다. 간단히 말해, 어떤 경우에 명예훼손이 되는가를 꽤 잘 파악하고 있다.

예컨대 내가 인터넷 서핑을 하다가 누군가의 블로그에서 다음과 같은 글을 발견했다고 하자.

존 스칼지는 약쟁이인 데다 고양이와 수간獸姦까지 한다. 사실이다. 사진을 봤다.

당연히 나는 열받는다. 감히 나를 약쟁이에 수간하는 변태라고 해? 변호사에게 가야 할 때야! 아닌가? 물어봐야 할 질문들이 있다.

1. 그게 사실인가? 내가 정말로 고양이를 강간하고 약을 한다면, 명예훼손을 주장할 근거가 없다는 뜻이다. 나는 사람들이 내가 고양이를 학대하고 약을 하는 걸 좋아한다는 사실을 알게 하고 싶지 않을 것이다. 사람들이 알게 되면 내가 파티에 갈 때마다 어색한 침묵이 흐르고, 상원에서는 내가 정말 흥미로운

관직에 취임하지 못하게 막을 것이다. 하지만 내가 그런 일을 실제로 했다면 기댈 곳이 없다. 하지만 분명히 말하는데, 내 소변은 깨끗하고 우리집 고양이에게는 교미로 인한 두부 형성 장애가 없다. 다음 질문으로 넘어가자.

2. 나를 비난한 사람이 자신이 허위 사실을 유포하고 있음을 인식했다면? 사실은 내가 고양이를 강간하거나 약을 하지 않으며, 그런 짓을 하는 걸 찍은 진짜 사진도 없다면? 비난자가 실제로는 사진을 본 적도 없으면서 봤다고 했다면 명예훼손 소송을 제기할 때의 장애물이 또 하나 사라진 것이다. 반면, 어떤 이유로 누군가 포토샵을 이용해 나, 고양이, 약을 흡입하는 파이프의 가짜 사진을 합성했고, 내 비난자가 그 사진들을 보고 그게 사실이라고 믿었다면 설령 그가 잘못 믿었더라도 명예훼손을 한 게 아닐 수 있다(그가 직접 사진을 합성한 뒤 사실이라고 주장했다면 다시 명예훼손의 문제가 된다).

3. 비난자에게 악의가 있는가? 비난자가 동물보호단체 회원인데 나와 고양이의 가짜 사진을 보고 충격을 받았다고 하자. 그렇다면 불쌍한 고양이에 대한 순수한 걱정에서 그가 나를 비난한 것이라는 주장에는 합리적인 근거가 있다. 그것은 명예훼손이 아니다. 반면 그 비난자가 그저 내 더러운 성질을 증오해서 저 개새끼를 매장해 버리겠다고 생각했다면 다시 명예훼손의 문제가 된다. 저런 비난의 글이 www.스칼지개새끼.com 같

은 사이트에 올라와 있다면 당연히 나에게는 유리하다.

4. 내가 그 비난에 실제로 영향을 받았는가? 누군가가 나를 끔찍한 동물 강간자라고 주장했는데도 아내가 나를 버리지 않고, 가족과 친구들은 괜찮다고 털어 버리고, 고용주는 인터넷 세상이 다 그런 거라고 내 탓을 하지 않는다면 나에게는 별 영향이 없는 것이다. 하지만 내가 고양이에 관한 책의 출판 계약을 하기 직전이었는데, 출판사가 내가 고양이를 '지나치게' 사랑한다는 소문을 믿은 데다, 나와 하지 않은 고양이는 약을 사려고 팔아 버릴지도 모른다는 우려에 그 계약을 취소했다면 영향을 받은 것이다. 또한 아내는 떠나고, 아이는 아동 보호 기관에서 데려가고, 친구들은 모두 내 전화에 답을 하지 않는다면 영향을 받았다고 할 수 있다.

명예훼손이 제대로 성립하려면 이 모든 사실이 입증되어야 한다. 그리고 이것은 사인私人, 말하자면 보통의 삶을 사는 보통 사람에 관한 것이다. 만일 이런저런 이유로(말하자면 인터넷과 책으로 얻은 쥐꼬리같이 알량한 명성 덕분에) 공인으로 간주된다면, 명예훼손으로 보호받는 범위는 줄어든다. 그 정보가 의견의 형태로 표현된다면(즉, "나는 존 스칼지가 고양이와 수간하고 약을 한다고 믿는다. 그런 사진이 있다는 소문을 들었다.") 나는 보호받을 가망이 없다. 더 '심한' 언어로 표현하거나("빌어먹을 씨발놈 존 스칼지는 고양이를 학대하는 데다, 쥐새끼만 한 크기의 약 덩어리를 쓰레기 같은 은박지 파이프에 집어넣어 진공청소기처럼 흡입한다."), 풍자의 형식을 한 경우(고양이 학대자 약쟁이 스칼지: 3막 뮤지컬)에도 마찬가지다.

부당한 취급을 당하고 있다는 사실을 입증하는 게 그렇게 힘들다면 무엇을 해야 할까? 여기 미국에서 우리는 의견을 말했다가 혹시 법원이나 감옥에 끌려가지는 않을까 하는 걱정 없이 우리가 원하는 것을 말할 수 있는 최고 수준의 자유를 누리고 있다. 그런데 명예훼손법이 엄격해진다고 해서 실제로 명예훼손 사건이 덜 일어나는 건 아니라는 점도 기억하자. 영국의 명예훼손법은 미국보다 훨씬 더 엄격하지만 영국 언론들은 소문을 넌더리나게 보도한다. 선택할 수 있다면 개인적으로는 명예훼손으로 보호받는 범위가 줄어들더라도 표현의 자유가 더 보장되는 쪽을 택하겠다.

공식적으로 밝힌다. 나는 약을 하지 않고 고양이를 학대하지도 않는다. 그런 걸 찍은 사진도 없다. 누가 포토샵으로 합성했다면 꼭 보내 주기를 바란다. 웃음거리로 만들어 주겠다.

아이, 할리우드I, Hollywood

(2004년 7월 20일)

SF 작가 빌 슌은 자신의 저널에서 영화 〈아이, 로봇〉에 대한 자신만의 원칙을 주장했다. 영화는 아이작 아시모프의 동명 소설을 원작으로 하고는 있지만, 포도 맛 음료와 진짜 포도의 관계 정도로밖에 볼 수 없다. 슌은 개인적으로 〈아이, 로봇〉의 관람을 거부하며 여러분도 그렇게 해야 한다고 생각한다. 하지만 〈아이, 로봇〉은 개봉 첫 주말에 5천200만 달러를 벌어들였기 때문에 슌의 관람 거부는 경제적 효과보다는 정신 승리의 역할밖에 하지 못할 것이다.

나는 슌의 주장을 존중하지만(작가로서도 좋아한다. 늘 괜찮은 작품을 쓴다) 그처럼 원칙을 고수하는 순수주의자는 아니다. 금요일에 〈아이, 로봇〉을 봤는데 꽤 재미있었다. 잘 짜였고(줄거리의 허점을 눈치채지 못할 만큼 전개가 빠르다는 뜻이다) 볼거리도 근사했다. 자기 인식 능력이 있는 로봇이라는 형태에 담긴 비애는 시끄럽기만 한 보통의 여름철 개봉 영화보다 조금 더 깔끔했다.

윌 스미스가 출연한 여름철 개봉 SF 영화 중에는 〈맨 인 블랙〉만은 못했지만 〈맨 인 블랙 2〉나 〈인디펜던스 데이〉, 그리고 (으으) 〈와일드 와일드 웨스트〉보다는 나았다. 적어도 내가 본 알렉스 프로야스 감독의 작품 중에서는 제일 별로지만(〈크레이지 록스타Garage Days〉는 아직 못 봤다), 이제 히트를 쳤으니 자신의 고스 감성을 되살리는 좀 더 기상천외한 영화를 만들 기회가 생겼다. 전체적으로는 B-를 주겠다.

하지만 오랫동안 프로 평론가로서 영화계를 보아 온 덕분에, 나는 〈아이, 로봇〉이 아이작 아시모프의 원작과 반드시 관련이 있어야 한다는 환상에 짓눌리지 않고 영화를 보러 갈 수 있었다. 원작은 신성하지 않다. 〈아이, 로봇〉의 경우는 특히 그렇다. 내가 알기로 이 영화는 처음에는 별개의 로봇 SF 소설에서 시작되었고, 책에 대한 권리를 취득하면서 〈아이, 로봇〉이라는 브랜드를 그 위에 덧붙였기 때문이다. 달리 말하자면 이 영화는 아시모프의 작품과 관련된 권리를 제작사 측에서 애매하게 부정적으로 행사한 것이다.

물론 이것은 할리우드식 표준 운용 절차이다. 나는 여기서 좀 아는 척 거들먹거리며 여러분에게 명백한 사실을 알려 00주고자 한다. 할리우드는 원재료에 개의치 않는다. 메이저 영화사가 소설(또는 이 경우에는 소설집)을 사들여서 영화로 만들 때, 그 원재료는 더 이상 고정된 성질을 가지지 않는다. 갑자기 유동적인 성질을 가지게 된다. 제작사와 스튜디오의 편의에 따라 책의 많은 부분이 빠지기도 하며, 재배치되거나 그냥 무시되기도 한다. 조금 더 명확하게 말하자면 영화로 각색되는 과정에서 난도질당하지 않는 책은 드물다.

그리고 이런 게 언제나 나쁘다고는 할 수 없다. 나는 문학에서 영화로 가장 잘 옮겨진 작품들 일부는 '할리우드가 할리우드해서', 즉 내용을 상당히 비워 내고 제작사의 요구에 맞게 원재료를 재작업해 각색한 덕분에 그렇게 되었다고 생각한다. 가장 분명한 예가 필립 K 딕의 『안드로이드는 전기양의 꿈을 꾸는가?』의 놀라운 재작업 버전인 〈블레이드 러너〉이다. 원작 소설에 더욱 충실한 영화 버전으로 만드는 것도 당연히 가능했을 것이다. 하지만 〈블레이드 러너〉는 탁월하다. 원원이다.

(영화 〈아이, 로봇〉이 〈블레이드 러너〉에 버금간다는 얘기가 아니다. 그렇지 않다. 〈블레이드 러너〉는 『전기양』에서 갈려 나오긴 했지만, 원작과 중요한 내러티브 주제를 공유한다. 반면 〈아이, 로봇〉에서 아시모프의 원작과 공유하는 것은 로봇, 그리고 줄거리 장치로서의 로봇 3원칙의 사용이다. 말하자면 할리우드가 원재료에 손대어 재작업하는 관행은 이론상으로도, 그리고 때로는 실질적인 면에서도 본질적으로 나쁜 건 아니다)

반대로, 원작을 많이 또는 적게 따른다고 해서(이야기의 덩어리를 여기저기 바꾸지만 원작의 줄거리를 어느 정도 보여 주고 있는 경우) 반드시 원작에 좋은 건 아니다. 할리우드가 SF 문학을 이런 식으로 전용할 때는 대부분 결과가 좋지 않으며, 비디오 가게에는 이러한 실패의 잔해들이 여기저기 흩어져 있다. 〈듄〉(1984), 〈에이리언 마스터The Puppet Masters〉가 그 예다. 나는 〈스타쉽 트루퍼스〉를 아주 재미있게 봤지만, 하인라인의 팬들은 기가 차서 두 손 들 것이라는 사실을 알고 있다(불행한 일이지만 하인라인의 작품은 아직까지도 탁월하게 영화화된 게 없다). 아시모프 얘기를 하고 있으니 〈바이센터니얼 맨〉도 빼놓을 수 없다. 원작을 거의 건드리지 않은 채 영화화되는 작품들도 있지만—칼 세이건 원작의 〈콘택트〉가 좋은 예다—극히 드물다.

〈아이, 로봇〉이 아시모프의 생각에 더 충실한 영화로 만들어졌을 수도 있었다는 사실은 기꺼이 인정한다(숀은 할란 엘리슨과 아시모프 본인이 쓴 미제작 시나리오를 공개했다. 어쩌면 그렇게 만들어져야 했을지 모른다. 하지만 이유야 어쨌든 그렇게 되지 못했다. 그게 할리우드다. 그것 때문에 지금의 버전에 꼭 분풀이해야 하는 건 아니다. 이 버전이 아시모프 재단의 승인을 받았다면 특히 그렇다. 그리고 어쨌든 〈아이, 로봇〉의 원작 소설은 그대로 남아 있다. 그리고 이 책은 나온 지 반세기가 지난 지금도 아마존에서 판매 순위 40위를 기록하고 있는데[내 생각보다 더 높은 순위다], 이는 할리우드가 부적절하게 손대지 않은 상태에서 이룬 성과다. 새로운 세대의 독자들이 이 영화를 아시모프와 다른 SF 작가들에게 입문하는 출발점으로 삼는다면 SF 작가로서 나는 그 정도로 충분하다고 본다).

유명인이 쓴 책들

(2005년 1월 12일)

글쓰기의 주제에 관해 다루고 있는 만큼, 댓글란에 올라온 어떤 질문에 답을 해 보자.

인기만 노리는 책이 출판되고, 나오자마자 대중들 사이에 대히트를 치는 현상을 작가로서 어떻게 생각하십니까?

좋은 예를 하나 들어보자. 스콧 패터슨과의 관계를 쓴 앰버 프레이의 책(임신한 아내와 뱃속의 아이를 죽인 살인범 스콧 패터슨의 심리상담사였던 앰버 프레이가 쓴 책. 둘은 오랫동안 불륜 관계였음−옮긴이)이 지난주에 나왔다. 패터슨이 누군지 모르는 사람은 아마 TV가 없거나 신문을 보지 않거나 뉴스 웹사이트를 방문한 지 아주 오래되었을 것이다. 어쨌든 다른 작가들은 이 일을 보고 어떻게 생각할까? 어떤 사람들은 책을 내고 이름을 알리기 위해 몇 년에 걸쳐 공들여 글을 썼는데, 앰버 프레이는 '순식간에'

그걸 해냈다. 나는 출판사들이 책의 내용보다 돈벌이가 될 가능성을 우선으로 본다는 사실을 깨달았다. 나는 작가의 관점에만 흥미가 있다.

작가로서 나는 전혀 개의치 않는다. 우선 앰버 프레이 같은 사람들이 쓴(좀 더 정확하게 말하자면 실제로는 다른 사람이 썼다. 그렇지 않으면 앰버 프레이 같은 이름뿐인 '작가'는 바보 멍청이처럼 보일 테니까) 책의 독자와 내가 쓴 책의 독자는 완전히 다르기 때문이다. 어떤 사람이 서점에 들어와서 『노인의 전쟁』과 『증인: 스콧 패터슨의 기소』 중에서 뭘 살지 고심하는 경우는 없을 것 같다. 그러니 나는 판매 부수를 볼 때마다 "저게 내 책이었어야 하는데."라고 이를 갈지는 않는다. 그랬을 리가 없기 때문이다. 반면 노라 로버츠나 존 그리샴은 짜증 날지도 모른다. 스콧 패터슨 사건의 전체 멜로드라마는 그들이 쓰는 책의 내용과 들어맞기 때문이다. 그렇다고 그들이 상처받지는 않는다.

두 번째, 인생은 변덕스럽고 기이하다. 그리고 자격이 없는 사람에게 명성과 부가 안겨지는 경우는 언제나 있었다. 앰버 프레이가 엄청나게 유명해진 건 스콧 패터슨과의 불륜을 털어놓았기 때문이다. 이것이 대중의 눈에 작가로서의 지속적인 경력을 쌓기 위한 탄탄한 기초로 보일까? 아니다. 하지만 그렇게 될 것이다. 그리고 정말 솔직하게 말하자면, 어쨌든 누군가가 프레이와 패터슨의 관계를 선정적으로 폭로하는 글을 썼을 것이다. 그렇다면 왜 그녀 본인이 써서 돈을 벌면 안 되는가? 그녀가 자신이 처한 곤경으로 돈을 버는 게, 어떤 글쟁이가 신문 기사와 재판 속기록을 짜깁기해서 이야기를 꾸며내는 것보다는 낫다는 뜻이다. 조만간 프레이에 대한 관심은 시들해지고, 그녀는 살인자의 애인으로 알려지기 전에 자기가 하던 일로 돌아갈 것이다. 그녀가 돈을 잘 관리하길 바란다.

프레이의 행운, 또는 어떤 사람에게 난데없이 넝쿨째 굴러 들어온 호박은 이유 모를 떼돈을 벌게 해 준다. 그러고는 올 때 만큼이나 빨리 망각 속으로 돌아간다. 나에게는 조금도 영향이 없다. 다른 사람들이 몇 년 동안 고생하는데 프레이는 손가락 한 번 튕겨서 출판 계약을 따냈다는 사실은 말할 수 없이 부당하다. 하지만 세상에는 그만큼이나 말도 안 되게 부당한—그리고 아주 중요한—일들이 많아서 프레이의 사례는 거기에 비하면 재미있다고 할 정도다. 만일 누군가가 이 사건을 아주 중요하게 생각한다면, 짜증이 가라앉을 때까지 이 정신적 딱지를 얼마든지 신경 써도 된다. 하지만 나는 그럴 이유가 없다.

홍보 담당자에 대한 연민

(2005년 6월 6일)

신인 작가들에게 (요청받을 때) 내가 하는 조언 중 하나가 있다. 언제나, 늘, 홍보 담당자에게 잘해 주고, 그들의 업무를 쉽게 만들어 주는 일이라면 가능한 한 해 주라는 것이다. 두 가지 이유가 있다.

첫 번째는 홍보 담당자는 여러분의 책을 홍보하는 사람이라는 것이다. 그리고 여러분이 홍보 담당자에게 못되게 굴면 여러분의 책을 다양한 홍보 대상에게 좋게 말하려는 그들의 열정에 찬물을 끼얹게 된다. 나는 작가지만 평론가이기도 하고, 홍보 담당자/예술가 방정식의 반대편에 존재하기 때문에 무엇을 말해야 하는지 알고 있다. 내가 아는 홍보 담당자 중에 프로답지 않은 사람은 하나도 없다. 하지만 그러려면 여러분은 홍보 담당자가 어떤 사람과 어떤 것에 흥이 나고 나지 않는지 구별할 수 있어야 한다. 이 말은 이 책의 다른 부분에서도 하게 될 조언인 "개자식이 되지 말자."에 포함된다.

두 번째는 홍보 담당자의 삶에는 개인적 도전이 되는 놀라운 순간들이 있다는 것이다. 뉴욕의 미국 도서 전람회장에서 있었던 홍보 장면을 소개하겠다.

금요일 오후, 토르 출판사에서 나온 젊은 홍보 담당자 네 명이 한쪽 구석에 모여서 그들 중 한 명인 멜리사 브로더에게 키 2.4미터의 핫도그 의상을 입히고 있었다. 물론 이 의상에는 입은 사람이 숨 쉴 수 있게 산소 펌프가 있었다. 그들은 데이비드 루바의 『길거리 핫도그의 침공Invasion of the Road Weenies』을 홍보하고 있었다.

마침내 그들은 브로더가 입은 의상의 지퍼를 올렸다. 피오나 리가 그녀의 손(인지 발인지 모르겠다)을 잡고 전람회장을 가로질러 데리고 갔다. 피오나 리는 "거대 핫도그와 사진 찍지 않으시겠어요?"라고 되풀이해 물었다.

거대 핫도그와 사진 찍지 않으시겠어요? 한번 말해 보자. 지금. 아니, 더 크게. 이제 그 말을 거대 핫도그 의상을 입은 동료 홍보 담당자의 손을 잡은 상태로, 낯선 사람들과 통행인들에게 계속 되풀이한다고 상상해 보자. 그게 그들의 일이다. 데이비드 루바(우연이겠지만 내가 편집자였을 때 유머 기사를 썼고 내용도 좋았다)는 이 홍보 담당자들이 자기를 위해 해 준 일에 감사하고 꽃이라도 보내야 할 것이다.

피오나 리는 공교롭게도 토르 출판사의 내 홍보 담당자이기도 하다. 그래서 나는 개인적 경험을 통해 그녀가 놀라운 방식으로 홍보 게임을 즐긴다는 사실을 알고 있다. 그리고 나는 그녀에게 다음과 같이 엄숙하게 인사를 드린다.

친애하는 피오나. 우리의 길고 알찬 작가/홍보 담당자 관계에서 당신이 나를 위해 사람들에게 거대 핫도그와 사진을 찍으라고 요청할 일은 없을 겁니다. 내 키는 170센티가 조금 넘는 정도고, 따라서 기껏해야 평균 크기의 핫도그면 됩니다. 내 홍보 담당자는 아니지만 브로더에게도 큰 지지를 보냅니다. 내가 핫도그 안쪽에 갇혀 있다면 실존적 위기를 겪을 것 같으니까요. 그녀가 나보다 더 훌륭하고 정신적으로 강한 사람이길 바랄 뿐입니다.

그러니 작가들은 늘 홍보 담당자에게 연민을 가져야 한다. '쉽다'는 단어에 몇 가지 부정적인 의미가 있지만, 홍보는 결코 쉬운 일이 아니다. 여러분의 홍보 담당자를 안아 줘야 하는 건 아니다(작가-홍보 담당자의 관계에서는 선을 좀 넘는 행동이다). 친절하게 "수고해 줘서 고마워요."라고 말하는 정도면 적당하다. 그런 마음으로 말하고 싶다. 고마워요, 피오나. 당신은 최고예요.

작가가 말하는 작가.

여러분이 생각하는 그런 게 아니다.

(2005년 10월 12일)

여러분은 그렇게 되고 싶지 않을 것이다. 작가들은 까탈스러워지는 경향이 있다. 작가 둘이 한자리에 모인다면? 으엑. 셰리 프리스트(공식적으로 말하는데 그렇게 까탈스러워 보이지는 않는다)는 작가들을 만나는 것에 대한 본질적인 경계심을 언급했다.

나는 나를 열받게 하는 종류의 사람이 아니라는 사실을 알 만큼 가까워지기 전에는 다른 작가들과 잘 지내지 못하는 편이다. 분명 불공평하게 들리겠지만, 나는 다른 작가들은 개자식이며 만나고 싶지 않다고 자동으로 가정한다. 나를 다른 작가들에게 소개하는 가장 안전한 방법은 비좁은 장소에서 다른 고양이에게 소개된 고양이인 척하는 것이다. 물러서. 비상시를 대비해 수도 호스를 준비해야 한다. 잘 지낼 수 있으리라고 기대하지 말아야 한다. 그리고 피 흘리지 않고 만남이 끝나면 다행으로 생각해야 한다.

나는 이 생각이 재미있었다(글 자체도 아주 재미있다). 내 경험은 정반대이기 때문이다. 일반적으로 나는 다른 작가들과 잘 지낸다. 하지만 나는 아직 프로 작가가 아니거나, 마감에 몰려서 뭐라도 써야 하는(즉, 대학신문 기자처럼) 식으로 글을 쓰는 사람들과는 거의 시간을 보내지 않는다는 사실도 기꺼이 인정한다. 소설을 팔기 전의 작가 지망생은 누구도 좋은 친구로 보지 않으며, 내가 일상에서 아는 사람들은 대부분 작가가 아니다. 나는 작품을 수집하거나 작가들 모임에 나가는 유형이 아니다. 그래서 나는 작가 지망생일 때도 다른 작가 지망생들과 정기적으로 교류한 적이 없다. 그나마 제일 가까운 경우가 시카고 대학 신입생 때 소설 창작 수업을 하나 들은 것이다. 내가 '창작 수업'에 맞는 사람이 아니라고 확신하게 된 결정적 계기였다. 대학을 졸업하고 많은 작가들과 알고 지냈지만 그들은 전부 기자였다. (일반적으로) 글쓰기를 날마다 성과가 요구—마감 같은 것 때문에—되는 일로 보는 사람들이라는 뜻이다.

간단히 말해 나는 작가 생활을 하는 동안 글쓰기를 거룩한 소명으로 보는 종류의 '작가'들과는 대부분 떨어져 지냈고, 글쓰기를 일로 보는 사람들과 어울렸다. 이들은 기자이거나, 아니면 월세를 내기 위해 부수에 따른 고료를 받는 고용 작가들이었다. 이들은 그들이 쓰는 글의 유형이나 문체와 관계없이, 글쓰기의 '기법'에 관해서는 매우 실용적인 편이었다. 일 이야기를 할 때 이론가들이 하는(또는 한다고 생각되는) 식이 아니라 기술자 스타일로 말했다. 사람들의 개성이 가진 일반적인 다양성을 감안하더라도(말하자면 어떤 사람들은 직업과 관계없이 개자식이다), 나는 내가 만났던 고용 작가들을 대체로 좋아했다.

정확히 같은 세계관을 공유하지 않더라도 우리는 실제 경험이라는 공통점이 있다. 그래서 적어도 글쓰기 이야기를 하는 게 지겨워져서 화제를 돌리기 전까지는 그 공통점을 함께 나눌 수 있다.

내가 만난 고용 작가 중에는 글쓰기가 거룩한 사명이며 영혼의 표현이라는 등등의 헛소리를 끝없이 토해내는 사람은 없었다. 아마도 이런 이야기는 전기요금을 내는 문제에서는 뒷전으로 밀리기 때문이고, 어떤 작가가 '말로만 말고 실제로 보여 줘야' 하는 일을 지금 최우선으로 하고 있다면 그 일에 대해 따로 지껄일 필요가 없기 때문일 것이다. 글쓰기도 그렇다. 또는 그래야만 한다. 사실 나는 누가 나에게 글쓰기의 거룩한 사명에 대해 지껄인다면 어떻게 해야 할지 모르겠다. 그들이 물속에서 흡혈 거머리에 뒤덮인 채 점차 산소 부족으로 새파래져 가고 있다고 상상하면서 재미있어 할 것 같다. 그렇다. 꽤 그럴싸한 이미지다.

좋은 작가를 만나는 건 솔직히 도움이 된다. 내가 참석한 첫 SF 박람회에서 나는 아는 사람이 단 하나도 없었다. 그래서 꽤 트럭 닐슨 헤이든이 우선 코리 닥터로우를 내 '사수'로 정해 주었다. 코리는 나를 한 무리의 멋진 사람들에게 소개시키는 일종의 성인식을 치러 주었는데 공교롭게도 그 사람들은 작가들이었고, 그 이후로 그중 많은 이들과 좋은 친구가 되었다. 멋진 사람들이었다. 친구의 성공에 기뻐하고, 우정에 관대하며, 재미있기까지 하다. 신인 작가들의 훌륭한 롤모델이다. 다음에 여러분이 나를 만나면 그중 몇을 소개시켜 주겠다. 여러분은 그들을 좋아하게 될 것이다. 그렇지 않다면 여러분에게 뭔가 문제가 있는 것이다. 유감이다.

최근에 온라인에서 있었던
문학계의 반목에서 놓친 것들

(2005년 10월 14일)

나와 셰리 프리스트가 쓴 작가들 논평에 대해 Galleycat 웹사이트에 글이 하나 올라왔다(제목은 "SF 작가들은 좀 더 정상적이고 착해져야 한다. 외모도 신경 좀 써야 하고."이다. 음, 어쨌든 우리는 착한 사람들이다). 이 글은 나에게 최근에 있었던 (작가 스티브 알몬드와 마크 사르바스가 포함된) 온라인상의 문학적 불화의 실마리를 제공해 주었다. 바로 본론으로 들어가자. 사르바스는 그의 블로그에서 알몬드의 글을 내내 비판해 왔다. 하지만 최근에 LA에서 있었던 문학 모임에서 두 사람이 같은 시간에 같은 방에 있었지만 물리적인 충돌은 없었고, 저러다 불나는 거 아닌가 싶은 열띠고 기이한 논쟁을 했을 뿐이었다. 불이 났으면 현장에 있던 LA의 작가들은 죄다 불타 죽었겠지만 그 동네에는 워낙 작가가 많으니 15분 후에는 전부 대체되었겠지(아, 입 닥쳐. 나 LA 출신이야, 젠장. 이런 농담은 나도 해).

알몬드는 그 사건(과연 사건이라고 할 수 있을지)에 대한 글을 썼다. 놀랄 정도로 형편없어서 〈살롱〉이라고 하는 독기 어린 자존심의 온상에나 실릴 만한 글이었다. 사르바스는 자기의 문학 블로그에서 반격했다. 둘 중에서는 사르바스가 그나마 나았다. 블로그 활동을 통해 인신공격에 대한 놀라울 정도의 쿨한 무관심을 내면화했기 때문이다. 여기에는 자기를 공격한 사람이 한 욕설을 폭로하며 즐거워하는 것도 포함된다. 나 자신도 이러한 행동에 익숙하기 때문에 무관심의 효과를 잘 알고 있다. 하지만 승리의 영광은 둘 중 누구에게도 오지 않는다. 이러한 종류의 일에서는 그런 경우가 극히 드물다.

하지만 진정한 악역은 〈살롱〉이다. 알몬드에게 실제로 돈을 주고 문학적 구린내가 진동하는 글을 쓰게 했기 때문이다. 그 글이 알몬드의 인성을 그대로 보여 주는 것이라면 사르바스가 굳이 맞상대하지 않은 것도 당연하다. 알몬드 자신이 스스로를 함께하거나 심지어 가까이만 있기에도 굉장히 불쾌한 사람처럼 보이게 만들었기 때문이다. 〈살롱〉의 편집자는 알몬드를 한쪽으로 불러서 "이런 글 써 봐야 당신 꼴만 우스워져."라고 말했어야 했다. 그렇게 하지 않으면 결국 불쌍한 알몬드만 손해를 보기 때문이다. 편집자는 이런 일을 해야 한다. 문법을 수정하는 것, 그리고 작가가 대중 앞에서 망신당할 일을 하지 못하게 하는 것(이 두 가지가 상호 배타적인 것은 아니다).

하지만 〈살롱〉은 작가들에게 삽을 던져 주고 제 무덤을 파게 하는 게 장사가 된다고 본 것 같다. 소설가의 명성과 관련해 가장 위험한 일곱 개의 단어는 "난 그저 〈살롱〉에 글을 하나 쓴 것뿐이야."다. 〈살롱〉의 북 섹션은 코리 닥터로우의 최신 단편이 연재되고 있다는 것 말고는 전혀 쓸모가 없다. 농담이 아니다. 〈살롱〉의 북 섹션은 온라인 잡지로는 이미 죽어 버렸다. 여기까지 하겠다.

작가가 다른 작가를 인신공격하는 글을 꼭 써야만 한다면 그 글로 돈을 받아서는 안 된다. 역겨운 짓이다. 어떤 작가가 자기를 보기만 해도 바지에 오줌을 지린다는 식으로 알몬드가 암시한 것은 이루 말할 수 없이 꼴사납다. 그런 사람과는 누구도 상종하고 싶지 않을 게 분명하다.

인신공격은 자기 블로그에서 해야 한다. 절제되지 않고 무분별한 자기 만족적 취향의 문학적 타자 혐오를 하라고 블로그가 있는 것이다. 댓글란에서 실제로 키보드 배틀을 하는 재미를 느낄 수 있다. 다른 작가가 여러분이 그들에 대해 쓴 끔찍한 글들을 찾아내지 못할 확률은 거의 제로에 수렴하기 때문이다(작가들은 매일 자기 이름을 구글에서 검색해 본다). 본질적으로 제 얼굴에 침 뱉기인 더러운 돈을 받았다는 오명을 쓰지 않고도 다른 글쟁이들을 비난할 수 있는, 마냥 좋다고는 할 수 없는 전율을 느낄 수 있다.

무엇보다도 온라인 뒷담화를 시작해서는 안 된다. 싸구려 전율 말고는 누구에게도 아무런 도움이 되지 않고, 멍청이라는 악명만 높아지게 된다(뒷담화에 대응하는 것은 적어도 처음 한 번은 괜찮다. 그래도 성공의 비결은 놀라울 정도의 무관심이라는 사실을 기억하자. 댓글이 이어질 때까지 기다리다가 칼을 뽑아야 한다). 온라인에서 스스로의 가치를 떨어뜨리는 것보다는 바에서 술을 마시면서 그런 이야기를 하는 게 낫다. 문학적 가십거리라도 될 수 있기 때문이다. 그게 더 재미있다. 진짜 싸움으로 이어질 확률이 높고, 내 생각엔 아마 알몬드도 그걸 바라지 않았을까 싶다. 솔직히 말해 작가들의 주먹다짐을 구경하는 것은 거위가 퀴즈를 푸는 모습을 보는 것과 같다. 엄청나게 끼룩거리고 꽥꽥거리지만 아무도 실속은 챙기지 못한다.

나는 모르겠다. 온라인에서건 오프라인에서건 진정한 문학적 논쟁을 어떻게 해야 하는지 아는 사람이 더 이상 없어서일 수도 있다. 그게 더 부끄럽다.

표절을 하지 않는 방법

(2005년 12월 1일)

브래드 바이스에 관한 이야기를 재미있게 읽었다. 바이스는 어떤 문학상을 받고 단편집을 냈다. 그런데 그 후에 누군가가 단편집의 적어도 일부는 다른 작가의 작품이라는 사실을 폭로하는 바람에 수상은 취소되고 책은 폐지 신세가 되었다. 미시시피 주립대 교수인 바이스는 당황해하며 자신이 다른 작가의 작품에서 전체 문장을 가져온 것은 하나의 오마주라고 주장했다. 또한 그 오마주는 '정당한 이용' 면에서 혼동이 있었다고도 말했다. 한편 부지런한 기자들은 갈수록 이름에 어울리는 행동을 하는 바이스(바이스 이름의 철자가 '죄악Vice'인 것을 비꼰 것-옮긴이)가 다른 작품도 표절했다는 사실을 밝혀냈다. 바이스는 '정당한 이용' 어쩌고 하는 핑계를 댈 게 뻔하지만 이 친구가 연쇄표절범이라는 느낌이 강하게 든다.

〈미디어 바소Meida Basso〉의 기사는 다른 작가의 글에서 일부를 가져오는 것이 일종의 최신 학계 트렌드라고 말하고 있다.

"상호텍스트성, 삽입 서사, 문학적 차용과 오마주는 1990년대 비평계에서 대단히 많이 찾아볼 수 있다." 내 생각에 이 기사는 학계와 현실의 또 다른 괴리를 보여 주고 있다. 내가 예컨대 영국 철학자 올라프 스테이플던의 책에서 문장을 잔뜩 발췌해서 내 소설에 내가 처음부터 쓴 문장인 것처럼 등장시켰다고 하자. 편집자 패트릭 닐슨 헤이든은 내가 "이건 오마주야!"라는 같잖은 평계를 꾸며내기도 전에 내 머리에 거대한 곤봉을 내리칠 것이고, 토르 출판사는 책을 전부 수거해서 폐기해야 한다. 현실 세계에서는 고의적인 상호텍스트성이라는 주장은 큰 실수로 인해 들어가게 된 비용 앞에 설 자리가 없다.

(진지하게 말한다. 오마주와 표절은 다르다. 그리고 명문 주립대학의 교수로 밥벌이를 하는 사람은 그 차이를 알고 있어야 한다. 허용되는 '정당한 이용'이 무엇인지도 알고 있어야 한다. 그것이 영문학 교수의 직무가 아니라면, 직무가 되어야 한다. 그리고 바이스는 미시시피 주립대 영문과 우등생 클럽의 지도교수다! 부끄러운 줄 알아야 한다. 미시시피 주립대학 측에서는 바이스의 표절 문제에 대한 조사를 개시했다. 이는 바이스가 현재로는 종신 교수는 꿈도 꾸지 말아야 한다는 걸 시사한다)

나도 『노인의 전쟁』에서 로버트 하인라인을 제멋대로 가져다 썼기 때문에, 오마주가 부적절한 문학적 기법이라고 암시할 생각은 추호도 없다. 하지만 나는 내 생각에 아주 중요한 일 두 가지를 했다는 점을 밝혀 둔다. 첫째, 나는 하인라인이 쓴 단어를 내 원고에 그대로 가져다 붙이지 않았다. 둘째, 나는 이 사실을 남이 말릴 정도로 솔직하게 털어놓았다. 감사의 글에서 하인라인에게 고마움을 표했다는 말이다. 내가 한 일을 아무도 알아채지 못할 것이라고 자신을 속이지 못하게 된다.

공식적으로 말하는데, 나는 『유령 여단』에서도 같은 짓을 했다. 동료 작가들의 아이디어 두 가지가 너무나 흥미로워서 도저히 다루지 않을 수가 없었다. 한 사람은 닉 세이건인데, 그의 책 『에덴에서 태어난Edenborn』에 나오는 '의식의 전이' 개념이 내가 『유령 여단』에서 필요했던 내용에 들어맞았다. 다른 한 사람은 스콧 웨스터펠드였다. 『유령 여단』 119~121페이지에 나오는 짧은 우주 전투 장면은 스콧이 쓴 『킬링 오브 월즈Killing of Worlds』의 입이 딱 벌어질 정도로 끝내주는 긴 우주 전투에 많은 부분을 빚지고 있다(그의 전투가 대용량 버전이라면 내 것은 휴대용 미니 버전이다). 두 경우 모두 나는 그들이 만든 주제를 바탕으로 변주를 하겠다는 것을 미리 알렸고, 감사의 글에서 그 변주 부분을 밝혔다. 저자와 책을 열거하며 "내가 그들에게서 양심적으로 훔쳤다."고 설명했다.

그러지 않을 이유가 없었기 때문이다. 차용한 사실을 숨기고 싶지 않다. 내 글쓰기 능력에 자신이 있기 때문에 내 글이 동시대의 유능한 작가들의 영향을 받았다는 사실을 인정한다고 해도 불안하지 않다. 더욱 중요한 건, 나는 사람들이 그 사실을 알기를 바란다. 사람들이 내 감사의 글을 마음에 들어 한다면 분명 그 영감의 원천을 알아보려고 할 것이기 때문이다. 『유령 여단』의 감사의 글을 읽은 덕분에(또는 지금 이 글을 읽은 덕분에) 몇몇 독자들이 닉과 스콧의 책을 찾게 된다면 그들의 독자가 늘어나는 것인데 내가 왜 기쁘지 않을까. 그들은 뛰어난 작가들이고—나는 최고들한테서만 훔친다—더 많은 독자를 가질 자격이 충분하다. 또 중요한 점은, 이렇게 밝히면 나중에 있을지도 모르는 아이디어 도용이라는 비난을 예방할 수 있다. 자신이 아이디어를 빌린 작가들의 목록을 공개하면 이러한 비난을 걱정할 필요가 없다. 나는 유죄를 인정한다. 그리고 여러분이 이 다른 뛰어난 작가들의 작품도 읽기를 바란다.

　나는 실제 단어 도용에는 그렇게 관대하지 않다. 앞서 언급했던 우주 전투는 스콧이 쓴 장면의 미니어처 버전처럼 보이지만, 적어도 나는 그 장면에 나오는 단어와 단어의 체계를 내 머릿속에서 생각해 내서 썼다. 내가 가지고 있던 『킬링 오브 월즈』를 펼쳐서 그 안의 내용을 베낀 게 아니다. 그런데 만일 누군가가 실제로 베끼고는 그에 대한 감사의 글을 썼다면 어떻게 될까? 달리 생각하면 바이스의 상황이 여기에 해당한다고 볼 수도 있기 때문이다. 신인 작가인 여러분(그리고 신인은 아닌 바이스)을 위한 팁을 하나 줄 테니, 부디 자유롭게 활용하고 널리 퍼뜨려 주기 바란다.

감사를 받지 못한 '오마주'는 종종 표절과 구분되지 않는다. 심지어 모든 사람이 여러분이 오마주를 바친 작가나 작품을 알아야 '하는' 경우에도 그렇다(현실에서는 그런 일은 없다). 책 맨 끝에 간단한 면피용 문구("저자는 [다른 작가 이름]에 감사드린다. 이 작품은 그의 [그 작가의 작품]에 대한 학술적으로 승인된 상호텍스트성 방식의 오마주이다.")만 쓰면 골치 아픈 일도, 책이 폐지 신세가 되는 일도 상당히 줄어들 것이다.

내가 쓴 책에 대한 오마주나 심지어 도용을 기대하기에는 좀 이른지도 모르겠다. 하지만 내가 가진 아이디어나 쓴 장면을 누군가가 바꾸어서 다루고 싶어 한다면 좋을 것 같다. 그렇게 해도 된다. 그리고 여러분의 책의 감사의 글에 그 사실을 밝히고 싶다면 더 좋다. 그리고 감사의 방법으로 치즈 종합선물세트 상자를 보내 주고 싶다면 그야말로 최고다.

1월은 문학적 사기의 달!

(2006년 1월 9일)

문학적 사기를 치기에 좋은 달이 되어가는 것 같다. 나름 유명한 두 작가가 자신들이 말했던 것과는 다른 사람이라고 비난받고 있는데, 그 비난의 방식은 다르다. 첫 번째는 제임스 프레이다. 밀리언셀러인 약물중독 회상록 『백만 개의 작은 조각 A Million Little Pieces』에서 그는 이 책이 논픽션이라고 암시했지만 사실은 그렇지 않을 수 있다. 〈스모킹 건〉 잡지는 장문의 추적 기사에서 이 두꺼운 책(오프라 북클럽 선정 도서이기도 하다)의 내용 일부가 과장 또는 날조되었다는 결론을 내렸다. 두 번째는 'JT 르로이'라는 젊은 작가다. 아동 성매매와 약물 남용에 관해 쓴 그의 이야기는 전부 허구였다. 이게 차라리 낫다. JT 르로이라는 작가 자체가, 마약 중독 상태의 십 대였던 그를 찾아내 그 체험을 글로 쓸 수 있게 도왔다고 주장하는 어떤 커플이 만들어 낸 완전한 허구의 인물처럼 보이기 때문이다. 르로이는 대중 앞에 모습을 드러냈지만 사실은 그 커플 중 남자의 여동생이었다. 작가는(존재하기는 하는지) 개인적인 문제 때문에 대역을 내세웠다고 주장하는 입장문을 발표했지만, 기사에 나온 다른 사실들은 그가 가공인물임을 시사하고 있다.

나 개인적으로는 JT 르로이가 허구의 인물인가 여부가 밝혀지는 것에 대해 하나도 관심이 없다. 가공인물이 허구를 쓰는 게 실제 인물이 쓰는 것보다 더 불쾌할 이유가 없다는 것을 알게 되었다. 어쨌든 허구이기 때문이다. 봄이 되어 드라마 〈로스트〉의 제작진이 '게리 트루프'가 '쓴' 소설을 출간했을 때(게리 트루프는 드라마에 나오는 불운한 비행기의 승객이다. 나는 그가 비행기를 고장 낸 범인이라고 생각한다) 생기는 일과 비교하면 이 일은 그저 약간 난해한 종류의 대필 정도로 보인다. 가공인물이 허구를 쓰는 것은 진행에 그저 또 다른 수준의 '메타meta'를 더하는 데 지나지 않는다는 게 내 의견이다.

작가에게 개인적으로 몰입한 사람들은 그 작가가 존재하지 않는다는 사실을 알게 되면 일종의 배신감을 느끼게 되리라는 사실은 이해한다. 하지만 다행히도 책은 여전히 그대로 있다. 허구이기 때문이다. 나는 허구에 관해서는 과정보다는 결과 지향적인 편이다. 말하자면 그 책이 재미있는가에만 신경 쓴다. 그 작가가 약물중독에서 벗어나려고 몸부림을 쳤든, 금수저로 편하게 살았든, 흰담비 같은 동물 품에서 자랐든 개의치 않는다. 내 다른 다중인격(하!)으로 돌아가면 작가와 책의 집필을 둘

러싼 환경에 관심을 가질지도 모른다. 하지만 그전까지는 책만 좋으면 된다.

제임스 프레이 논쟁에 대해서는 조금만 더 얘기하겠다. 나는 지루하고 자기 연민으로 가득한 약물중독 회상록이라는 장르에 대해 강한 반감이 있기 때문이다. 전직 쓰레기들이 카타르시스를 얻고 출판 계약을 따내기에 좋다. 내가 문제의 그 책을 읽어야 한다는 뜻이 아니다. 실제로 나는 프레이의 책을 읽지 않았다. 나는 여러분이 "나는 사람들을 괴롭히고 나 자신을 망치는 개쓰레기였다가 중독 치료소에 끌려갔고, 아직 살아 있음에 감사하며 퇴소했다."라는 한 문장을 읽으면 그 두꺼운 책의 나머지는 안 봐도 된다는 사실에 감사하리라고 확신한다. 그리고 나도 저 문장을 읽었다. 정말 고맙다.

(이 글이 약물에 중독되었다가 갱생한 사람들에게 내가 아무 연민을 느끼지 못한다는 얘기로 받아들여져서는 안 된다. 그런 경험이 있거나 현재 그런 상황에 있는 친구나 가족들을 알고 있고, 그들이 이겨낸 게 엄청나게 자랑스럽다. 그들이 그에 관한 책을 쓰지 않기만을 바랄 뿐이다. 이미 충분하다)

나는 이 책에 관심이 없고 그 장르에 반감이 있기 때문에, 중독을 엿보던 수백만의 독자들을 기만한 이 사람을 옹호하기가 쉽지 않다. 게다가 그의 이야기를 읽고 내가 처음 한 반응은 "와, 300만 부나 팔았군. 어쨌든 한몫 챙겼네. 본인한테는 잘된 일이야."였다. '아마추어' 포르노를 보는 사람은, 화면에서 끈적한 신음을 내던 출연자들이 사실은 돈을 받고 연기한 것이라는 사실을 알게 되었을 때 배신감을 느낄 것이다. 나는 그런 사람들에게 연민을 느끼지 않듯이 프레이 책의 독자들에게도 별 연민을 느끼지 않는다. 이렇게 말하면 내가 나쁜 놈이 될지도 모른다. 내가 그런 사람들에게 신경을 써야 하는지 아니면 쓰지 말아야 하는지도 확실하지 않다. 돈값을 한다는 면에서는 중독 회상록보다는 차라리 아마추어 포르노를 보는 게 낫다는 사실은 알고 있다.

하지만 〈스모킹 건〉의 기사에 나온 사실이 맞다면(내가 알기로 그 사이트는 팩트체크가 철저하다), 프레이는 거짓말을 일삼는 사기꾼이고, 따라서 그의 '회상록'도 문학적 수준이야 어쨌든 쓰레기다. 이 사건에 관해 온라인에서 벌어진 다양한 논의 중에 내가 본 가장 끔찍한 일은, 언제나처럼 누군가가 등장해서 그 회상기의 '문학적' 진실은 '문자 그대로의' 진실보다 더 중요하다—즉 더 나은 이야기를 만들어 낼 수 있다면 논픽션에서 사건에 대해 거짓말을 해도 된다—는 바보 같은 소리를 했다는 사실이다.

한마디로 헛소리다. 어떤 사건에 대해 논픽션을 쓰려고 한다면 그 논픽션을—'논'픽션이라는 말이 말해 주듯—픽션으로 써서는 안 된다. 픽션을 쓰고서 논픽션이라고 주장한다면 거짓말을 일삼는 사기꾼이다. 진실이라고 '생각되는' 것을 쓴다고 해서 그것이 진실이 되는 게 아니다. 그리고 사람들이 논픽션에서 진실보다는 '진실이라고 믿고 싶은 것'을 옹호하려 하는 것을 보면 나는 삽을 들고 가서 다 묻어 버리고 싶어진다.

진정한 진실을 대가로 치르더라도 누군가가 진실이기를 바라는 것에 대해 관용을 베풀었기 때문에 지금 우리는 진실은 개똥이라는 견해를 가진 정부를 가지게 된 것이다.

여러분이 픽션을 쓸 생각이라면, 픽션은 픽션이라고 불러야 한다. 사람들은 실제 회상록 못지 않게 실화 소설도 사랑한다. 게다가 독자들은 더 야한 느낌도 받게 된다. 실화 소설은 섹스 장면을 쓰기에 더 낫기 때문이다. 논픽션 소설은 여러분이 트루먼 카포티(『인 콜드 블러드』로 '논픽션 소설'이라는 새로운 장르를 개척한 작가–옮긴이)거나 적어도 톰 울프(미국의 언론인, 작가. 문학에 저널리즘 기법을 도입한 선구자로 불림–옮긴이) 정도 되어야 먹힌다. 프레이의 책을 전혀 읽지 않았기 때문에 내 말이 틀릴 수도 있다. 하지만 나는 프레이가 카포티도 울프도 아니라고 생각한다.

4장

SF 이야기. 또는 글쓰기 속물들이여, 이 장을 그냥 넘기면 절대 안 된다.

그래, 그래, 그래, 안다. SF는 진짜 문학이 아니다. 그 상표는 '문학 소설literary fiction' 장르를 위해 준비된 것이다. 문학 소설에서 사람들은 작은 동네 및/또는 브루클린을 돌아다니며 작은 경험의 시간을 쿠폰처럼 모으다가 이야기가 끝나기 직전에 '깨달음의 고요한 순간'으로 바꾼다. 공식은 아니다. 하지만 다아는 사실이다. 여러분이 그걸 즐기면 나도 기쁘다.

장난이다. 나는 다른 장르 못지않게 문학 소설도 읽는다. 그리고 좋은 작가와 멍청이, 훌륭한 작품과 떨어지는 작품, 기억에 남는 글과 금세 잊어버리는 시시한 글의 비율은 다른 여느 장르와 거의 비슷하다는 사실을 알게 되었다. 나는 어떤 장르의 글이 다른 장르의 글보다 낫다는 생각을 특별히 하지는 않는다. 어떤 유형의 요리법이 다른 유형보다 낫다고 생각하지 않는 것과 마찬가지다. 문학 소설은 프랑스 요리고 SF는 태국 요리다. 로맨스는 달달한 초콜릿이다. 각 요리의 버전마다 맛있는 게 있고 형편없는 게 있다. 각각의 요리를 먹어 보려고 하지 않는 속물들은 좋은 기회를 놓치는 것이다.

지금 나는 SF를 쓴다. 가장 재미있게 읽었고 무엇보다 SF를 쓰는 걸 가장 좋아하기 때문이다. SF와 그 샴쌍둥이인 판타지는 자신들의 관심사와 논의를 보유한 장르를 구성하고, 각각의 작가들과 독자들이 존재한다. 나는 장르에 몰입할수록 그에 대한 의견을 점점 더 자주 주장하게 되었다. 아무튼 여러분이 이 장에서 보게 될 것은 가장 최근의 SF 트렌드에 대한 관찰과('최근'이라 함은 2005년 말에서 2006년 초를 말한다) SF 장르가 현재 나아가고 있는, 또는 나아가야 할 방향에 대한 내 생각이다.

여러분이 SF 작가가 아니라도 왜 관심을 가져야 하는가? 먼저 SF의 관심사와 논의 중 많은 것들이 다른 장르들과 비슷하기 때문이다. 예컨대 로맨스 작가들이 자신들의 장르는 모두 한 가지 유형뿐이라는 생각을 SF 작가들보다 더 많이 하지는 않는다. 사실 두 장르 모두 수많은 작품을 포함하고 있기 때문이다. 범죄 소설 작가는 새로운 독자를 확보하는 문제에 대해 외계인에 대해 쓰는 작가들만큼이나 걱정한다. 심지어 문학 소설 작가들도 우주선을 상상하는 작가들만큼이나 자신들이 헛소리를 쓰고 있는 건 아닌지 걱정한다. 이 장에 실린 글들은 SF 장르를 위한 것이지만, 논의하고 있는 주제는 보편적이다.

여담으로 이 장에서 여러분은 두 작품이 많이 언급되는 것을 보게 될 것이다. 하나는 『노인의 전쟁』인데 내가 쓴 작품이니 당연하다. 나머지 책들에 대한 감상은 개인적 경험에 기초하고 있다. 『노인의 전쟁』은 이 글들을 쓸 당시에 내가 가장 밀고 있는 SF 소설이었다. 다른 하나는 찰스 스트로스의 『아첼레란도 Accelerando』인데 2005년 중반에 나왔다. 찰리의 책은 두 가지 이유로 이 장에서 큰 몫을 차지한다. 첫째, 나는 이 책이 2005년에 나온 SF 중 최고이며 수많은 상을 휩쓸어야 한다고 생각하기 때문이다. 두 번째는 이 작품이 여러 면에서 『노인의 전쟁』의 반대쪽 극단에 서 있다는 사실을 알게 되었기 때문인데, 그 이유는 이 장의 글들에서 자세히 말하겠다. 그래서 많이 언급했다. 여러분이 확인해야 할 힌트로 받아들였으면 좋겠다.

자, 이제 시작해 보자.

냉소적인 작가

(2005년 10월 18일)

피어 북스의 편집장 루 앤더스가 자기 웹사이트에서 『노인의 전쟁』을 호평했다. 정말 좋은 사람이다. 앤더스는 편집장으로 재직하면서 훌륭한 책들을 펴냈다. 그런 그가 『노인의 전쟁』을 칭찬해 주니 쑥스럽고 기쁘다. 그는 내가 정말 좋은 친구이며 숨소리도 신선하고 향기롭다고 말했다. 사실 이 마지막 말은 안 썼다. 지금 내가 페퍼민트 껌을 씹고 있기는 하다. 나는 민트 향 그 자체다.

하지만 내가 『노인의 전쟁』에 대한 앤더스의 글을 소개하는 이유는 그 책을 칭찬해서가 아니라 처음에는 관심이 없었다고 했기 때문이다.

'내가 보통 읽는 종류의 책이 아니어서'일 뿐만 아니라, 처음에는 상당히 의도적으로 읽기를 미뤘다. 우선 나는 스칼지가 팔리는 종류의 책 (밀리터리 SF)을 찾아서 썼다는 사실을 (냉소적으로?) 인정했다는 애기를 전에 들었다. 두 번째는 스칼지가 그의 블로그에서 내가 가장 싫어하는 클리셰인 "메시지를 보내고 싶으면 웨스턴 유니언을 이용하시오." (작가 새뮤얼 골드윈이 쓴 유명한 문장으로, 메시지는 전보처럼 짧게 핵심만 전달하라는 의미, 여기서 웨스턴 유니언은 통신 회사—옮긴이)를 인용해 흥미를 잃게 했기 때문이다. 그렇다. 나는 재미를 위해 읽는다. 하지만 그 재미의 일부는 배우는 것, 나 자신을 향상시키는 것에 있다. 그리고 나는 언제나 작가를 교사나 과학자처럼 뭔가 대단한 수준의 직업으로 생각하며, 작가들이 보통 사람보다 어느 정도는 더 똑똑하기를 기대한다. 나는 배우기 위해 읽는다. 그리고 작가들이 깊이 아는 게 없다고 솔직하게 말하면, 나는 그 말을 곧이곧대로 받아들이고 떠나 버린다.

이러한 반론을 읽으면 미소가 지어진다. 그 반론들이 전적으로 사실에 기인하고 있다는 사실 때문만은 아니다. 나는 정말 '웨스턴 유니언' 인용구를 썼다(Whatever가 아니라 〈스트레인지 호라이즌Strange Horizon〉 잡지와의 인터뷰에서 썼다). 그리고 나는 서점을 돌아다니면서 어떤 종류의 SF가 잘 팔리는지 확인한 후에 의도적으로 밀리터리 SF를 썼다. 사실이다.

여러분이 양해해 주리라고 믿고, 이 두 가지에 대해 조금만 이야기하겠다. 먼저 '웨스턴 유니언' 건부터 시작하자. 아래 질문에 대한 대답이다.

DB: 작가님은 『에이전트 투 더 스타스』는 '(독자의) 마음에 다가가는 친절한 이야기'는 아니라고 했습니다. 『노인의 전쟁』은 그런 이야기인가요? 아니면 더 대단한 이야기가 나오기를 기대해야 하나요?

스칼지: 분명히 말하는데, 나는 『에이전트』의 이야기를 좋아하고 그 이야기에 대해 생각하고 쓰는 게 즐거웠습니다. 하지만 나는 수많은 초보 작가들이 자신에게 정말로 중요한 이야기를 곧바로 성공적으로 쓰려고 한다고 생각합니다. 내 생각에 이것은 난생처음 골프를 치면서 홀인원을 기대하는 것과 비슷해요. 나는 첫 소설(딸 생각이 없었다는 사실을 기억하자)이 페어웨이에만 올라가길 바랐습니다. 그래서 외계인과 할리우드에 관해 썼죠. 해 볼 만한 모험처럼 보였거든요. 그리고 『에이전트』를 전혀 알아보지도 못하게 망가뜨렸더라도, 나 자신이나 내 글쓰기 의욕이 사라지지는 않았을 겁니다.

나는 의식적으로 '대단한 이야기'를 쓰려고 하는 것을 다소 경계한다. 여기 그 오랜 경구가 있다. "메시지를 보내고 싶으면 웨스턴 유니언을 이용하시오." 나는 좋은 이야기, 독자가 계속 읽고 싶어 할 이야기를 쓰고 싶다. 좋은 이야기라는 범위 안에서는 그 이야기에 도움이 되는 한 상당히 중요한 것들을 몇 가지 쓸 수 있다. 『노인의 전쟁』에서 중요한 주제를 몇 가지 건드렸다. 그러나 여기에서 중요한 단어는 '건드리다'이다. 여러분이 하는 일에 주의를 환기시키려 하기 시작하면 이야기는 서서히 멈춰 버릴 확률이 높고, 여러분은 독자를 여러분이 창조한 세상 밖으로 끌고 나와 "보세요! 저게 중요한 핵심이에요!"라고 말하는 셈이다. 독자는 바보가 아니며 미묘한 내용도 이해할 수 있다고 생각하는 게 낫다.

달리 말하면 나는 누군가에게 "나는 이제부터 대단한 작품을 쓰기 시작할 거야."라고 말하는 순간, 그가 내 뒤통수를 쳐서 정신 번쩍 차리게 해 줬으면 좋겠다. 지금 나는 좋은 이야기들을 쓰고 그 이야기가 어떻게 될지를 보는 데 집중하고 있다.

작가가 엔터테이너로서 어떤 즐거움을 줄 수 있는가에 대해 앤더스와 내 의견이 다르다고 보지 않는다. 나는 작가들이 단순한 줄거리 이상의 것을 줄 때 행복하며, 내가 좋아하는 작가들 다수가 그렇게 한다. 즐거움은, 심지어 가벼운 즐거움이라도 꼭 무의미한 건 아니다. 하지만 독자로서 나는 '존 골트식 행동'(미국 작가 아인 랜드의 소설 『아틀라스』에 등장하는 인물로 유능한 인재들을 콜로라도의 한 계곡에 집단으로 이주시킴-옮긴이)이라고 부르는 것을 걱정한다. 어떤 등장인물이 한 장소에서 수많은 페이지를 차지하면서 작가의 정치적 웅변을 마치 메리 수(작가가 자신의 대리만족을 위해 작품 속에 등장시킨, 작가 자신을 투영한 캐릭터를 뜻함-옮긴이)처럼 게걸스럽게 토해내는 것을 말한다. SF의 역사에서도 이러한 노골적인 존 골트식 행동이 전혀 없었던 것은 아니며 이는 손해라고 생각한다. SF 작가로서 나는 강조하고 싶은 핵심이 있으면 그보다는 훨씬 이해하기 쉽게 쓰고 싶다.

『노인의 전쟁』은 정치적/수사학적 메시지 전달 면에서 흥미로운 사례다. 우주가 너무 극단적이기 때문이다. 모든 사람이 거의 모든 다른 사람과 반목한다. 또한 이것의 정치적인 함축성은 『노인의 전쟁』에서는 많은 부분에서 가볍게 건드리고 끝난다. 왜냐하면 이것은 '일개 보병의 시선'에서 본 우주이고, 주인공의 머릿속에는 개척자연맹의 사회정치적 구조 말고 다른 것들이 있기 때문이다. 아무튼 주인공은 보병이고 전투에만 집중하기 때문에 그러한 구조를 접하는 경우는 제한적이다. 하지만 눈치 빠른 독자라면 개척자연맹이 사실 어떤 종류의 정부이고 사회인지 분명 파악할 수 있으리라고 생각한다. 『유령 여단』에서는 그 이야기의 맥락을 훨씬 더 중요하게 파고든다. 그리고 만일 3부가 나온다면 개척자연맹이 무엇이며 어떻게 성립되었는가의 중요성이 거의 정점에 도달하리라고 생각한다.

확실히 이 모든 것에는 작가가 전하려는 메시지가 있다. 물론 나도 관점이 있고 어쨌든 누군가는 이 우주에서 일어나는 일에 관해 결정을 내려야 한다. 저자는 나이기 때문에 그 결정은 내가 하는 게 낫다. 하지만 말했듯이 목표는 메시지가 이야기의 흐름을 통해 전달되게 하는 것이지 어떤 등장인물이 길게 설명하는 게 아니다(물론 『노인의 전쟁』과 『유령 여단』두 작품 모두 길게 설명하는 등장인물이 나온다. 하지만 나는 설명은 기껏해야 한두 문단 정도로 줄이고 다른 인물들도 옆에서 한두 마디 끼어들 수 있게 만들려고 한다). 또한 작가로서 나는 이야기를 최우선시하려 한다. 사람들은 이야기를 읽기 위해서 책을 찾기 때문이다. 메시지를 이야기에 맞춰야 하지 그 반대가 되어서는 안 된다. 『노인의 전쟁』의 우주는 허구이고 극단적인 종류의 우주이다. 메시지는 그 우주를 만든 규칙에 따른 역할을 해야 한다.

(이것이야말로 SF를 '주류' 소설과 차별화시키는 요소 중 하나다. 도덕적, 정치적, 철학적 선택은 작품에서 창조된 우주의 맥락 속에 있고, 꼭 우리가 현재 사는 우주의 맥락일 필요는 없다. 어떤 메시지는 이 우주에 완벽하게[또는 전혀] 들어맞지 않을 수 있다. 잘난 체하며 좁은 시야를 새로운 규칙들까지 확장하고 싶어 하지 않는 사람들은 이 점이 [가장] 괴롭다. "SF는 진짜 문학이 아니다."라고 말하는 사람은 이런 종자라는 걸 알 수 있다. 여러분은 그저 웃음 띤 채 그들의 좁고 꽉 막힌 사고를 불쌍히 여기면서 자기 길을 가면 된다)

하나 지적할 것이 있다(앤더스도 이것은 트집 잡지 않으려 할 것이다). 즐길 거리도 메시지를 가질 수 있다. 메시지가 언제나 필요한 것도 아니다. 때로는 무엇인가가 그저 즐거운 '키스 키스 뱅뱅'일 수 있다(SF의 경우에는 '로켓 로켓'). 내가 계속 언급하지만 여러분은 본 적 없는 책인 『안드로이드의 꿈』(내가 알기로 2006년 후반기에 토르 출판사에서 나올 예정이다)은 메시지가 거의 없다. 게다가 1장은 그저 확장된 화장실 유머뿐이다. 장腸 문제 말고는 아무것도 깊게 다루지 않는다. 앞서도 말했지만 나는 이 1장이 내가 썼던 최고의 글 중 하나라고 생각한다. 아무튼 적어도 가장 재미있는 글 중 하나다.

"밀리터리 SF가 팔리는 걸 보았기 때문에 밀리터리 SF를 썼다."는 말로 가 보자. 이 말에 대한 앤더스의 반응이 유별난 게 아니었다는 사실을 먼저 말해 둔다. 내가 이 사실을 시인했기 때문에 처음에는 내 책을 읽는 걸 미뤘다는 사람들을 알고 있다. 그들이 개인적으로 말해 줬거나 그들의 블로그에서 봤기 때문이다(그렇다. 나는 내 이름을 검색한다. 새삼스럽지도 않다).

이해는 간다. 나는 그저 소비하는 것 이상의 수준으로 예술을 경험한 대부분의 사람들은 예술이 진정성을 가지기를, 그 예술이 예술가의 내면적 순수함에서 나오기를 바란다고 생각한다(여기서 '예술'과 '예술가'는 대단히 포괄적인 정의로 사용했다). 여러분은 『노인의 전쟁』이 순수한 진정성을 가지고 독창적으로 나온 게 아니라고 주장할 수 있다. 난 『노인의 전쟁』을 쓰기 전에는 밀리터리 SF에 진정한 애정이 없었다는 사실을 기꺼이 인정한다. 이 장르를 싫어하거나 업신여기지는 않았다(이 점이 중요하다고 생각한다), 어떤 식으로든 내게 큰 울림을 주지 않았을 뿐이다. 밀리터리 SF로 분류되는 몇몇 작품들을 좋아했지만 다른 작품들은 그저 그렇거나 별로였다. 그날 내가 서점에 갔는데 서가의 대부분을 다른 SF 서브 장르가 차지하고 있는 걸 봤다면, 나는 밀리터리 SF 대신에 그 서브 장르를 쓰려고 했을지도 모른다(가능성이 완전 높다!). 내 책을 읽으려는 사람이 노골적인 속셈이 들어간 뒷이야기를 아는 것은 그 책이나 내 신뢰성에 별 도움이 되지 않는다. 그 사실을 인정한다는 걸 말해 둔다.

하지만 책은 책이고 나는 나다. 나는 존 스칼지고 돈을 벌기 위해 책을 쓴다. 내가 즐겁고 남들을 즐겁게 해 주기 위해서도 쓴다. 조건만 맞으면 후자의 이유가 전자보다 우선한다. 하지만 그 반대의 경우라도 크게 걱정하지 않는다. 문제는 정말 좋은 글을 쓸 수 있는가이다. 그 문제는 상업성과 창조성 두 가지 모두에서 정말 걱정이 된다. 독자들이 시간과 돈을 들일 만했다고 느낄 만큼 좋은 책을 쓰고 싶다. 그리고 출판사들이 내고 싶은 생각이 들게 만드는 책을 쓰고 싶다.

그래서 나는 『노인의 전쟁』의 출판에 얽힌 내력을 공개하는 것을 조금도 꺼리지 않는다. 그렇다. 밀리터리 SF가 잘 팔리는 것을 보았기 때문에 쓰기로 결심했다. 그리고 아직 책을 내지 못한 소설가였기 때문에 책을 팔고 시장에서 잘 나가게 할 가능성을 극대화하고 싶었다. 그렇게 결심한 다음, 그 서브 장르에서 읽히는/읽힐 만한 이야기를 썼다. 그리고 나는 쓰레기 같은 글을 읽는 걸 좋아하지 않는다. 그래서 팔리는 이야기, 그러면서도 읽기 좋은 이야기를 써야 할 동기가 있었다. 전자의 동기는 어떻게 포장하더라도 냉소적으로 바라볼 수 있다고 인정하지만, 후자의 동기에 관해서는 순수하고 진정성 있다고 주장할 것이다.

종류를 불문하고 예술에 관한 가장 크고 흥미로운 논쟁 중 하나는 작업 과정의 가치 평가에서 '의도'가 어느 정도의 비중을 차지하는가이다. 작품은 그 작품을 창조하는 작가의 동기와는 별도로 존재하는가, 아니면 그 동기의 맥락에서 고려되어야 하는가의 문제이다. 나는 창작자이다. 하지만 창작자가 되기 10여 년도 더 전에는 비평가였다. 그리고 비평가로서 일한 시간 덕분에 나는 작품 평가에서 동기를 요소로 고려하는 것을 경계하게 되었다. 좀 더 정확하게 말하면 동기는 작품을 완전히 좋은지 아닌지를 살펴본 후에 비로소 고려할 수 있다고 생각한다. 예술가는 자신의 마음과 영혼을 책이나 앨범, 또는 그림 등에 쏟아부을 수 있다. 하지만 그 책이나 앨범, 또는 그림이 엉망이라면 그 의도가 순수한가는 그렇게 중요하지 않다. 여전히 형편없는 책(또는 앨범이나 그림 등등)인 것이다. 반면, 정말로 탁월한 예술 작품은 그 뒤에 숨은 동기에 덕분에 가치가 더 높아질 수는 있지만, 먼저 그 자체로 뛰어난 점이 있는 탁월한 예술 작품이어야 한다.

독자들은 글쓰기 과정이 아니라 완결된 책을 읽는다. 감상자는 작곡 과정이 아니라 완성된 교향곡을 듣는다. 관객은 제작 과정이 아니라 최종 편집된 영화를 본다(감독판 DVD가 나오기 전까지는). 과정은 불투명하며 대부분 무관하다. 결과는 투명하고 평가의 대상이 된다. 사람들은 과정을 아는 경우 종종 그 과정을 판단한다. 하지만 과정의 재미있는 점은 작품이 완성되면 더 이상 존재하지 않는다는 사실이다. 곧 작품 자체만 독립적으로 서게 된다.

나는 『노인의 전쟁』이 나온 과정을 공개한다. 재미있는 데다가(과정이 예술적 관련성이 있다고 보는지 여부와 관계없이 과정 자체를 아는 건 재미있다고 생각한다) 그 책이 나오게 된 과정이 마음에 들기 때문이기도 하다. 나는 『노인의 전쟁』이 좋은 책이라고 생각한다. 그리고 읽기 좋은 작품이라는 자신만의 가치 위에 서 있다. 책이 나오게 된 과정이 사람들이 그 작품을 어떻게 보는지에 영향을 미칠까? 어떤 경우에는 그렇다. 이미 그렇게 되었다. 이런 일들이 일어나기는 한다. 그렇지만 사람들이 표지를 펼치고 그 안에 있는 내용을 읽게 되면, 사람들은 결국 책과 이야기를 보게 된다. 그렇게 되었을 때 만족스러운 결과가 나오기를 바란다.

SF의 확장

(2005년 12월 15일)

어떤 독자의 질문.

그레그 벤퍼드와 대릴 슈바이처는 SF에 드리운 판타지의 그림자와 그
것이 사회에 주는 의미에 관한 글을 썼습니다.
내 생각으로 선입견을 주기보다는 작가님의 견해를 듣고 싶습니다. 탁
월한 지성의 떠오르는 SF 작가시니까요. 블로그에 글을 써 주셨으면
좋겠습니다.
기사는 benford-rose.com(현재는 폐쇄된 듯함 - 옮긴이)에 있습니다.

기사를 읽었다. 아직 보지 못한 여러분을 위해서 말하자면,
그 기사는 판타지의 증가는 미국에서 비합리성과 반(反)과학적
관점이 늘어나고 있음을 시사한다는 벤퍼드의 암울한 시선이
주를 이루고 있으며, 슈바이처는 최선을 다해 벤퍼드를 진정시
키려는 것 같았다.

특별히 벤퍼드/슈바이처에 대해 말하자면, 그들이 이 문제를 지나치게 어렵게 생각하고 있다고 본다. 물론 SF 작가들이 어렵게 생각하기는 한다. 나는 판타지의 증가와 SF의 감소를 불길한 문화적 트렌드로 한데 묶는 것은 괜찮다고 생각한다. 자신은 엔트로피를 향해 급변하고 있는 세계와 역사의 무자비한 속박에 붙잡혀 있다고 생각하면, SF 작가인 자기가 아니라 판타지 작가인 JK 롤링이 책으로 수십억 달러를 버는 현실이 덜 기분 나빠지기 때문이다. 롤링은 돈 실컷 벌라지! 우리는 곧 음식 찌꺼기를 노리는 바퀴벌레와 싸울 거야! 하지만 나는 개인적으로 이 문제가 좀 더 세속적이라고 생각한다. 그리고 판타지에는 없지만 SF가 가진 마케팅과 글쓰기의 문제가 있다. 다시 말하자면, 수학은 어렵다. 그리고 SF는 다소 꺼림직하게도 수학과 비슷해 보인다.

왜냐하면 SF 문학은 수학이기 때문이다, 젠장. 내가 보기에 2005년 최고의 SF는 찰리 스트로스의 『아첼레란도』이다. 이 작품은 올해 나온 그 어느 책보다도 머리가 깨질 것 같은 아이디어들로 가득하다. 그리고 혹시 몰라서 말하는데, 『노인의 전쟁』이 올해의 어떤 문학상 후보로 지명되었다가 찰리의 책에 밀리더라도 나는 기쁠 것이다. 그렇기는 해도, 그리고 전에도 말했지만, 『아첼레란도』는 SF 초보자가 아니라 마니아를 위한 책이다. 그리고 지난 몇 년 동안의 중요한 SF 작품 중에는 초보자에게 추천할 만한 게 그리 많지 않다. 이 작품들은 모두 여러분이 장르에 대단히 정통하다고 묵시적, 명시적으로 가정하기 때문이다. 작가들 자신이 그러하기 때문이다.

SF 문학 커뮤니티는 기숙 학교와 같다. 우리는 모두 서로의 일, 문학, 그 외의 일에 따라 자신의 영역을 한정한다(동성애도 있지만 거기까지는 가지 말자). 다른 작가가 무엇을 쓰고 있는지 알고 있으며, 같은 영역에 발을 들이는 걸 싫어한다. SF는 언제나 새로운 표현의 언어를 만들어 낸다는 뜻이다. 이것은 좋은 일이다. 하지만 최신 유행의 단어들은, 책을 열심히 읽으시기는 하지만 SF는 중급자인 우리 장모님 같은 분은 이해할 가능성이 없다. 그분한테는 수학이다. 이것은 좋지 않다.

반면, 판타지의 경우 수재나 클라크의 『조나단 스트레인지와 마법사 노렐』 같은 작품은 장모님도 무리 없이 읽을 수 있다. 『해리 포터』? 소장하고 계신다. 닐 게이먼의 『미국의 신들 American Gods』? 조금 힘들기는 했지만 읽어 내실 수 있었다.

지난 10년 동안 나온 판타지 히트작 중에서 장모님께 바로 권해 드리지 못한 책은 차이나 미에빌이 유일했다. 미에빌은 최신 SF의 비유를 바탕으로 판타지 신화를 창조했기 때문이다(그의 판타지는 그가 재창조한 등장인물과 같다. 기분 좋게 그로테스크한 매시업[여러 가지 자료에서 요소들을 따와 만든 새로운 창작물-옮긴이]이다). 장모님께는 『퍼디도 스트리트 정거장』을 권해 드릴 생각을 하고 밤새 키득거렸다. 하지만 말했듯이 미에빌의 경우는 예외이지 원칙이 아니다(그리고 어쨌든 우리 둘 모두에게 다행인 게, 나는 그의 글을 좋아한다).

판타지 작가들도 SF 작가들만큼이나 다른 작가들의 영역에 발을 들여놓지 않는다. 하지만 이들은 책을 쓸 때마다 새로운 도구를 만들어 내야 한다는 압박을 받지 않는다. 판타지 장르의 언어는 좀 더 느리게 진화하기 때문이다. 수학이 아니다. 수학이라도 고등 수학은 아니다. 그리고 우리 장모님 같은 분도 바로 빠져들 수 있다.

그리고 이것이 핵심이다. 판타지 문학에는 보통의 독자들을 향해 열린 문이 수없이 많다. SF 문학에는 얼마나 있는가? 더욱 중요한 사실은, SF에는 그 문이 얼마나 있다고 "생각되고" 있는가? 이 질문들에 대해 SF 장르의 추종자들은 그 대답이 "매우 적다."와 "그보다도 더 적다."는 사실을 인정해야 한다. 오늘날 가장 접근하기 쉬운 SF는 지금은 사망한 작가들이 수십 년 전에 쓴 작품들이다. 여러분은 내가 다른 사람들처럼 로버트 하인라인을 사랑한다는 사실을 알고 있다. 하지만 우리 동네 서점에 하인라인의 책이 다른 SF 작가의 책들보다 왜 더 많이 있을까? SF로 향하는 가장 효과적이고 현대적인 '열린 문'은 미디어 파생 상품이지만, 여기에도 그 자체의 문제가 있다. 울타리가 쳐진 목초지 같아서 사람들에게 더 넓은 SF의 세계로 뛰어들라고 권하지 않는다. 그리고 괴짜가 아니고서야 지하철에서 『스타워즈』나 『스타트렉』 책을 읽고 있는 모습을 보이고 싶은 사람은 없을 것이다.

구내식당에서 놀림감이 되는 경험을 하는 경우가 늘어나면서, SF 광들은 그들의 장르와 함께 자발적으로 고립되고, 보통 사람들이야 이번 주 내내 형편없는 칙릿이나 『다빈치 코드』 유사품을 읽으며 좋아하건 말건 내버려 두었다(모든 세대를 위한 문학적 매시업도 나올 수 있다. 『템플 기사단은 프라다를 입는다!』 수백만 부가 팔릴 것이다). 하지만 그렇게 되면 우리는 벤퍼드/슈바이처가 한 탄식으로 돌아가게 된다. SF는 판매와 영향력 면에서 판타지에 뒤처지고 있고, 아마도 계속 그렇게 될 것이다. 그러므로 세상이 SF에 등을 돌렸다고 말하는 건 좋다. 하지만 SF 작가들이나 출판사들이 우리는 이런 더러운 세상을 그다지 좋아하지 않고, 여기서 우리 친구들(이미 다들 알고 있는)과 함께 있는 게 더 재미있다고 탄식하며 암시하듯 이 말을 한다면, 그리고 우리가 이런 처지가 될 것이라면, 나는 SF라는 장르에 별로 연민을 느끼지 않는다.

대럴 슈바이처는 그의 탄식하는 글에서 만일 누군가가 하인라인의 『낯선 땅 이방인』처럼 엄청나게 재미있는 SF를 썼다면 사람들은 SF라도 그 작품을 읽을 것이라고 썼다. 나는 이 말이 적절치 않다고 본다. 사람들은 『낯선 땅 이방인』만큼 재미있는 책을 쓰고 있다. 이미 그 책을 읽은 사람들만을 위해서 쓰는 것이다. SF라서 미안하다고 하는 책이나, SF지만 읽어 달라고 독자들에게 구걸하는 책(끔찍하다!)은 실패할 수밖에 없는 운명이다. 동정심으로 책을 읽는 사람은 없기 때문이다. 독자들은 내 일도 읽지 않을 것이고, 이메일도 보내지 않을 것이며, 메신저에 들어와도 인사하지 않을 것이다. 파티에서 봐도 모른 척할 것이다. 동정심으로 하는 독서는 불편하고 어색하기 짝이 없는 일이다.

우리에게는 미안해하지 않고 SF를 쓰는 사람, SF를 한 번도 읽어 보지 않은 사람들에게도 미안해하지 않고 SF를 쓰는 사람이 필요하다. 새로운 SF 독자를 원한다고? 대중들에게 화제가 되는 SF를 쓰고 싶다고? 그렇다면 확장하는 행동을 해야 한다. SF는 나와 관계없다고 늘상 생각하는 독자들을 위해 지적이고 흥미진진하며 감동적인 SF를 써야 한다.

지나치게 단순화하지 말자. 여러분이 쉽게 설명하면 독자들은 이해할 수 있다. 독자들이 고등학교 2학년 때 억지로 커트 보니것의 「해리슨 버거론Harrison Bergeron」을 읽은 이후로는 SF를 하나도 읽지 않았다고 생각해야 한다. SF를 재미있고 흥미진진하게 쓰고, 아이디어뿐만 아니라 사람에 대해 쓰고, 사람들이 SF가 사실 그렇게 형편없는 건 아니라는 사실을 깨닫는 뿌듯한 독서 경험을 선사해야 한다. 그런 다음, 평범한 30대 남자가 가지고 다녀도 창피하지 않은 책 표지를 만들어 달라고 출판사에게 애걸복걸해야 한다. 우리가 이 모든 일을 할 수 있다면, 가정이지만, 그저 가정이지만, 문학 장르로서의 SF는 문화적 타당성의 길로 되돌아올 수 있을 것이다.

모든 SF 작가가 이 일을 해야 하는 건 아니다. 최첨단을 달리는 일부 작가들이 낸, SF 입문자를 위한 우주를 만들어 보려는 아이디어는 아직 발을 떼지 못한 상태이다. 하지만 누군가는 그 일을 해야 한다. 그리고 나머지 SF 작가들은 이들 용감한 자원봉사자들이 그 우주를 만들 때 헐렁한 부분을 잘라내야 한다. 지적이지만 친절하게 보조 바퀴가 달린 SF를 처음 읽은 사람이 그 후에 『아첼레란도』나 그 밖의 좀 더 어려운 작품들에 빠져들 수도 있다. 우리에게도 좋고, 작가들에게도 좋으며, 장르에도 좋고, 우주 전체에도 좋은 일이다.

나는 바로 그렇게 생각한다.

SF 작가들의 복수!

(2005년 1월 28일)

빨리 눈치채야 하는 경험법칙이 있다. SF 작가들을 열받게 하면 안 된다. 점심 먹기도 전에 행성 전부를 파괴하는 사람들이다. 그들이 여러분에게 어떤 짓을 할지 생각해 보시라.

퍼블리시아메리카PublishAmerica에 대해 최근에 알았다. 다소 논란이 되는 회사인데, 많은 작가들은 이 출판사가 노골적인 '허세 출판사vanity publisher'라고 생각한다. 이 출판사는 계약서를 꼼꼼히 읽어 보기보다는 그저 '책을 낸' 작가가 되고 싶어 하는 사람들을 이용해 먹고 있다(퍼블리시아메리카와 이 출판사에서 책을 낸 많은 작가들은 이 혐의를 격렬하게 부인한다).

제임스 맥도널드를 포함해 다수의 저명한 SF 작가들은 작가 지망생들이 이 출판사를 멀리해야 한다고 경고했다. 이것이 퍼블리시아메리카의 기분을 상하게 한 것 같다. 퍼블리시아메리카는 자신들의 온라인 사이트 중 하나에 이렇게 썼다. "경험상 SF와 판타지 작가들의 수준은 다른 모든 소설보다 훨씬 낮다…. (SF 작가들은) 현실의 삶에 관해 어떤 이야기를 어떻게 효과적으로 써야 할지 감을 잡지 못한다."

맥도널드와 다른 작가들은 이것이 도전임을 직감했다. 그래서 그들 중 한 그룹이 모여서 상업적으로 전혀 팔리지 않을 책을 의도적으로 썼다("줄거리도 성격 묘사도 주제도 찾아볼 수 없다…. 문법과 철자는 엉망이다." 그들은 자신들이 만든 웹사이트에 이렇게 사실대로 썼다). 그러고는 퍼블리시아메리카의 기준에 맞는지 확인해 보기 위해 그 원고를 투고했다. 어떻게 되었을까? 성공했다. 『애틀랜타의 밤』(그 책 제목이다)이 승인되었다. 그 책에 나온 문장의 예다.

"태워 줘 고마워." 브루스 루센트가 중얼댄다. 고통에 찬 그의 얼굴이 노란 햇빛에 빨개졌다. "내 차가 모두 부서졌다."

그의 옛 친구 이사도르가 큰 머리를 그에게 흔든다. "차 벌려면 돈 있어야 하는데 일할 차가 없어." 그가 말했다. 듣기 싫은 느릿느릿 끄는 그의 목소리의 메이콘 카운티 사투리가 애틀랜타 상류사회가 부드러워지게 만들었다. "너를 멋진 아파트에 데리고 되돌아갈 수 있어서 기뻐. 네가 전부 살아 있어서 우리 행복하다. 그 끔찍한 차 안에 있었으면 살해할 수 있었어." 이사도르는 말을 잠깐 멈추기 위해 깜빡이를 켜고 러시아워의 교통을 안전하게 뚫고 브루스 루센트의 화려한 아파트 건물 주차장 안으로 빠져들었다. "새 차 월요일 나온다."

"팔 부러졌는데 어떻게 운전해." 브루스 루센트가 대꾸했다. "운이 좋다. 즉사하지 않았어. 많은 사람들이 지독한 차 안에서 죽는다."

"다행히, 38대 대통령 린든 베인스 존슨이 설립한 프로그램에 기초한 빠르고 효과적인 응급 의료 시스템이 너를 살렸는데 안 그러면 죽었을 충돌 사고에서 도움이 됐어." 이사도르가 빙그레 웃었다. 그는 까마득히 솟은 아파트 건물을 향해 고개를 숙였다. 피치트리 애비뉴의 그늘 아래였다. 브루스가 화사한 생활을 하는 곳.

이게 그나마 나은 정도다. 같은 번호가 매겨진 장이 두 개, 똑같은 문장이 들어간 장이 둘 있다(내가 알기로 문장이 똑같은 두 장에 똑같은 번호가 매겨져 있다). 그리고 상식적인 문법이 다양하게 틀렸다. 물론 이 책의 저자 '트래비스 티'는 가명이다.

(나는 참여하지 않았다. 했으면 좋았겠지만!)

이 책이 승인되자 당연히 SF 작가들은 다양히 웹사이트에 이 일을 언급하지 않을 수 없었다. 퍼블리시아메리카는 이 모든 게 장난이었다는 걸 알고 출판 제안을 재빨리 철회했다. 하지만 이미 너무 늦었다. SF 작가들은 퍼블리시아메리카의 수준을 입증하는 사례로 이 소설을 다른 출판사에서 내기로 했을 뿐만 아니라, 이 일 전체를 다시 정리해 보도자료로 만들어 배포했고, 오늘 뉴스에 나왔다.

이 이야기의 교훈은?

퍼블리시아메리카(또는 이와 비슷한 다른 출판사들)에서 책을 낼 것을 고려하고 있는 작가 지망생이라면, 계약서에 서명하기 전에 상당한 주의를 해야 한다.

SF 작가들을 열받게 하면 안 된다. 화난 모습을 보면 식겁할 것이다.

퍼블리시아메리카가 제 무덤을 파다

(2005년 2월 17일)

멍청하기 짝이 없다.

퍼블리시아메리카의 대표는 SCI FI Wire(현 SYFY WIRE)와의 독점 인터뷰에서, SF/판타지 작가 모임이 자신의 회사를 '허세 출판사'라고 비난한 것에 대해 (작가들이 꾸민 장난에 넘어갔음에도) 항변했다. 작가들은 퍼블리시아메리카가 SF/판타지 작가들을 폄하한 것에 대응해, 의도적으로 형편없는 소설 『애틀랜타의 밤』을 썼고, 퍼블리시아메리카에 투고해 과연 출판이 승인될지 시험했다. 장난이 밝혀진 후, 퍼블리시아메리카는 출판 제안을 철회했다.

메릴랜드 주 프레데릭에 있는 퍼블리시아메리카의 래리 클로퍼 대표는 그 장난에 대해 처음으로 언급했다. 회사는 장난임이 밝혀지기 전부터 알고 있었으며, 그때 출판 제안을 철회했다고 주장했다. 클로퍼는 많은 주요 출판사들은 원고를 끝까지 읽지 않고서도 출판 제안을 한다고 말했다. "장난은 실패했습니다." 클로퍼의 말이다. "극히 아마추어적인 개그였어요."

물론 그 장난은 눈부실 정도로 성공했다. 이유는 이렇다.

출판사가 완전한 무명 작가의 첫 소설 원고를 다 읽지 않고도 출판 제안을 할 수 있다는 클로퍼의 주장은 완전히 틀렸다. 클로퍼는 이 사실을 알고도 새빨간 거짓말을 하고 있다. 모른다면 대단히 무능한 것이다. 소설 출판사들이 원고 전체보다는 처음 세 장chapter만을 요청한다는 건 맞다. 하지만 출판사는 첫 세 장이 마음에 든다면 나머지 원고 전체를 요청한다는 게 핵심이다. 읽어 보기 위해서다. 그리고 그때 출판사는 완전히 무명인 소설가의 데뷔작에 모험을 걸게 된다.

왜냐고? 반복하지만 여러분은 완전히 무명이고 소설을 처음 쓰는 작가이기 때문이다. 여러분이 스티븐 킹이라면 출판사는 일부만 보고도 원고 전체를 믿을 만한 상당한 근거가 있다. 과거에 그렇게 해서 수익을 안겨 준 이력이 있기 때문이다. 하지만 킹의 첫 소설인 『캐리』를 산 출판사가 어디든, 출판 제의를 하기 전에 분명히 작품 전체를 읽어 보았을 것이다.

'주요' 출판사들이 원고의 일부만 읽고도 완전 무명인 소설가의 데뷔작에 출판 제의를 하는 다른 세상에 우리가 살고 있다고 하더라도, 『애틀랜타의 밤』에 출판 제의를 할 출판사는 아무 데도 없다는 게 문제의 핵심이다. 그 소설은 어디를 읽어 봐도 형편없기 때문이다. 믿어도 좋다. 정기적으로 책을 내는 작가들은 어떻게 하면 출판이 되지 않을지 알고 있다. 말하자면 기타리스트 에디 밴 헤일런이 어떻게 하면 기타에서 형편없는 소리가 나오는지 알고 있는 것과 비슷하다. 유능한 프로 작가라면 유명한 출판사가 거들떠보지도 않을 만큼 형편없는 글을 쓰는 기술을 갖추고 있다.

투고 담당 전직 편집자로서 말하는데, 『애틀랜타의 밤』은 첫 페이지부터 끔찍하게 형편없는 소설이다.

제정신이 달린 투고 담당 편집자라면 그 원고를 쓰레기통에 던져 버리거나, 최소한 직접 반송용 봉투에 넣어 그 불쌍한 빌어먹을 작가에게 돌려보낼 것이다. 300단어까지 안 봐도 이 원고는 도저히 출판할 게 못 된다는 걸 알게 된다. 업계에서 쓰는 말로, 먹어 보지 않아도 똥인지 된장인지 안다.

이런 원고를 읽고 "이 책은 꼭 내야 해."라고 말하는 편집자는 어떤 사람일까? 둘 중 하나다.

1. 무능하기 짝이 없는 편집자.

2. 원고 승인 기준이 '전통적인' 출판사와는 다른 어떤 것에 기초하는 편집자. 말하자면 원고의 저자와 관계된 사람들에게 책을 무더기로 팔아야 할 필요가 있는 경우.

나는 퍼블리시아메리카의 투고 담당 편집자가 무능하다고 생각한다. 하지만 이치에는 안 맞아도 너그럽게 그들은 무능하지 않다고 가정하자. 프로의 예의라고 해 두자. 그러면 비전통적인 투고 승인 기준이 남고, 그것은 퍼블리시아메리카의 술수임이 분명하다. 퍼블리시아메리카의 관행을 보면 이 출판사의 사업은 책을 일반 시장에서 파는 게 아님을 알 수 있다. 작가, 작가의 가까운 친구, 책을 사 줄 거라고 작가가 확신하는 사람들에게 파는 것이다. 그리고 이러한 종류의 출판사들에게 딱 맞는 용어가 있다. '허세 출판사.'

퍼블리시아메리카에서 일하는 누군가가 『애틀랜타의 밤』을 실제로 읽었다고 가정하자. 읽고 나서 든 생각은 '젠장, 이 작품 좋네.'가 아니라 '이 작가가 불쌍해서 책을 사 줄 친구가 많을 것 같아.'일 것이다. 그래서 출판 제안을 한 것이다. 같은 짓을 그 출판사와 계약한 많은 작가에게 했으리라고 합리적으로 추정할 수 있다. 전부는 아니겠지만 다수에게 그랬을 것이다.

당연히 이런 짓은 그 불쌍한 작가들에게 엄청난 피해를 준다. 현실의 출판계에서 『애틀란타의 밤』 같은 쓰레기가 실제로 정말 출판될 수 있다는 것을 암시함으로써, 퍼블리시아메리카는 이러한 작가들에게 그들의 책은 출판하기에는 가슴 아플 정도로 경쟁력이 낮다는 딱지를 붙인 것이다. 퍼블리시아메리카에서 책을 내면서 자신의 글이 실제로 출판되기에 충분한 경쟁력을 갖췄다고 생각했던 작가들은, 같은 수준의 경쟁력을 갖춘 그다음 작품들이 다른 출판사들에게 계속 끝없이 거절당하면서 혼란에 빠지게 될 것이다.

그리고 이것도 당연히 퍼블리시아메리카의 계획 중 일부다. 다른 출판사에서 책을 내기에는 경쟁력이 떨어지기 때문에 퍼블리시아메리카에서만 책을 낼 수 있는 작가군을 만드는 것이다. 퍼블리시아메리카는 그들을 작가로 보지 않는다. 순전히 돈줄로만 본다. 그리고 작가들이 그렇게 할 수밖에 없게끔 묶어놓는다. 만일 사실이 그렇다면 퍼블리시아메리카는 단순히 허세 출판사에 지나지 않는 게 아니라 말할 수 없이 잔인하다.

장난은 성공했다. 아래의 두 가지 사실 중 하나를 폭로했기 때문이다. 먼저, 퍼블리시아메리카 직원들이 무능하기 짝이 없다는 사실이다. 이 경우 이들과 책을 내는 건 바보짓이다. 아니면 퍼블리시아메리카 직원들이 작가들을 의도적으로 속이고 조종하는 냉소적이고 잔혹한 개자식이라는 사실이다. 이때도 이들과 책을 내는 건 바보짓이다. 세 번째 가능성은 그들이 무능하기 짝이 없는 데다 냉소적이고 잔혹한 개자식이기까지 하다는 것이다. 이 경우 이들과 책을 내는 건 바보짓이다. 그리고 이자들은 끌려 나와서 그들이 낸 책의 책등으로 처맞아야 한다. 우선은.

아무리 축소해서 보더라도 퍼블리시아메리카는 나쁜 뉴스다. 『애틀랜타의 밤』에 관한 좋은 뉴스는 퍼블리시아메리카가 무슨 짓을 하더라도 제 무덤을 더 깊게 파는 짓이 될 것이라는 사실뿐이다. 그렇게 되면 해 줄 말은 하나뿐이다.

"꼴 좋다."

SF의 정치학

(2005년 1월 16일)

게시판에 올라온 질문 하나.

찰스 스트로스의 작품을 즐길 뿐만 아니라, 지적인 SF에 대체로 호감을 가진 사람으로서(다시 말해 최첨단 SF를 기라델리 초콜릿 같은 기호품과 동등한 것으로 생각하는 사람으로서), 내가 좋아하는 SF 작가들이 '현실 세계'에서 가지고 있는 정치적 관점을 더 많이 알고 싶습니다(예컨대 차이나 미에빌: 사이비 마르크스주의자. 르 귄: 반전주의자이며 노장사상 신봉자 등등…).

나는 다른 면으로는 통찰력이 있는 많은 SF 작가들(찰스 스트로스 포함)의 세계관이 현재의 정치적 사실을 이야기할 때는 이상할 정도로 음모론적이고 독단적이라는 사실을 알게 되었다. 동시대의 모든 SF 작가들은 열렬한 좌파인가? 아니면 다른 무엇인가?

특별히 찰리 스트로스에 대해 말하자면, 그 질문에 가장 잘

답해 줄 수 있는 사람은 물론 찰리 본인일 것이다. 개인적으로 밝히는데, 나는 그에게서 다른 사람보다 더 정치적으로 독단적인 면을 발견하지 못했다. 찰리와 나의 정치적 견해는 눈에 띌 정도로 갈리지만 그는 그것을 이유로 나와의 친분을 꺼리지 않는다. 그는 당연히 정치적 관점을 가지고 있는데, 이 말로 가장 잘 요약할 수 있을 것이다. "나는 멍청하고 따뜻한 자유주의자야. 그리고 머리는 멍청하고 가슴은 따뜻한 자유주의는 방어가 필요한 이데올로기라고 생각해. 필요하다면 징 박은 장화로 막 조짐이 보이는 전체주의의 거시기를 차서라도 말이야." 나는 이게 열정적인지 독단적인지 모르겠다. 어쨌든 찰리는 자신의 주장을 말할 자유가 있다.

일반적인 SF의 경우, 누군가가 SF 작가들의 정치 성향을 진지하게 조사하리라고는 생각하지 않는다(그럴 이유가 없다). 하지만 이야깃거리로 말하자면, 내가 만난 대부분의 SF 작가들은 정치적으로는 두 종류였다. 좌파와 자유주의자. 좌파 진영에는 미국 시민이 아닌 대부분의 SF 작가가 포함된다. 이를 통해 어느 정도 기본적인 추측이 가능하다. 영국, 캐나다, 호주, 뉴질랜드 작가들은 정치적, 사회적으로 미국 작가들보다 더 '좌파'이기 때문이다. 이 진영에는 미국 SF 작가들도 다수 포함되는데, 이들은 미국 지식인 계층의 부분집합으로 광범위하게 분류된다. 미국 지식인 계층은 일반적으로 좌파라고 하지만, 단언하기는 꺼려진다. 자유주의자 진영은—나는 속으로 그들을 '하인라인주의자Heinleinites'라고 부르기 좋아한다—내가 알기로는 수는 적지만 강경한 소수이다. 입을 떼는 순간 알 수 있다.

이것은 매우 막연하고 그저 이야깃거리로 하는 말이다. 성공한 SF 작가 중에 내가 보기에 정치적 또는 사회적으로 보수적인 성향을 가진 사람들이 몇 생각난다. 오슨 스콧 카드는 사회적 보수주의자로 유명한데, 그 성향은 어느 정도는 그의 종교적 전통에 뿌리를 두고 있다. 존 링고도 상당한 보수주의자로 보인다. 그는 〈뉴욕 포스트〉에 쓰는 기명 논설로 알려졌다. 홀리 리슬레도 정치적 보수주의자 같다. 그녀가 자신의 정치적 관점을 쓴 글을 봤다. 대부분의 SF 작가와 편집자는 당연히 한 개인으로서 정치적 관점과 주장이 있다. 하지만 나는 자신의 정치적 입장이 드러날 정도로 교조적이고 직설적으로 말하는 SF 작가는 만나지 못할 것이라고 본다. SF 작가들은 대체로 자신의 정치적 입장에 대해 '생각하는' 경향이 있기 때문이다.

작가의 정치적 관점을 아는 것은 흥미롭기는 하지만 그들의 작품과는 대개 무관하다. 다만 작가가 특별히 현재의 정치적 상황에 대해 쓴 경우(이 장르에서는 이례적인 일이다)에는 그렇지 않다. 예컨대 나 개인의 정치적 관점은 『노인의 전쟁』과는 거의 전적으로 무관하다. 『노인의 전쟁』을 통해 군사력의 사용에 대한 내 생각을 조금 눈치챌 수도 있겠지만 그렇지 않을 수도 있다. 이 작품을 '반전주의'로 설명한 글도, '지상군' 보유의 타당성 근거로 사용한 글도 모두 보았기 때문이다. 여러분이 어떤 사람에게 『노인의 전쟁』을 주고 책 내용에 기초해서 내 정치적 성향을 추측해 보라고 하면 과연 답을 얻을 수 있을지 의문이다. 마찬가지로 나는 『퍼디도 스트리트 정거장』을 읽었지만 차이나 미에빌을 사회주의자라고 단언할 수 있을지는 확실하지 않다. 그의 개인적 성향은 이 책에서는 그다지 분명하게 드러나 있지 않다. 적어도 내가 보기에는 그랬다.

그리고 앨런 스틸의 『코요테』 같은 작품은 어떤가? 이 책에서 미국은 극우 집단으로 대체되었고 그에 맞서는, 식민지 주민으로 구성된 저항 세력이 있다. 하지만 책의 후반부에는 더욱 거대한 사회주의 국가가 등장하고, 그에 맞서는 저항 세력도 있다. 이 중 어떤 것이 스틸의 정치적 관점을 말해 주는가? 그는 좌파인가, 아니면 우파인가? 아니면 그저 간섭을 싫어하는 자유주의자인가? 이 중 하나일 수도, 어디에도 해당하지 않을 수도 있다. (내 생각엔) 이것은 전혀 중요하지 않다. 어쨌든 스틸은 허구를 쓴 것이기 때문이다.

다시 말한다. 작가가 문장 속에서 자신의 정치적 성향을 명시적으로 밝히지 않는 한 그들의 개인적인 정치적 관점과 성향은 기껏해야 TMI에 지나지 않는다. 어떤 사람은 개인의 정치적 관점은 내가 시사하는 것보다 더 중요하다고 주장할 것이다. 그러면 나는 그들에게 나보다 더 그 정치적 관점이 중요한 사람이 있다고 말할 것이다. 그리고 시간과 장소에 따라 더 중요해질 수 있다. 여기서 예술의 형태를 바꿔서 말하자면, 예컨대 레니 리펜슈탈의 뛰어난 영화적 재능은 나치에게 봉사하는 데 사용되었다. 하지만 지난 선거에서 조지 부시나 존 케리를 지지했던 평범한 작가의 경우는 리펜슈탈만큼 중요하지는 않다. 현재 미국에서 대부분의 SF 작가의 정치적 성향—좌파, 우파, 또는 완전 무당파無黨派—은 그 작가의 작품에 어떻게 접근할 것인지의 문제와는 무관하다.

미국 SF의 문제점에 대해 대체 누가 신경이나 쓴다고?

(2005년 4월 21일)

찰리 스트로스는 올해 휴고 상의 최우수 소설 부문 후보가 전부 영국 작가인 이유를, 좀 더 정확히 말하자면 미국 작가가 한 명도 없는 이유를 (샤덴프로이데를 아주 살짝 내비치면서) 추측했다. 단지 우연일 것이라는 의례적인 화해 제스처를 보낸 다음에 찰리가 즉석에서 한 추론은 "미국 작가들이 활기를 잃었다."는 것이었다.

끝없는 논쟁은 간단하게 줄이고 내 주장을 말하려 한다. (영국 SF와 더불어) 미국 SF의 형태는 문화적 시대정신, 그 사회의 미래에 대한 자신들만의 상상에 의해 결정된다는 것이다. 그리고 나는 미국의 미래는 현재 불확실하고 불유쾌하며, 양극화되고 규격화되고 비관적이라고 생각한다…. 여기서 9/11 이후 미국인의 머리에서 떠나지 않는 모든 논란과 불안의 목록을 열거하려는 것은 아니다. 미국의 헤게모니 회복, 또는 소비에트 체제의 붕괴를 예언함으로써 어떤 빌미를 남기려는 것도 아니다. 나는 그 문제에 대해서는 불가지론자다. 내가 주장하려는 것은 이러한 불확실성이 SF를 괴롭히고 있으며 지금 집필되고 있는 소설의 종류를 뒤틀리게 만든다는 사실이다.

이 주장은 캐나다 작가 제임스 니콜이 〈라이브저널〉에 썼던 글에 어느 정도 이어지고 있다. 니콜은 이렇게 물었다. "그래서 정확히 언제부터 미국은 진정한 SF의 비옥한 토양이 되지 못했는가?" 그리고 미국 SF 작가들은 우울증을 겪고 있다며, 이는 시민적 자유가 제한된 암울한 미래를 등장시키는 점에서 드러난다고도 했다.

나는 모르겠다. 우울하게 쓰라는 편집자의 메모를 빼먹었던 게 분명하다. 내 SF 중에는 (적어도 지구를 다룬 경우) 미국의 미래를 비관적으로 보는 작품이 하나도 없기 때문이다. 게다가 『안드로이드의 꿈』에 나오는 까마득하게 먼 미래에는 (지구상의 다른 나라들은 실망하겠지만) 건전하고 강한 미국이 세계 연방 정부의 중심이며, UN 비슷한 행성간 거대 조직에 대표단을 파견하고 있다. 어두운 느낌의 소설을 쓰지 못하는 게 아니다. 『유령 여단』은 『노인의 전쟁』보다 조금 더 어둡고 강렬하다. 하지만 나는 파멸이나 어둠에서 본질적으로 재미를 발견하지 못한다. 그것들은 도구 상자에 있는 도구이며 각자의 용도가 있다. 하지만 반드시 도구 상자에서 꺼내는 첫 번째 도구일 필요는 없다. 나는 현재 미국의 정치적/사회적 상황에 전적으로 만족하지는 않지만 그것이 미국판 예루살렘 및/또는 2차 대공황의 전조라고는 믿지 않는다. 미국의 삶은 다양한 층위에서 존재한다. 지금은 그중에서 두려운 부분이 두드러지고 있을 뿐이다. 우리는 그것이 앞으로 어디로 가는지 보게 될 것이다. 결론만 간단히 말하자면, 비관하지 않는다.

미국이 겪고 있는 다양한 정치적 사회적 변화 때문에, SF 작가들은 고요해진 영혼의 사르가소해海(미국 바하마 제도의 동쪽 앞바다. 북대서양 해양 순환의 중심 가까이 있기 때문에 흐름이 거의 없음-옮긴이)에 갇혀 있는지도 모른다. 또는 미국 작가들이 특정한 SF 시장 트렌드의 맨 끝까지 집어삼켜 버리는 바람에 그 트렌드는 빠르게 끝나 버리고, 미국 SF 작가들은 앞으로 가야 할 곳을 알아내야 하는 상황일 수도 있다. 아니면 그들 모두의 인간관계가 정말 쓰레기 같은지도 모르겠다. 작가의 문제가 아니라, 지독하게 우울한 편집자가 우울한 작품을 사는 게 문제일 수도 있다. 독자로서 나는 이 문제에 실제로 신경 쓰기 어렵다. 나는 작가의 국적을 보고 책을 읽지 않는다. 작가 및/또는 이야기를 보고 읽는다. 그리고 이야기가 좋으면 나는 작가가 어디서 그 이야기를 썼는지는 하나도 개의치 않는다.

작가로서 내가 다른 작가들이 하는 일에 완전히 무관심한 건 아니다. 전에도 말했듯, 나는 서점을 돌아다니면서 밀리터리 SF가 잘 팔리는 걸 보고 『노인의 전쟁』을 썼다. 그리고 책을 처음 내는 작가로서 팔리는 책을 쓰고 싶었다. 하지만 다른 작가들이 많이 쓰는 소재와 방법, 또는 작품의 맥락적 기초를 지나치게 일반화하지 않으려고 조심했다. SF 바닥은 좁아서 겉으로는 똑같아 보이지만 사람들의 삶과 그것이 작품에 영향을 미치는 방식은 매우 다양하다.

미국 작가들이 죄다 우울하다면, 햇살 좋은 데로 단체관광이라도 보내 주자. 널찍한 공간에서 마음껏 뛰놀게 해 주자. (동성이건 이성이건) 성적으로 끌릴 것 같은 좋은 사람을 만나게 해서 발정기 맞은 담비처럼 하루나 이틀 내내 섹스만 하게 하자. 이런 게 자비심이다. 그렇게 했는데도 우울증에서 빠져나오지 못한다면 방법이 없다. 우리는 해 줄 만큼 다 해 줬다.

휴고 상 후보자 다섯 명이 전부 영국 작가인 이유에 대한 내 추측은 아주 간단하다. 편향성 논란이나 주최측과 작가들 사이의 실제 또는 상상의 개인적 관계 같은 건 제쳐 두자. 그저 후보작 다섯 편이 정말로 좋은 작품이었기 때문이다. 이러면 당연히 그 작품들이 '왜' 그렇게 좋은가에 대한 질문이 따라온다. 하지만 현재 미국 작가들이 슬럼프를 겪는 이유가 다양할 수 있듯, 이들 영국 작가들이 현재 정점을 찍고 있는 것에도 무수한 이유가 있다. 어쩌면 국적과는 약간 관계가 있고 다른 요소들이 관계가 적거나 전혀 없을 수도 있겠다.

이 다섯 권의 특정한 책이 포함된 중요한 이유를 생각하고 하나의 동일한 인과관계를 부여하는 것은 재미있다. 하지만 결국 이러한 추측은 결론을 내지 못할 것이다. 오컴의 면도날은 우리를 다시 '정말로 좋은 책' 이론으로 돌아오게 만든다. 나에게는 그랬다.

　다음 글은 'SF의 확장'의 자매편이다. 아이디어도 같고, 동일한 사례도 많지만 종착지는 조금 다르다.

SF 단일문화라는 미신

(2005년 8월 2일)

〈판타지&SF〉 2005년 9월호에 실린 로버트 KJ 킬헤퍼의 (다른 책들보다도)『노인의 전쟁』리뷰에 대해 많은 사람이 알려 주었다. 그 리뷰가 좀 세다는 점도 넌지시 전했다. 나는 센 걸 좋아한다. 그래서 확인해 봤는데 완전히 타당한 리뷰라서 크게 실망했다. 킬헤퍼는 문체는 많이 언급했지만("스칼지의 직설적이고 힘찬 문장과 초점을 단단하게 유지하는 속도는 거부할 수 없는 흥미진진함이라는 결과를 낳는다." 나는 토르 출판사의 마케팅 팀이 이 인용구를 세일즈 포인트로 삼아야 하지 않을까 생각했다), 본질적인 내용에 대한 언급은 없거나 부족했다("하인라인 중독자들을 위한 마약 주사보다 조금 나은 정도이다." 돈이 되는 인용구는 아니지만, 의욕적인 마케터가 마지막 다섯 단어[하인라인 중독자들을 위한 마약 주사]에 느낌표를 신중하게 붙여 사용하면 효과가 있으리라 확신한다).

그러니 공평하다. 내가 이 리뷰에 가지는 유일한 불만은 마지막 문장("『노인의 전쟁』이『영원한 전쟁』에 대한 오늘날의 응답이라면, 이는 미국 SF에 서서히 기어들어 오는 피상성을 암시한다. 노스탤지어와 파스티셰pastiche[혼성 모방. 다른 작품에서 내용이나 표현 양식을 빌려와 복제하거나 수정하여 작품을 만드는 것—옮긴이]가 참신한 독창성에 승리한 것이다.")이다. 세부적으로 말하자면 『노인의 전쟁』은 『영원한 전쟁』의 '응답'이 될 수 없다. 무엇보다 나는 그 책을 읽은 적이 없었기 때문이다. 생각은 쭉 하고 있었지만—심지어 최근에 구입까지 했다—읽지 못했다. '할 일' 목록에는 올라와 있지만 먼저 읽어야 할 다른 소설이 있다.

어쨌든 내가 『노인의 전쟁』을 위해 하인라인의 비결 주머니를 샅샅이 뒤졌다는 것을 기꺼이 자주 인정했다는 점을 생각하면, 나는 누가 그 점을 비난하더라도 불만이 없다. 하인라인으로 흥한 자 하인라인으로 망한다. 그리고 여러분이 SF에서 보이는 하인라인의 영향에 질렸다면(킬헤퍼도 그래 보인다), 『노인의 전쟁』에 실망한 게 당연히 이해된다. 『노인의 전쟁』이 서서히 기어들어 오는 피상성을 암시한다는 얘기에 대해 말하자면, 나는 자신 있게 천천히 걸어오는 피상성을 암시한다는 게 내 특징이었으면 더 좋겠다. 기어 오는 것보다는 걸어오는 게 더 재미있기(무릎으로 걷더라도) 때문이다. 하지만 내 마음대로 되는 건 아니니까.

킬헤퍼와 내가 이념적으로 갈라지는 지점은 그의 리뷰에 나오는 중요한 비유이다. 킬헤퍼는 미국 SF 작가들이 자기가 읽을 만한 책을 쓰지 않기 때문에 영국 SF 작가의 작품으로 가게 된다고 다소 꺼림직하게 인정한다. 그가 보기에 영국 작가들은 위험하고 흥미진진하며 사고가 전향적인 데 비해 미국 작가들은 전통적이고 시야가 회고적이다. 이 주제는 이 사이트의 단골손님이었기 때문에 더 이상 깊게 다룰 필요를 못 느낀다. 하지만 내가 짜증스럽게 곰곰이 되씹은 것은 킬헤퍼의 다음과 같은 요약 문단 때문이었다.

SF는 다른 문학 영역들에 비해 노스텔지어와 조상 숭배에 빠져들 여유가 별로 없다. 초기 SF는 그것이 주는 기쁨과 영감을 위해서만 소중하게 간직되고, 읽히고, 또 읽혀야 한다. 하지만 과거 수십 년간의 발전이 아무리 실망스럽게 보이더라도 우리는 초기 SF를 재창조할 수 없고 그렇게 하려고 해서도 안 된다. 하인라인은 쉽게 하고 우리만의 미래를 발견해야 할 시간이다. 지금까지는 영국 작가들이 21세기의 SF를 창조할 준비가 더 잘 되어 있는 것 같다. 하지만 미국 작가들이라고 그렇게 하지 못할 이유는 없다. 그러려면 시선을 과거에서 돌려 현재와 미래를 보아야만 한다.

헛소리다. 이유는 두 가지다.

미국 현대 SF의 깔끔하고 경쾌한 활기를 좋아하지만 영국 현대 SF의 가식적이고 선을 넘는 허튼소리를 좋아하는 사람은 저 문단에서 '미국'과 '영국'의 위치를 바꾼 다음, '하인라인'을 '뉴웨이브'로 대치하기만 하면 똑같으면서 정반대의(그리고 어쩌면 더 그럴듯한) 결론을 내릴 수 있다.

저 문단은 (의도한 것은 분명 아닌 것 같지만) SF 단일문화라는 미신을 영구화하고 있다. 이 단일문화에서 모든 SF는 동일한 범위의 독자가 동일한 방법으로 읽어야 하며 모든 독자의 평가 기준은 동일해야 한다. 실제로는 같은 범위도 아니고, 같은 방법으로 읽지도 않으며, 평가 기준도 동일하지 않다.

일단 이런 식으로 생각하면 핵심이 분명해 보인다. 하지만 SF 단일문화라는 세계관이 계속해서 쉬지 않고 등장하는 걸 보면 생각보다 그렇게 분명하지 않은 게 확실하다. 그러니 다시 논의해 보자.

킬헤퍼가 리뷰 기사에서 침이 마르게 떠들었던 『노인의 전쟁』과 찰리 스트로스의 『아첼레란도』를 실증적인 예로 들어보자. 『아첼레란도』가 (요즘은 애들도 이런 표현 안 쓰겠지만) '기똥차기' 때문이다. 둘 다 명백히 동시대의 현대 작품이고, 두 책의 잠재적 독자층은 상당히 겹친다고 말하는 게 공평하다. 둘 다 SF의 길에서 걸음마 단계이다. 둘 다 같은 길 위에 있다는 것도 분명한 사실이지만, 그들은 길의 다른 쪽에서 일하고 있기도 하다.

나는 누구보다도 앞장서서 『아첼레란도』를 찬양한다. SF식으로 말하자면 여러분이 몰입할 수 있는 것으로 가득한, 정말 대단한 SF 소설이라고 생각한다. 찰리를 휴고 상 후보로 발표하고 나머지 우리는 일상으로 돌아가는 게 나을 것이다. 그렇기는 하지만, 누군가가 나에게 와서 "저는 SF를 많이 읽지 않지만(사실은 하나도 안 읽어 봤지만) 읽어 봐야 할 것 같아요. 이 책은 어떨까요?"라고 물으면서 『아첼레란도』를 보여 준다면 추천하지 않을 것이다. 세발자전거에 제트 엔진을 넣지 않는 것과 같은 이유다. 『아첼레란도』는 열혈 SF광을 위한 고출력 엔진이다. 내공이 필요하다.

같은 이유로, 맥 기반 프로그래밍으로 자신만의 플래시 메모리 기반 멀티미디어 프로그램을 만들어서 Ogg Vorbis 파일로 음악을 즐기는 사람—말하자면 리눅스 펭귄이 빌 게이츠를 강간하는 티셔츠를 입는 사람—이 내게 와서 『노인의 전쟁』에 그가 찾는 최첨단 제품이 나오느냐고 묻는다면 나는 "음, 아니요, 전혀 아닙니다."라고 대답할 수밖에 없다. 『아첼레란도』와 『노인의 전쟁』의 독자는 겹치지만 같지는 않다.

그리고 이 책들은 같은 독자를 염두에 두고 쓰인 게 아니라고 생각한다. 『노인의 전쟁』을 언급하기 전에 미리 말해 둔다.

『노인의 전쟁』은 SF 애호가가 아닌 독자들을 의도적으로 상정하고 썼다. 왜냐고? 간단하다. 나는 내 책의 독자가 많기를 바란다. 그리고 SF의 영역 밖에 있는 잠재적 독자들이 내 책은 어렵다고 핑계 대게 하고 싶지 않았다. 나는 고상한 체하는 속물이 아니다. 대중 시장을 겨냥한다. 자신들의 독서 목록에 SF를 보통은 포함시키지 않는 독자들을 끌어오고 싶다.

그리고 우연히도 이것이 (뒷이야기지만)『노인의 전쟁』판매에서 중요한 부분을 차지하게 되었다. 이 책에 열광하고 추천해 준 Instapundit를 비롯한 다른 비非 SF 블로거들 덕분에, SF를 드물게 읽거나 전혀 안 읽는 수많은 독자가 이 책을 샀다. 내 개인 사이트의 독자들 다수도 정기적으로 SF를 읽는 독자는 아니었지만 내 책을 샀다. 온라인에서 내 글에 친숙했기 때문이었다. 토르 출판사와 내가『노인의 전쟁』전자책을 이라크와 아프가니스탄 파병 군인들에게 무료로 제공했을 때 사람들은 책을 샀다. 내가 군인들을 지원했기 때문이었다. 책을 읽은 사람들로부터 "나는 보통은 SF를 읽지 않지만 작가님의 책은 읽었어요."라는 내용의 이메일을 수십 통 받았다. 나는 그들이 SF를 읽는 습관을 들이게 격려한 셈이다.

찰리가 염두에 두었던 독자층이 어떤 이들이었는지는 그가 밝힐 일이다. 하지만 SF 열성 독자들을 상정하고『아첼레란도』를 썼다는 사실은 인정하리라고 생각한다. 굳이 하나의 이유를 대자면 그 책의 많은 부분은 원래 SF 잡지에 단편으로 발표되었고, SF 잡지는 열성 독자들을 대상으로 하기 때문이다.『아첼레란도』가 컬트 아이템이라거나 제한적인 매력밖에 없다는 애기가 아니다. 찰리는 『아첼레란도』를 온라인에서 무료로 다운 로드할 수 있게 했다. (수십만 명은 아니더라도) 수만 명의 눈동자 앞에 공개한 것이다. 공개 당시에도 『아첼레란도』의 아마존 판 매 순위는 꽤 높았다. 찰리는 당연히 독자들을 원했다. 그것도 많이. 그리고 원했던 대로 된 것 같다. 하지만 나는 그 눈동자들 의 대다수는 SF 마니아들의 것이라는 사실을 찰리가 알고 있을 지 의심스럽다.

(주의: 내가 틀렸을지도 모른다. 찰리가 사실은 SF 초짜나 할머니들을 위한 작품을 쓰고 있을 수도 있다. 그에게 물어보시라!)

나는 여러분에게 『아첼레란도』가 거의 완벽한 작품이라고 말했다. 손댈 부분이 거의 없다(나라면 바닷가재가 더 많이 나오게 하겠다[『아첼레란도』는 인간이 멸종 직전의 열등한 존재이고 동물들은 고도로 진화한 세계를 무대로 하고 있음-옮긴이]. 그게 전부다). 하지만 그 책은 모든 사람을 위한 작품도, 심지어 정기적으로 SF를 읽 는 독자 전부를 위한 작품도 아니다. 나는 『노인의 전쟁』도 상 당히 괜찮은 작품이라고 생각한다. 역시 모든 사람을 위한 작 품이 아니고, 정기적으로 SF를 읽는 독자 전부를 위한 작품도 아니다. 두 책 모두 자신들의 독자를 사로잡고 그들에게 만족 스러운 독서 경험을 주는 것에 주력했다. 이것은 작가들에게뿐 만 아니라 장르에도 대체로 좋은 일이다. SF를 만족스럽게 읽 은 사람들은 다른 작품을 찾아 읽으려 할 것이기 때문이다. 우리 두 사람의 책이 그 대상이 될 여지가 분명히 있다. 둘 다 책을 냈고—그것도 같은 해에!—판매도 꽤 호조인 것처럼 보이기 때문이다. 찰리의 SF 책들은 내 책들을 밀어내지 않으며 그 반대도 마찬가지다. 우리는 조화와 사랑 속에 산다.

SF는 그 문학 내에서도, 그리고 그 문학에 접근하는 방법에서도 결코 단일문화가 필요하지 않다. 단일문화는 죽었고 남아서 애도할 사람도 없다고 장담한다. SF 독자들이 무엇을 원하든 그 원하는 것을 줌으로써 독자를 성장시키는 복합문화가 SF에는 필요하다. 킬헤퍼의 기사에서 언급된 책들의 범위만 봐도 이미 복합문화가 자리 잡았음을 알 수 있다. SF는 미국의 하인라인 복고주의자가, 영국의 과감한 미래파가, 그리고 이들 사이의 연속 공간에 있는 작가들, 이들 사이를 직각으로 교차하는 작가들이 모두 필요하다. 여러분이 이 작가들 모두에게 요청할 것은 좋은 책을 써 달라는 것뿐이다. 독자들이 작가들에게 가서 "고마워요! 다른 책도 있나요?" 하고 물어볼 수 있는 종류의 책 말이다. 그 대답은 이렇다. "그럼요! 이번에는 어떤 걸 읽고 싶으세요?"이다. 그러고는 그 책을 독자에게 건네준다.

이것이 21세기에 SF를 창조하고 22세기를 향해 계속 굴러가게 만드는 방법이다.

아시모프와 클레티

(2005년 3월 1일)

Boing Boing 웹사이트에서 어제 1970년대부터 80년대까지의 컴퓨터 광고들을 공개했다. 그중 하나가 눈길을 끌었다. 구레나룻을 기르고 코가 번들거리는 아이작 아시모프가 어둡고 텅 빈 배경에서 라디오색의 TRS-80 컴퓨터를 사근사근하게 극찬하고 있었다. 왜 이 광고가 내 눈길을 끌었을까? 이유는 이렇다.

나는 열두 살 때 글렌도라 공공도서관에서 TRS-80 모델 III 컴퓨터에 작은 BASIC 프로그램을 짜 넣으면서 놀았던 즐거운 기억이 있다. 나는 십 대 초반의 BASIC 프로그래머나 다름없었고, 컴퓨터에 대해서는 말하자면 "나는 링컨 로그(어린이용 블록 장난감-옮긴이)를 가지고 노는 건축가야."와 마찬가지라고 이해하고 있었다. 가끔은 추억 삼아 이베이에서 하나 사 볼 생각도 한다. 그러나 이미 내 장식장에는 80년대 물품들이 향수를 자극하며 가득 차 있기 때문에, 그 시대 장난감을 또 하나 들여놓을 핑계를 댈 자신이 없다. 아쉽게도.

현재의 아트 디렉터가 이 광고에서 나온 것 같은 사진을 사용하려고 한다면 즉시 해고다. 끔찍한 황토색 배경은? 개기름처럼 번들거리는 아시모프의 얼굴은? 그의 캡틴 캥거루(1950년대~1980년대까지 방영된 어린이 프로그램-옮긴이) 같은 양복은? 해고, 해고, 해고다. 이 비슷한 것들은 전국 광고는 고사하고 지역 광고에도 쓰지 않을 것이다.

우리의 현재 문화는 장단점이 있다. 하지만 어떻게 보아도 사반세기 전의 문화에 도전받을 정도는 아니다.

그나저나 아이작 아시모프의 사진을 보면 내가 그의 실제 외모가 어땠는지는 잘 몰랐다는 생각이 든다. 나에게 아시모프는 항상 머리카락, 안경, 바보 같은 구레나룻으로 특징지어진다. 특히 구레나룻을 제거하면 여느 바보들과 비슷하게 보인다. 여러분은 (아무리 생각해도 바보는 아닌) 아시모프가 자신의 특징적인 외모가 그의 명성과 적어도 어떤 관계가 있음을 잘 알고 있었다고 생각해야 한다. 그것 때문에 그는 집단 무의식 속에 'SF 작가'의 이미지 기본값이 되었다. 헝클어진 머리의 아인슈타인이 과학자의 기본값이 된 것과 마찬가지다. 아시모프에게 구레나룻이 없으면 어땠을지를 생각해 본 걸로 충분하니, 만일 여러분이 아인슈타인의 머리를 깎고 콧수염을 자르더라도 나는 그 모습을 조금도 떠올리고 싶지 않다.

그러니 모든 SF 작가 지망생들에게 힌트를 하나 주겠다. 여러분이 괴짜들의 무리 밖에서 유명해지고 싶다면 눈에 확 띄는 헤어스타일을 하거나, 가능하다면 밀어 버려라. 현재 상태 그대로라고 가정할 때 눈에 확 띄는 외모를 한 SF 작가라면 먼저 닐 게이먼을 떠올리지 않을 수 없다. 그는 "나는 에코 앤 더 버니 맨에서 베이스를 친 적이 있어." 스타일의 외모를 하고 있다(조용히 하시라. 칭찬이다. 에코 앤 더 버니맨은 멋진 밴드다). 그다음에는 차이나 미에빌이다. '미스터 클린(빡빡머리 근육남이 제품 상징 캐릭터인 미국 세정 용품 브랜드. 차이나 미에빌의 외모도 비슷함-옮긴이)' 스타일의 외모를 유지하고 있고, 대부분의 SF 작가들이 가진 매력적인 똥배도 아직은 안 나왔다. 그래서 나는 실제 차이나 미에빌은 축축한 방에 있는 트롤처럼 생긴 남자인데, 공식 석상에는 전직 수영선수를 대역으로 내세우고 달팽이관 임플란트를 통해 대사를 불러주고 있는 게 아닌가 의심하고 있다. 인정해, "진짜 차이나!". 하지만 게이먼과 '가짜 차이나'를 제외하면, SF 작가는 10미터 밖에서도 알아볼 수 있다.

아시모프의 구레나룻 문제를 제쳐 두고, 요즘의 주요 소비재 기업은 SF 작가를 자사 제품의 홍보 모델로 쓸 '생각도' 하지 않는다는 사실에 주목하자. 라디오색(미국 전자기기 소매 체인점)

조차 그렇다. 라디오색은 최근 영화배우 하위 롱과 테리 해처를 자기들의 쓰레기 같은 전자제품의 모델로 썼다. 우리는 그 두 배우가 모두 '글을 읽을' 수 있다는 건 안다. 하지만 그들의 문학적 재능은 기껏해야 보통일 것이다. 이 사실의 일부는 우리가 현재 미학(외모)을 중시하는 시대에 살고 있다는 것과 관계 있다. 하지만 그것이 보여 주는 다른 진실은 단순하다. 현재는 제품 홍보에 도움이 될 만큼 전국적으로 화제가 되는 SF 작가가 단 한 사람도 없다는 것이다.

정말 안타까운 일이다. 내가 정말로 코리 닥터로우가 나와서 스니커즈 초코바의 장점을 극찬한다든지, 아니면 차이나 미에빌이, 음, '미스터 클린'을 광고하는 모습을 보고 싶어서가 아니다. 두 경우 모두 상상만 해도 속으로는 여학생처럼 키득거리긴 하겠지만. 내가 말하고 싶은 것은, 심지어 클레티Cleti(《심슨 가족》에 나오는, "아가리 큰 촌놈 클레투스Cletus the Slackjawed Yokel" 노래의 주인공인 클레투스Cletus의 복수형이다)도 아는(책은 읽어 보지 않았더라도) SF 작가들이 있다면 좋겠다는 얘기다. 이것은 문학으로서의 SF가 전국적인 화제가 된다는 뜻인데, 〈스타워즈〉 소설판을 빼면 현재 우리는 전혀 그러지 못하고 있기 때문이다.

게다가 꼭 SF만은 아니다. 전국적인 화제가 되는 과학자도 우울할 정도로 적다. 우리는 스티븐 '그 휠체어 탄 친구' 호킹은 안다. 그리고 없다. 심지어 사반세기 전에도 이렇지는 않았다. 당시에는 클레티의 레이더망에 칼 세이건도 있었다. 이제 호킹(심지어 미국인도 아니다)을 빼면 클레티도 알 만한 과학자에 가장 가까운 인물은 빌 게이츠다. 그리고 그가 과학자라면 나는 조랑말이다(여러분, 스티브 잡스도 과학자가 아니다. 진짜 과학자라면 플래시 메모리를 두고 뛸 듯이 기뻐하는 일에 종사하지 않을 것이다[이 글이 쓰인 2005년에 애플에서 플래시 메모리 기반 MP3 플레이어인 아이팟 나노를 처음으로 출시함-옮긴이]).

이러한 스타 SF 작가나 과학자의 부재는 다음과 같은 사실과 어느 정도 관련이 있다. 진화와 빅뱅 이론을 믿는 사람들이 여러분의 컴퓨터에 아동 포르노를 강제로 다운받는 명령을 내리고, 테러리스트들에게 여러분의 집 열쇠를 준다고 암시하려는 사람들이 현재 미국의 문화계에서 너무나 많이 밤낮없이 일하고 있다. 과학자들이 이런 일에 맞설 방법을 아직 찾아내지 못하고 있는 게 조금 걱정된다. 과학자들이 달에 사람을 보낼 수 있다면, 어떤 사람이 완전 구제 불능의 멍청이임을 지적하고 맞서 싸워야 한다. 머리가 비상한 사람들이 해야 할 일이다.

그러한 과학자들과 SF 작가들에게 미국의 문화생활에서 중심적인 역할을 해 달라고 요청하는 것은 분명 다소 부담스러울 수 있다. 하지만 그들 중 적어도 한두 명에게 평범한 미국인이 알아볼 수 있을 정도의 인지도가 생기는 게 나쁘다고는 생각하지 않는다. 인지도가 생기려면 구레나룻이 필요할 수 있지만, 우리 중 한 사람은 기꺼이 그러한 희생을 해야 한다. 제비뽑기를 추천한다.

| 감사의 글 |

걱정하지 마시라. 금방 끝난다.

먼저 이 책을 펴낸 빌 셰퍼와 서브테라니언 출판사에 감사한다. 서브테라니언은 책을 내기에 정말 좋은 출판사다. 다른 작가들도 경험해 보기를 권한다.

두 번째로, 이 책에 거명된 많은 작가와 그들의 글(심술궂은 내용의 장에 있는 글 포함)에 감사한다. 그들에 관한 허튼소리를 지껄일 기회를 주었다.

세 번째로, 이 책의 출간을 요청하고, 나에게 여러 해에 걸쳐 글쓰기에 관한 글을 쓸 구실을 준 Whatever의 독자들에게 감사드린다.

네 번째로, 크리스틴 스칼지와 아테나 스칼지에게 감사한다.

다섯 번째로, 여러분에게 감사드린다. 진심이다.

옮긴이 **정세윤**

경희대학교 법학과를 졸업하고 같은 학교 대학원에서 영미계약법 연구로 석사학위를 받았다. 영상 번역 분야에 종사하면서 여러 편의 다큐멘터리, 드라마, 영화 등을 번역하다 출판 번역가의 길로 들어섰으며 번역작으로는 『부처스 크로싱』, 『출입통제구역』, 『다클리』, 『장르 작가를 위한 과학 가이드』, 『오직 밤뿐인』, 『펀치 에스크로』 등이 있다.

슬기로운 작가 생활

1판 1쇄 인쇄 2023년 8월 8일
1판 1쇄 발행 2023년 8월 22일

지은이 존 스칼지
옮긴이 정세윤

발행인 김지아
표지 및 본문 디자인 Misoso

펴낸곳 구픽
출판등록 2015년 7월 1일 제2015-27호
주소 서울시 광진구 동일로 459, 1102호
전화 02-491-0121
팩스 02-6919-1351
이메일 guzma@naver.com
홈페이지 www.gufic.co.kr

ISBN 979-11-87886-96-9 03800